那些我们没谈过的事

Toutes ces choses qu'on
ne s'est pas dites

Marc Levy

[法]

马克·李维／著　　林晨洁／译

湖南文艺出版社
HUNAN LITERATURE AND ART PUBLISHING HOUSE　博集天卷 CS-BOOKY

献给
波琳娜和路易

目 录
Contents

旅行

107·你穿过城市，走遍街道，朝你的自由飞奔；而我，朝你走过去，我并不知道也不了解，究竟是什么力量将我推向前方。

终于等到你

219·有人说，相爱男女的思维在冥冥之中总会交会，所以我在晚上睡觉的时候常常问自己，当我想你的时候，你是不是也正在想我。我去过纽约，漫步在街道上，我多么希望能看到你，可同时又害怕真的会发生。

二次别离

309·我的朱莉亚，谢谢你赠予我这几日的时光。我一直在寻找这样的机会，我一直渴望着认识你这样出色的女子。在最后的几天中，这是我学会身为父亲的最神奇的一件事。

有两种看待人生的方式，一种是生活不存在奇迹，另一种则是，所有的一切都是奇迹。

——阿尔伯特·爱因斯坦

婚礼前夕

我什么痛苦的感觉都没有，斯坦利，我的胸口连一丁点痛都没有，眼泪一滴都流不下来。

"怎么样，你觉得这身可以吗？"

"转过来，让我看看。"

"斯坦利，你从头到脚盯了我半个小时了，老站在这台上，我快受不了了。"

"我把下摆再改短点。把你这么漂亮的一双腿给遮住了，太可惜了！"

"斯坦利！"

"亲爱的，你想不想听我的意见？再转过来，我看看正面。嗯，我想得没错，低胸和露背的高度一样，没什么不同。要是衣服的一面弄脏了，你反过来穿就行了……反正前面背面都一样！"

"斯坦利！"

"买打折的结婚礼服，这主意真让我生气。为什么不干脆在网上买？你要我的意见，我就告诉你啊。"

"不好意思，凭我电脑绘图员赚的这点钱，我买不起更好的礼服。"

"是绘画家，我的公主啊！天哪，我实在受不了这些二十一世纪的词汇。"

"斯坦利，我是在电脑上画图，不是用彩色笔！"

"我最好的朋友描绘出最动人的人物，管它电脑不电脑，你是绘画家，不是电脑绘图员。你真是什么事都要争论！"

"下摆要改短，还是就这样？"

"改短五厘米！还要把肩膀改一下，腰身收紧一点。"

"好吧，我明白了，你恨这套礼服。"

"我可没这么说！"

"你就是这么想的。"

"我给你出点钱，我们去安娜·梅耶礼服店吧。求你了，就听我这一次吧！"

"一万美元买一套礼服？你疯啦！而且也不是你负担得起的，斯坦利，这只不过个婚礼。"

"这可是你的婚礼啊！"

"我知道。"朱莉亚叹了一口气。

"像你父亲这么有钱的人，他完全可以……"

"我最后一次见到我的父亲，是我在等红灯时，看到他坐车从第五大道开过来……那是六个月前的事情。好了，别再提了！"

朱莉亚耸了耸肩膀，然后走下台去。斯坦利伸手拉住她，把她搂在怀里。

"亲爱的，这世界上所有的礼服穿在你身上都漂亮极了，我只是希望你的新娘礼服完美无缺。为什么不叫你未来的丈夫送你一套呢？"

"因为亚当的父母已经负担了婚礼的费用。如果能避免他的家人说亚当娶了个小可怜，我心里会觉得好受些。"

斯坦利脚步轻快地穿过店铺，走向橱窗旁的一个挂衣架。售货员们手肘搁在柜台上，聊得正欢，根本没注意到他。他从衣架上拿下一套白缎紧身礼服，转身往回走。

"试试这一件，什么都别说！"

"斯坦利，这是三十六号的，我不可能穿得进去！"

"我刚说什么来着！"

朱莉亚翻了个白眼，然后向斯坦利指着的试衣间走去。

几分钟后，试衣间的帘子猛然打开，和之前关上时一样迅速。

"总算找到一件配得上我们朱莉亚的像样的新娘礼服了，"斯坦利激动地喊着，"马上站到台上去。"

"你有没有升降机把我升上去？因为，你看，我膝盖要是弯一下……"

"你穿这套真是太美了！"

"我只要吃一小块点心，这衣服就会绷开。"

"结婚那天新郎新娘不吃东西的！只要胸部这里再放低一点，你看上去就像个女王了！这店里怎么找不到一个售货员，真不可思议！"

"该急的应该是我，不是你！"

"我不是急，我是吓坏了，再过四天就是婚礼了，居然是我拖着你来买新娘礼服！"

"最近几天我都忙着工作呢！今天的事千万别和亚当说，一个月来我都向他保证所有的事都准备好了。"

沙发椅把手上正好放着一个别针插垫，斯坦利伸手拿起来，然后蹲在朱莉亚的脚前。

"你丈夫不知道他运气有多好，瞧你多迷人。"

"别再讥笑亚当了。你到底不喜欢他哪一点？"

"他像你父亲……"

"胡说。亚当和他完全不像，而且他还讨厌他。"

"亚当讨厌你父亲？那我给他加一分。"

"不，是我父亲讨厌亚当。"

"你父亲总是讨厌所有接近你的生物。如果你养一条狗，他肯定会咬它一口。"

"没错，如果我有一条狗，它肯定会咬我父亲一口。"朱莉亚笑着说。

"我是说你父亲会咬那条狗！"

斯坦利站起身，向后退了几步，仔细打量自己的劳动成果。他点了点头，深深地吸了一口气。

"还要怎么样啊？"朱莉亚问道。

"这套礼服真是太完美了，不，应该说是你太完美了。我把腰部再调整一下，然后你就可以带我去吃午饭了。"

"去你喜欢的餐厅吃饭，我的斯坦利！"

"太阳这么大，一流的露天餐厅才适合我，条件是不要晒到太阳。你不要这样动来动去，让我把衣服弄好……几乎是完美无缺。"

"为什么是几乎？"

"亲爱的，这是件打折的衣服！"

一名售货员走过来，问他们需不需要帮忙。斯坦利摆摆手，让她回去。

"你觉得他会来吗？"

"谁？"朱莉亚问。

"当然是你父亲，傻瓜！"

"别再跟我提起他了。我和你说过，我已经有好几个月没他的消息了。"

"不会因为这个他就……"

"他不会来的！"

"那你有没有告诉过他你的近况？"

"很久以前我就不再向我父亲的私人秘书报告我的生活状况了，因为爸爸不是在出差，就是在开会，没时间和他女儿说话。"

"你把结婚请帖寄给他了吗？"

"你还没弄好吗？"

"差不多了！你们就像一对老夫妻，他是嫉妒。所有的父亲都会嫉妒！他会慢慢看开的。"

"这可是我第一次听到你替他说话。不过，就算我们是一对老夫妻，也是一对离婚多年的老夫妻。"

这时，朱莉亚的皮包中传来《我会活下去》❶的歌声。斯坦利看着她，询问她的意思。

"你要接电话吗？"

"一定是亚当打来的，要么是工作室……"

"别动，否则你会毁了我的劳动成果，我给你拿手机。"

斯坦利把手伸进朱莉亚的皮包，拿出手机，然后交给她。葛罗莉亚·盖罗的歌声突然停止。

"晚了一步！"朱莉亚一边叹气，一边查看刚打来的电话号码。

"是谁呢？亚当还是工作室？"

"都不是。"朱莉亚皱着眉头回答。

斯坦利盯着她看。

"我们在玩猜谜游戏吗？"

"是我父亲的办公室打来的。"

"那你再打回去啊！"

"当然不打！让他自己打给我。"

"他刚才不就打给你了吗？"

"刚才打过来的是他秘书，那是他的电话号码。"

"从你寄出结婚请帖开始，你就一直在等他的电话，别耍小孩子脾气了。再过四天就是你的婚礼了，要试着让自己的情绪少激动些。难道你想嘴唇上长个大水泡，脖子上长个吓人的疹子吗？好啦，快打回去。"

❶ 美国黑人女歌手葛罗莉亚·盖罗在1979年的名曲。

"打回去听华莱士跟我解释，说我的父亲非常抱歉，他必须去国外出差，实在没办法取消几个月前就定好的行程？要不然就是，不巧那天刚好有件极其重要的事务要处理，或者又是什么其他理由？"

"也可能是，他很高兴来参加女儿的婚礼，而且希望能知道，到时候是不是安排他坐在主桌的位置，尽管父女之间有些误会。"

"我父亲才不在乎坐不坐主桌呢。他要是来了，只要衣帽间的女服务生年轻貌美，他宁愿坐在衣帽间旁边！"

"朱莉亚，别老是恨他，快给他打电话吧。要是你坚持这么做，那结婚那天你会一直盼着他来，而无法享受婚礼的美好时刻。"

"这样的话，我会忘了不能吃小点心的事，否则我一吃，你替我挑选的新娘礼服就会爆开！"

"你说得很对，亲爱的！"斯坦利轻吹着口哨，向商店的门口走去，"哪天你心情好一点，我们再一起吃饭。"

朱莉亚急着下台，差点摔了一跤，然后向斯坦利跑去，一把抓住他的肩膀。这一次，轮到她把斯坦利搂在怀里。

"对不起，斯坦利，我不该这么说，我很抱歉。"

"是因为你父亲，还是因为那件我没选好也没改好的礼服？我和你说，你从台上蹦下来，还在这个破地方乱跑，结果连衣服的一根缝线都没撑破！"

"你选的礼服很完美，你是我最好的朋友，没有你，我甚至不知道怎么走到礼堂前面。"

斯坦利看着朱莉亚，然后从口袋里掏出一块丝帕，为她擦去双眼的泪水。

"你真的要一个我这样的同性恋男人陪你进教堂吗？还是说，你最新冒出来的诡计是要我扮演你的浑蛋老爸？"

"别得意了，你的皱纹还没多到可以冒充爸爸的辈分。"

"傻瓜，我是在夸你，把你说得太年轻了点。"

"斯坦利，我要你牵着我的手把我带到我丈夫身边！除了你还有谁呢？"

他笑了笑，伸手指向朱莉亚的手机，然后用一种温柔的语调说：

"给你父亲打个电话！我去教育一下那个笨蛋售货员，她好像不知道客人都长什么样，叫她后天必须把礼服准备好，然后我们就去吃饭。现在就打电话吧，朱莉亚，我快饿死啦！"

斯坦利转身向柜台走去。走到一半时，他用余光瞟了一眼他的朋友，看到她犹豫不决，最后还是打了电话。他趁机偷偷拿出支票簿，把礼服的钱、修改费用，以及四十八小时内必须完工的额外费用全部付清。他把支票放在口袋里，转身向朱莉亚走去。她刚把电话挂断。

"怎么样？"斯坦利着急地问，"他来不来？"

朱莉亚摇摇头。

"这一次他用什么借口解释他不能来？"

朱莉亚深深地吸了一口气，双眼紧紧盯着斯坦利。

"他死了！"

两个好朋友彼此看着对方许久，沉默不语。

"这一次，我必须说，这个理由无懈可击！"斯坦利低声说。

"斯坦利，你真是个笨蛋！"

"真对不起，我不是那个意思，我也不知道我是怎么回事。亲爱的，我为你感到难过。"

"我什么痛苦的感觉都没有，斯坦利，我的胸口连一丁点痛都没有，眼泪一滴都流不下来。"

"慢慢会有的，别担心，你只是还无法接受。"

"不，我很清醒。"

"你要不要打电话给亚当？"

"不，现在不行，晚点再打。"

斯坦利看着他的朋友，神色焦虑。

"你不告诉你未来的丈夫你父亲刚刚去世的消息吗？"

"他昨晚死的，在巴黎。飞机会把他的遗体运回来，葬礼在四天后举行。"朱莉亚轻声说，声音小得几乎听不到。

斯坦利扳着手指在算时间。

"就是这个星期六？"他瞪大了眼睛。

"就是我婚礼的同一天，星期六下午……"朱莉亚呢喃道。

斯坦利立刻跑到柜台，收回支票，然后拉着朱莉亚到街上去。

"今天我请你吃饭！"

❧

纽约沉浸在六月的金色阳光里。这对好朋友穿过第九大道，向茴香酒走去。这是一家法国餐厅，是这个变幻莫测的地区无人不晓的名店。最近几年，肉类包装中心的许多旧仓库逐渐消失，取而代之的是最受纽约客追捧的奢侈品店，以及服装设计师的工作室。华丽的酒店和热闹的商场，像施了魔法般纷纷冒出来。旧时的铁轨现在已变成一片绿色的草地，一直通到第十街。这里原来有一座工厂大楼，现在一楼成了有机食品商场，二楼以上都是影视制作公司和广告公司的办公室，朱莉亚的工作室就在六楼。不远处是哈得孙河，整修后的河滨大道不仅是自行车爱好者和慢跑健身者的最佳去处，也是喜欢躺在曼哈顿长椅上的情侣们谈情说爱的好地方，伍迪·艾伦的电影就是这么描绘的。从星期四晚上开始，整个区便挤满了从附近新泽西市过来的居民。他们穿过哈得孙河来纽约闲逛，在各色流行的酒吧或餐厅里消磨时光。

斯坦利坐在茴香酒露天咖啡座的椅子上，点了两杯卡布奇诺。

"我应该事先打电话告诉亚当的。"朱莉亚面有愧色地说。

"如果是要告诉亚当你父亲刚去世的消息，没错，你是该早点跟他说，这是肯定的。但是如果是现在告诉他婚礼必须延期，要他通知神父、熟食店、所有宾客，而且还要通知他的父母，那倒是可以再等一会儿。他已经做了一段时间的美梦了，就让他在美梦破灭之前多享受一个小时吧。再说你是服丧，谁也不会怪你，你就好好利用你的权利吧！"

"要怎么样和他说这件事呢？"

"亲爱的，他应该明白，在同一天下午，既要替父亲下葬，又要上教堂结婚，难度相当大。要是被我猜中你真有这念头，我提醒你，这是非常不合情理的。可是怎么会发生这种事情呢？老天爷啊！"

"斯坦利，听我说，这件事和老天爷完全没关系，是我父亲，他自己选了这个日子。"

"我承认你父亲选择的死亡地点很有品位，但我不认为他会为了破坏你的婚礼，故意选择昨天晚上死在巴黎。"

"你不了解他。为了让我难堪，他什么事都做得出来！"

"喝你的卡布奇诺吧！好好享受这美妙的日光浴，然后，给你的前任未来丈夫打电话！"

父亲归来

她用手指按了一下按钮，听到咔嗒一声响。接着，这个原本就不算塑像的家伙睁开了眼皮，脸上露出了一丝微笑，然后朱莉亚听到父亲的声音："你是不是已经有点想我了呢？"

　　法航747型货机的轮胎在肯尼迪机场跑道上嘎吱作响。透过航站楼的落地窗，朱莉亚看到一具长长的桃木灵柩从飞机货舱上降下来，落在传送带上，运往停在柏油路上的灵车里。一名机场警察在候机室里寻找朱莉亚。陪同她一起来的有她父亲的秘书、她的未婚夫，以及她最好的朋友。在三人的陪同下，她坐上一辆厢式旅行车，来到飞机旁。在飞机下等待的一名美国海关人员交给她一个信封，里面装着一些官方文件、一只手表和一本护照。

　　朱莉亚翻开护照。从上面的签证截章可以了解安东尼·沃尔什最后几个月的生活。圣彼得堡、柏林、香港、孟买、西贡、悉尼，都是她未曾听说过的地方，都是她曾渴望和他一起旅游的地方。

　　当四名男子在灵柩周围忙碌时，朱莉亚想起小时候，她为了一点小事在学校操场上和人打架，而那时，父亲正在外面长期出差。

　　多少个夜晚，她期盼着父亲的归来，多少个早晨，在上学途中，她一边在人行道上一蹦一蹦地跳，玩着想象中的跳房子游戏，一边在心底许愿，如果游戏成功完成，父亲便会回家。有些时候，在无数夜晚许下的心愿突然实现，卧室的房门打开，地板上画出一道神奇的光芒，映射出安东尼·沃尔什的影子。然后，他走到床尾坐下，在被子上放一个小东西，好让她醒来的时候有个惊喜。这就是朱莉亚童年的全部写照，一个父亲在每次远行后，都给他的女儿带来透露旅行信息的特别礼物。一个墨西哥的洋娃娃，一支中国的毛笔，一座匈牙利的木雕，一只危地马拉的手镯，都成为她名副其实的宝贝。

之后，那是母亲刚开始得病的记忆。第一个印象，是星期天在电影院里感受到的不安，因为电影看到一半时，母亲突然问她为什么灯灭了。母亲的记忆力不断恶化，像在大脑中挖了一个洞，起初很小，后来越变越大，大得居然忘了自己是在厨房还是练琴房，于是发出令人难以忍受的喊叫声，因为三角钢琴消失了……大脑机能的丧失，使她忘记了周围人的名字。更严重的是，有一天她看着朱莉亚大声喊道："这个漂亮的小女孩在我家做什么？"最后是完全的空白，那是在一个漫长的十二月，救护车把母亲带走了，因为她点燃了自己的睡袍，整个人一动不动，仍沉浸在香烟点燃那刻迸发的神奇魔力中，而她从不抽烟。

几年后，母亲死在新泽西的一家医院里。直到去世前，母亲都认不出自己的女儿。她的少女时代就这样在服丧中度过，有太多个夜晚都在父亲私人秘书的陪伴下复习功课。而她父亲的旅行，则变得越来越频繁，也越来越长。接着是中学、大学，最后她放弃了大学，专心从事自己唯一的爱好，创造动物角色，用墨水描绘它们的形象，在电脑屏幕上赋予它们生命。这些动物几乎和真实的人一样，成为她忠实的伙伴和朋友。只需一道简单的线条，它们便对着她微笑，只需点下电脑绘图的橡皮擦，它们的眼泪就会消失。

"小姐，请问这份证件是令尊的吗？"

海关人员的声音将朱莉亚拉回现实。她点了点头，于是海关人员在一张表格上签字，随后在安东尼·沃尔什的照片上敲了个章。这是护照上的最后一个截记，那些城市的名字除了证明护照主人的消失，这次再也没有其他故事可讲了。

工作人员把灵柩抬上一辆很长的黑色旅行车。斯坦利坐在司机旁边，亚当替朱莉亚开车门，对这位原本今天下午要结婚的女子倍加关心。至于安东尼·沃尔什的私人秘书，他坐在车后最靠近灵柩的折叠座椅上。车子启动，离开飞机场，驶上678高速公路。

车子朝北方开去。车上寂静无声，没人说话。华莱士的双眼一直没离开装载他雇主遗体的棺木，斯坦利则盯着自己的双手发呆，亚当关切地看着朱莉亚，而朱莉亚透过车窗凝视着纽约郊区灰暗的景色。

"请问您要走哪一条路？"当通向长岛的分岔道出现时，朱莉亚问司机。

"女士，我们走白石桥。"司机回答。

"可不可以走布鲁克林大桥？"

司机打开信号灯，立刻换车道。

"那要绕个大圈子，"亚当低声说，"司机要走的路比较近。"

"反正今天是泡汤了，干脆让他高兴点。"

"让谁高兴？"

"让我父亲高兴。带他最后一次穿过华尔街、运河街南三角地、苏豪街区，干脆也顺便逛逛中央公园。"

"是啊，今天是泡汤了，那你就让他高兴一下吧。"亚当继续说，"不过，必须通知神父我们会迟到。"

"亚当，你喜欢狗吗？"斯坦利问道。

"喜欢，我想是吧，不过它们不怎么喜欢我，为什么问这个？"

"没什么，就是想到而已……"斯坦利一边回答，一边打开车窗。

车子自南向北穿过曼哈顿岛，一个小时后到达二百三十三号街。

到达伍德劳恩公墓的大门口时，栅门拉了开来。车子沿着一条小路驶进去，绕过一块圆形空地，经过一排排陵墓，然后穿过湖上的一片浅滩，最后停在一条小径的路口前。小径旁有一个新挖的墓穴，准备接纳未来的安息者。

一名神父正在那里等待。殡仪人员将灵柩放在墓穴上的两个架子上。亚当上前和神父见面，商量葬礼的细节。斯坦利搂着朱莉亚。

"你在想什么？"他问朱莉亚。

"在为我几年没交谈过的父亲下葬的时刻，我在想什么？你总是有一些莫名其妙的问题，我的斯坦利。"

"这一次我可是认真的。此时此刻你在想什么？你要记住你在想什么，这非常重要。这一刻将永远成为你生命的一部分，相信我！"

"我在想妈妈。我在想，她在天堂能不能认出他，还是她仍然失忆，在云端游荡。"

"你现在相信上帝是存在的？"

"不是，不过人生总有旦夕祸福。"

"我必须向你坦白一件事，朱莉亚，答应我千万别嘲笑我。那就是年纪越大，我就越来越相信上帝的存在。"

朱莉亚露出一丝苦涩的笑容。

"其实，对我父亲来说，我不确定上帝的存在是件好事。"

"神父问我们是否都到齐了，他想知道是不是可以开始了？"亚当靠过来问道。

"只有我们四个人。"朱莉亚一边回答一边招手，叫他父亲的秘书走过来。"这是旅行家和独行侠的不幸之处。亲朋好友只是散布在世界各地的泛泛之交……而这些人很少会大老远赶过来参加葬礼。在生命的这一刻，他不能再为任何人服务，也不能再为任何人带来好处。人，生也孤独，死也孤独。"

"这是佛祖说的话。亲爱的，你爸爸可是个虔诚的爱尔兰天主教徒。"亚当回答。

"一条杜宾犬，亚当，你需要的是一条大型杜宾犬！"斯坦利突然叹道。

"为什么你老是跟我提狗呢？"

"没什么，算了算了！"

神父走到朱莉亚身边对她说，他为必须主持葬礼感到十分遗憾，他原本希望今天为她主持婚礼的。

"您不能一举两得吗？"朱莉亚问道，"因为说实话，有没有宾客来我们是不在乎的。对您的圣主来说，诚意最重要，不是吗？"

话音刚落，斯坦利忍不住放声大笑，而神父面有怒色。

"这是什么话，小姐！"

"我向您保证这主意真不坏，至少这么一来，我父亲还参加了我的婚礼！"

"朱莉亚！"这次换亚当呵斥她。

"好吧，看来大家都觉得我的主意不好。"她只好让步。

"您要不要说几句话？"神父问道。

"我是很想说。"她盯着灵柩回答。"你呢，华莱士，你不想说几句吗？"她问他父亲的私人秘书，"毕竟你是他生前最忠实的朋友。"

"小姐，我想我也说不出来，"秘书答道，"你父亲和我都习惯在沉默中互相了解。你不介意的话，我只想说一句话，对你说，而不是对他。尽管在你看来他浑身都是缺点，不过你要知道，他这个人有时显得很冷酷，有时又很滑稽，甚至有点古怪，但是他是个好人，这是毫无疑问的。还有，他很爱你。"

"哦，要是我没算错的话，这已经不止一句话了。"斯坦利看到朱莉亚的双眼湿润，轻轻地咳了一声。

神父念了一段祈祷文，然后合上经书。安东尼·沃尔什的灵柩慢慢地往下放，最后落在墓穴里。朱莉亚把一枝玫瑰花递给父亲的秘书。他笑了笑，把玫瑰花还给她。

"小姐，你先请。"

玫瑰花瓣缓缓落下，接触灵柩的瞬间四散开来，接着另外三朵玫瑰也相继落在灵柩上。随后，四个送葬人沿着原路往回走。

小径远处，原来停放灵车的位置，现在停着两辆轿车。亚当握住未婚妻的手，拉着她往轿车的方向走去。朱莉亚抬起头，凝望着天空。

"万里无云，天空好蓝，蓝色，蓝色，到处都是蓝色，天气既不冷也不热，一点寒意也没有，真是结婚的好日子啊！"

"还有很多其他好日子，别担心。"亚当安慰她。

"像今天这么好的吗？"朱莉亚张开双臂大声说，"像今天一样蔚蓝的天空？像今天一样舒适的气温？像今天一样葱翠的树木？还有在湖里嬉戏的鸭子？我可不信，除非等到明年春天！"

"相信我，秋天的天气也一样好。对了，你什么时候开始喜欢起鸭子了？"

"是它们喜欢我！你看到了，刚才有多少只鸭子聚在我父亲陵墓边的池塘里！"

"我没看见，没特别注意。"亚当回答，有点担心他未婚妻突如其来的激动情绪。

"有好几十只呢，好几十只绿头鸭的脖子上都系着蝴蝶结，特地来到这里，葬礼一结束就离开了。这些鸭子原本是决定来参加我的婚礼的，结果却和我一起参加了我父亲的葬礼。"

"朱莉亚，今天我不想惹你生气，不过，我认为那些鸭子并没有系蝴蝶结。"

"你知道什么？你画过鸭子吗，你画过吗？我可画过！所以，要是我说这些鸭子都穿着燕尾服，你也要相信！"朱莉亚大声喊着说。

"好好好，我的宝贝，你的鸭子都穿着燕尾服，我们现在回家吧。"

斯坦利和私人秘书在车旁等着他们。亚当拉着朱莉亚走过去，但是她突然停在草坪中间的一块墓碑前。她看着脚下墓碑上的名字，以及已经是上个世纪的出生日期。

"你认识这个人？"亚当问道。

"这是我祖母的陵墓。我的家人全都埋在这座墓园里。我是沃尔什家族的最后一个人。当然，不包括那些住在爱尔兰、布鲁克林、芝加哥的好几百个素未谋面的叔叔、姑妈、堂兄弟姐妹。刚才的事情请你原谅，我想我是火气大了点。"

"这没什么大不了，我们本来是要结婚的，结果你却给你父亲下葬，你情绪激动，这很正常。"

他们沿着小径往前走。现在离那两辆林肯轿车只有几厘米的距离。

"你说得没错，"亚当抬起头望着天空说，"今天真是个好天气，你父亲整我们都整到最后一天。"

朱莉亚突然停住脚步，迅速把自己的手从亚当手中抽回。

"你别这么看着我！"亚当哀求着说，"从知道你父亲的死讯开始，这句话你起码说了二十次。"

"没错，我想说多少次就可以说多少次，但是你不可以！你和斯坦利坐第一辆车，我坐第二辆……"

"朱莉亚，对不起……"

"用不着。今晚我想一个人待在家里，整理一下我父亲的东西，像你说的，这个整我们整到最后一天的父亲。"

　　"但是这不是我说的，老天啊，是你自己说的！"亚当大声说，而朱莉亚已经坐上了轿车。

　　"最后一件事，亚当，我们结婚的那天，我要有很多鸭子，很多绿头鸭，几十只绿头鸭！"她说完，把车门砰的一声关上。

　　朱莉亚乘坐的林肯车很快消失在墓园的栏杆外。懊恼的亚当登上后一辆车的后座，坐在私人秘书的右边。

　　"也许要一只猎狐犬！小了一点，可是咬起来很凶……"坐在前面的斯坦利一边总结，一边示意司机发动车子。

❧⊱⸲❦⸲⊰❧

　　朱莉亚乘坐的轿车缓缓行驶在第五大道上，这时，天空突然下起了雷阵雨。由于交通堵塞，车子停在路上有好几分钟。朱莉亚一直盯着第五十八街转角处一家玩具商店的橱窗看。她认出了橱窗里那只硕大无比的灰蓝色长毛绒水獭。

　　蒂莉诞生在一个和今天天气差不多的星期六下午。那时，大雨如注，沿着朱莉亚办公室的窗户汇成一条条小涓流。沉浸在思绪中的朱莉亚，仿佛立刻看到了河流，窗户四周的木框变成了亚马孙河口的河岸，被雨水冲刷的落叶堆变成了即将被洪水冲走的小动物窝，吓得一群水獭惊慌失措。

　　接下来的晚上也是一样的雨下个不停。朱莉亚独自一人，坐在她工作的动画制作公司的电脑室里，为自己创造的人物画草图。数不清有几千个小时，她坐在电脑前绘制、描色，设计出各种各样的表情和动作，让蓝色水獭栩栩如生。记不清有多少个夜晚她开会到深夜，有多少个周末她都在撰写蒂莉和她家人的故事。最终，动画电影大获成功，让朱莉亚和她底下五十个工作人员两年的辛苦没有白费。

"我在这里下车，然后自己走回去。"朱莉亚对司机说。

司机提醒她外面雨下得很大。

"这可是今天第一件让我开心的事。"朱莉亚话音刚落，车门已经砰的一声关上了。

司机还没反应过来，朱莉亚就已经跑向那家玩具商店。尽管外面大雨倾盆，橱窗内的蒂莉仍然面带微笑，欢迎她的到来。朱莉亚忍不住对她招了招手。令她吃惊的是，一个站在水獭旁边的小女孩也对她招了招手。小女孩的母亲突然抓住她的手，想把她拉出去，但是小女孩不愿离开，还冲到水獭张开的巨大双臂里。朱莉亚在旁边偷偷观察这对母女。小女孩紧紧抓着蒂莉不放，她母亲拍打她的手指，想让她放手。朱莉亚走进商店，往母女俩的方向走去。

"你们知不知道蒂莉会魔法？"朱莉亚对她们说。

"小姐，我要是需要售货员的话，我会叫您的。"这位母亲一边回答，一边向她女儿投去责备的目光。

"我不是售货员，我是她妈妈。"

"什么？！"这个女人提高嗓门质疑，"才不是，我才是她母亲！"

"我是在说蒂莉，那只看上去很喜欢您女儿的毛绒玩具。是我把她创造出来的。我能把她送给您女儿吗？看她孤零零地待在光线刺眼的橱窗里，我心里很难过。因为太强的光线会使皮毛褪色，而蒂莉对她一身灰蓝色的毛一直很骄傲。您无法想象我们花了多少时间为她的鼻子、脖子、肚子找到最合适的颜色。在她居住的小窝被河水冲走以后，就是这些颜色让她重新展开笑颜。"

"您的蒂莉就待在这店里吧，我女儿和我在城里逛街的时候，要学会跟我在一起！"女孩的母亲一边回答，一边用力拉着她女儿的手臂，使得小女孩不得不松开毛绒玩具的爪子。

"蒂莉会很高兴她有个朋友。"朱莉亚继续坚持。

"您想让一只毛绒玩具高兴？"这位母亲吃惊地问她。

"今天是个有点特别的日子，蒂莉和我都会感到快乐，我相信，您的女儿也会一样。您只要答应一声，就能让三个人快乐，这值得考虑，您说是不是？"

"那么，我说不行！爱丽丝不会有礼物，更何况是陌生人送的。晚安，小姐！"小女孩的母亲说完便要离开。

"爱丽丝值得拥有这个礼物。十年后，你不要跑回来抱怨！"朱莉亚强忍住内心的怒火，说道。

小女孩的母亲转回身，用高傲的眼神看着朱莉亚。

"小姐，您生下了一只毛绒玩具，而我生下的是一个女儿。要是您想的话，请把您的生活经验留给自己吧！"

"说得没错，小孩子不是毛绒玩具，我们不能像缝补玩具一样缝补他们的伤口！"

这个女人怒气冲冲地走出商店，头也不回地穿过第五大道的人行道离开了。

"对不起，我的蒂莉，"朱莉亚对着毛绒水獭说，"我想我缺乏外交手腕。你了解我的，我不擅长这个。别担心，你等着看吧，我一定会给你找到一个温暖的家，一个专属于你的家。"

在一旁的商店经理目睹了这一切，走到朱莉亚身边。

"沃尔什小姐，见到您真高兴，都有一个月没看到您来我们这儿了。"

"最近几个星期我工作很忙。"

"您设计的玩具非常受欢迎，这已经是我们订的第十只玩具水獭了。只要在橱窗里摆四天，嘿，很快就没了。"商店经理一边说，一边把毛绒玩具放回原处。"如果我没弄错的话，这只摆在橱窗里差不多有两星期了，不过，像这样的天气……"

"这跟天气没关系。"朱莉亚回答，"这只蒂莉是真的，所以她比较刁蛮，她要自己选择接纳她的家。"

"沃尔什小姐，您每次过来看我们的时候都这么说。"商店经理答道，觉得朱莉亚很有意思。

"她们每一只都是独特的。"朱莉亚坚定地说，然后向经理挥手道别。

外面的雨已经停了。朱莉亚离开商店，往曼哈顿下城方向步行而去，她的身影很快隐没在人群中。

❖

霍雷肖街两旁的树木被湿透的叶子压得弯弯曲曲。傍晚时分，太阳总算又露出小脸，躺在哈得孙河的河床上。温暖的红色阳光洒遍了西村区的大街小巷。朱莉亚向她家对面的小希腊餐厅的老板打了声招呼。正忙着在露天座上摆桌椅的老板也向她回礼，还问她今晚要不要为她留位子。朱莉亚礼貌地回绝，答应他明天星期天一定会过来吃饭。

她拿出钥匙打开她家住所小楼的大门，然后爬上二楼。斯坦利坐在楼梯最后一级台阶上等着她。

"你怎么进来的？"

"是吉姆尔，你家楼下商店的那个老板。他正把箱子搬到地下室，我帮他一起搬。我们聊了他店里最新款的鞋子，那些鞋子真是美极了。可是现在还有谁买得起这样的艺术品？"

"看看周末他店里进进出出的人群，每个人手上都拎着包装精美的盒子，相信我，买得起的人多得是。"朱莉亚答道。"你是不是需要什么东西？"她边说边打开自己的房间。

"我不需要，不过你需要，你需要一个伴，毫无疑问。"

"看你一副哈巴狗似的可怜样，真不知道我和你到底是谁孤单。"

"好吧，为了保护你的自尊心，我对我的不请自来负全责！"

朱莉亚脱下大衣，甩到壁炉旁的沙发椅上。房间里飘荡着沁人的香味，这是沿红砖外墙攀缘而生的紫藤花散发出来的。

"你家可真漂亮。"斯坦利一边赞美，一边躺倒在沙发上。

"至少今年我可以完成这件事。"朱莉亚边说边打开冰箱。

"完成什么事？"

"把这栋老房子的楼上整理一下。要来点啤酒吗？"

"啤酒会让我发胖！来杯红葡萄酒怎么样？"

朱莉亚迅速地在木质餐桌上摆好两副餐具、一盘奶酪，打开一瓶解百纳干红，把一张贝西伯爵❶的唱片塞进CD机，然后招呼斯坦利过来坐到她对面。斯坦利看着酒瓶上的标签，嘴里发出啧啧的赞叹声。

"这是正宗的晚宴大餐，"朱莉亚俯身坐在椅子上，"除了缺少两百个宾客和一些小点心之外，只要我们闭上眼睛，几乎可以相信这是我的婚礼晚宴。"

"亲爱的，你想跳个舞吗？"斯坦利问她。

还没等朱莉亚回答，他便使劲拉着她起身，一起跳摇摆舞。

"你看，这少说也是个庆祝晚会。"斯坦利笑容满面地说。

朱莉亚把头靠在他的肩膀上。

"我的老朋友，要是没有你，我都不知道做什么。"

"什么都做不了，不过这个，我早就猜到了。"

曲子结束了，斯坦利回到原位坐下。

"你给亚当打过电话了吗？"

朱莉亚走路回家的时候，给她的未婚夫打过电话表示歉意。亚当明白这个时候她需要独处。倒是他对自己在葬礼上的笨拙感到内疚。他从墓园回家后和他母亲谈过，母亲责备他言辞不当。他今晚会去父母的别墅和家人一起度过余下的周末。

"有时候我在想，你父亲选在今天下葬并不是件坏事。"斯坦利低声

❶ 贝西伯爵（1904—1984），贝西爵士乐队的创始人，摇摆舞曲的代表人物之一。

说，然后又喝了一杯红酒。

"你真的这么不喜欢他！"

"我可没这么说！"

"在这个有两百万单身男女的大城市里，我独自生活了三年。亚当很礼貌、大方，又很体贴、亲切。他完全接受我没有规律的工作时间。他竭尽全力让我获得幸福，还有最重要的，他爱我。所以，你就给我面子，对他宽容一点。"

"但是我对你的未婚夫没有任何不满，他很完美！只是我更希望看到在你的生命中，能有一个男人让你疯狂，哪怕他浑身都是缺点，而不是一个因为有一些优点就赢得你的人。"

"对我说教容易，那你呢，你为什么还是一个人？"

"我的朱莉亚，我不是一个人，我是鳏夫，这可不一样。并不是说我爱的男人死了，他就完全离开我了。真应该让你看看躺在病床上的爱德华有多帅。他并没有因为生病而失去光彩。他还是很有幽默感，连他说的最后一句话都不例外。"

"他最后一句话说了什么？"朱莉亚握住斯坦利的手。

"我爱你！"

两个人相互对视，陷入了一阵沉默。斯坦利站起身，穿上外套，然后亲了下朱莉亚的额头。

"我要回家睡觉去了。今晚你赢了，感到孤独的那个人是我。"

"再等一会儿。他对你说的最后一句话真的是，他爱你？"

"这是最微不足道的事，他因为欺骗我而痛不欲生。"斯坦利微笑着说。

❧❧❧

第二天早上，在沙发上睡着的朱莉亚睁开双眼，发现斯坦利在她身上盖了一条毛毯。过了一会儿，她在吃早餐用的大碗下面发现一张字条，上面写着："不管我们彼此之间有过什么不愉快，你都是我最好的朋友，还有，我也很爱你，斯坦利留。"

❧❧❧

早上十点钟的时候，朱莉亚离开家门，决定去办公室里度过这一天。她的工作进度已经落后，待在家里也只是转来转去，或者做更没意义的事，去整理那些几天后又变回一团乱的东西。打电话给还在睡梦中的斯坦利，同样没有必要。每个星期天，除非把他从床上拖下来去吃午饭，或者用肉桂煎饼来诱惑他，否则他要睡到下午三四点钟才起床。

霍雷肖街仍然空空荡荡。朱莉亚向坐在茴香酒露天座上的几个邻居打招呼。走到第九大道时，她掏出手机给亚当发送了一条问候短信。过了两个十字路口后，她踏进切尔西农夫市场大楼，搭电梯来到顶层。她把识别卡插进公司大门的门禁读卡器，然后推开沉重的铁门，走进办公室。

三个电脑绘图员正在各自座位上工作。朱莉亚看到他们的气色，还有纸篓里一大堆压扁的咖啡杯，就明白他们昨晚一定在办公室里过夜了。

这几天一直困扰她的工作问题显然还没解决。没人能编写出一个正确的命令，让一群蜻蜓变得栩栩如生，能够保护一座城堡免受大批螳螂的攻击。挂在墙上的工作表显示，这个星期一螳螂就要大举进攻。所以明天之前，如果蜻蜓大队不能起飞的话，要么城堡将轻而易举地落入敌人之手，要么这部新动画片将推迟完工，两种情形都令人难以想象。

朱莉亚把椅子推到同事中间坐下，询问了他们的工作进度，然后决定采取紧急措施。她拿起电话，一个个打给工作小组的成员。她先向每一位同事道歉，要占用他们的星期天下午，希望他们在一小时之内到公司会议室集合。哪怕是要重新修改原有数据，或者是要工作到三更半夜，也一定要在星期一早晨看到蜻蜓在伊诺克利城堡上空出现。

在第一组同事已经束手无策后，朱莉亚飞奔下楼来到市场，买了两箱各种各样的蛋糕和三明治，给同事们补充能量。

中午十二点，接到电话后来到公司的有三十七个人。早上气氛安静的办公室，马上变得像炸开的蜂窝。绘图师、电脑绘图员、彩绘员、程序员和动画专家，大家互相交换报告、分析资料，包括一些荒唐无比的想法。

下午五点，一名新来不久的同事发现了一条线索，令所有人兴奋不已，立刻来到会议室开会。这名刚被雇用不久的年轻工程师叫查理，来上班的时间才一星期。当朱莉亚请他发言解释自己的观点时，他嗓音颤抖，说话含混不清。他的组长嘲笑他的口头表达能力，让他更加紧张。好长一段时间里，嘲笑声不断从他背后传来，然而，当这个年轻人开始操作电脑，嘲笑声就戛然而止了。他的电脑屏幕上出现了一只振翅飞翔的蜻蜓，在伊诺克利城堡的上空画出一道美丽的弧线。

朱莉亚第一个向他祝贺，其他三十五个同事也纷纷为他鼓掌。现在剩下的工作就是让其余七百四十只全副武装的蜻蜓起飞。这一次，年轻的工程师信心大增，向大家解释他的方法，通过这种方法，也许可以成功地大量复制。正当他详细说明自己的构想时，电话铃声突然响起。一个同事接起电话，向朱莉亚做了个手势，示意电话是找她的，似乎有急事。朱莉亚低声交代身边的同事，要仔细记录查理的构想，然后离开会议室，到自己的办公室接电话。

❖❖❖

朱莉亚马上听出打来电话的是霍雷肖街住所楼下的鞋店经理吉姆尔先生。肯定又是家里的水龙头坏了，自来水一定是渗过天花板滴到了吉姆尔先生店里的鞋子上。他店里每双鞋子的价格相当于她半个月的薪水，如果运气好碰上打折，就是一个星期的薪水。朱莉亚之所以知道这些，是因为去年，她保险公司的客户经理开了一张数目不菲的支票给吉姆尔先生。那张支票正是为了弥补她家里漏水带给吉姆尔先生的损失。朱莉亚离开家的时候，忘了关上那台老旧不堪的洗衣机的水龙头。可是话说回来，谁又能保证永远不会忘记这个小动作呢？

那一天，保险公司的客户经理向她宣布，这是最后一次替她负责这种赔偿。他之所以这么做，是因为蒂莉是他孩子们的偶像，自从他给孩子们买了动画片的DVD，拜蒂莉所赐，他终于可以在星期天上午获得自由，所以他才极力说服公司不要取消她的保险合同。

至于朱莉亚和吉姆尔先生的关系，她花费了大把精力才有所改善。邀请他参加斯坦利家的感恩节宴会，在圣诞节献上祝福，在其他许多事情上表达关心等，这才恢复了邻里之间的正常气氛。吉姆尔先生这个人并不讨人喜欢，什么事都有他的大道理，而且说话总喜欢冷嘲热讽。朱莉亚屏住呼吸，等待他宣布灾难的来临。

"沃尔什小姐……"

"吉姆尔先生，不管发生了什么事，我都为此感到非常难过。"

"不会比我更难过，沃尔什小姐，我店里到处都是人，还有很多其他事情要做，而不是在您不在家的时候，帮您接收货物。"

朱莉亚努力平复心跳，想了解到底是怎么回事。

"接什么货？"

"沃尔什小姐，是您该告诉我什么货！"

"很抱歉，我什么货也没订，再说就算订了，也是送到我的办公室来。"

"哦，这一次好像不是这样。有一辆大卡车停在我的店门口。星期天可是我店里生意最好的日子，这对我的损失太大了。那两个大块头把给你的木箱搬下来后就不肯走，要等到有人来收货才肯离开。我问您，我们该怎么办呢？"

"一个木箱？"

"没错，刚才我和您说过了。我的客人都不耐烦了，您还要我每句话都重复两遍吗？"

"我很抱歉，吉姆尔先生，"朱莉亚接着说，"我不知道该说什么才好。"

"您总该告诉我您什么时候可以回到家吧，这样我可以告诉那几个人，我们还要因为等您浪费多少时间。"

"可是我现在不可能赶回家，我正在公司工作……"

"沃尔什小姐，难道我是闲着在做华夫饼？"

"吉姆尔先生，我没有在等什么货，不等纸箱，不等信件，更没有在等木箱！一定是有人弄错了。"

"您的木箱就放在我的店门口，所以我不戴眼镜就能透过橱窗看到上面写着您的名字，用特大字体写得清清楚楚，名字下面是我们两个人的共同地址，最上方还写着'易碎品'三个字。可能是您忘记这件事情了吧！这不是您第一次忘记事情了，我说得对吗？"

到底是谁发的货呢？会是亚当送的礼物吗？还是自己订了货又忘记了呢？还是本来要发往公司的却写错地址了？不管怎么样，朱莉亚也不能把星期天叫过来加班的同事丢在公司。听吉姆尔先生的语气，他是要她在最短时间内找出解决办法，更确切地说，是马上就得想办法。

"吉姆尔先生，我想我找到解决办法了。有了您的帮助，我们就可以脱离困境。"

"我很欣赏您的数学头脑。您应该说的是，您解决的是您个人的问题，而不是我的问题，没有必要把我再一次牵扯进来，您真让我惊讶，沃尔什小姐。好吧，我现在洗耳恭听。"

朱莉亚告诉他，她在楼梯第六级台阶的地毯下藏了一把备用钥匙。他只要数一数台阶就行了，如果不是第六级，就是第七级或者第八级。这样，吉姆尔先生就能开门让送货员进来，她确信，只要事情一办完，送货员就一定会马上把挡在店门口的卡车开走。

"我估计，最理想的情况是，我必须等他们走后把你家的门锁上，是不是？"

"这是最理想的，我找不出比这更确切的字眼，吉姆尔先生……"

"沃尔什小姐，如果是家用电器的话，我向您强烈建议找一位经验丰富的电气工帮您安装。您明白我的意思吧！"

朱莉亚正想跟他保证，自己从没买过任何这类电器，但是她的邻居已经挂掉电话。她耸耸肩膀，想了几秒钟，然后转身回去继续投入占据她全部精力的工作中。

✦

夜幕降临，所有人都聚集在会议室的电脑屏幕前。查理负责操作电脑，演示效果非常令人振奋。只要再工作几小时，"蜻蜓和螳螂大战"就能在预定时间上演。工程师们在检查数据公式，绘图员们在修饰影片背景的细节，而朱莉亚开始觉得自己派不上用处。她到茶水间去，刚巧碰上了德雷。他是个绘图师，也是朱莉亚的朋友，大学期间他们曾一起求学。

德雷看到她伸展四肢，猜到她背上又痛了，于是劝她回家休息。她很幸运，住所离公司只有几条街，那就应该好好利用这个好处。试片一结束，德雷便会马上打电话通知她。朱莉亚对他的关心很感动，但是她觉得自己应该留下来和同事们在一起。德雷却说，她在办公室之间走来走去，只会给疲惫的同事们增加无形的压力。

"从什么时候开始，我的存在成了一种负担？"朱莉亚问。

"没那么夸张，大家的神经都绷得紧紧的。这六个星期以来，我们没有休息过一天。"

朱莉亚原本应该休息到下个星期天，德雷也坦言，大家原本是希望利用这段时间放松一下。

"我们以为你去蜜月旅行了……朱莉亚，别往坏处想。我只是他们的代言人。"德雷有些尴尬，继续说道，"这是你接受担任主管所付出的代价。自从你升职成为创作部主管后，你就不再是工作上的普通同事了，因为你象征了某种权威……证据就在这里，你只要几通电话就能召集这么多人来加班，而且还是在星期天！"

"我觉得这是值得的，不是吗？不过我想我能明白你的意思，"朱莉亚回答，"既然我的权威会对同事们的创造力造成负担，那我就回家了。你们完成工作后，一定要打电话给我，不是因为我是你们的主管，而是因为我是团队中的一分子！"

朱莉亚拿起搁在椅子上的风衣，查看钥匙是否放在牛仔裤的口袋里，然后快步向电梯走去。

从大楼出来时，她拨了亚当的电话号码，而电话那头仍然传来语音信箱的声音。

"是我，"她说道，"我想听听你的声音。这个星期六过得很惨，星期天也一样悲剧。最后想想，我不知道一个人待在家里是不是最好的主意。不过至少，我的坏情绪不会让你受折磨。刚才我几乎被我的同事赶出办公室。我要去散散步，你也许已经从乡下回来了，正躺在床上睡觉。我想你的母亲一定把你烦死了。你早该给我发条信息。再见啦。我刚才正想跟你说，要给我回个电话。我真蠢，因为你应该在睡觉。总之，我觉得我刚才说的那些话都很蠢。明天见。醒来之后给我打个电话。"

朱莉亚把手机放回皮包里，然后沿着河堤散步。半个小时后，她回到家中，发现大楼门口上贴了一个信封，上面写着她的名字，字迹潦草。她感到好奇，拆开信封查看。"在为您收货时，我损失了一位女顾客。钥匙已放回原处。附注：钥匙是放在第十一级台阶，而不是第六级、第七级或第八级！祝您星期天愉快。"这封简短的信并没有署名。

"他真应该去给小偷画路线图！"她一边低声抱怨，一边爬上楼梯。

她往二楼走去，越往上走，她越是着急地想知道，在家里等待她的箱子里到底装着什么。她加快步伐，找到地毯下的钥匙，决定另找一个地方藏好，然后开灯进入屋内。

一个巨大的木箱直立在客厅正中央。

"这会是什么东西呢？"她喃喃自语，把随身衣物放在茶几上。

木箱的侧边印有"易碎品"字样，下面贴着一张纸条，她的名字赫然在上。朱莉亚围着这个浅色大木箱转了一圈。显然箱子太重，她根本搬不动，就算移几厘米也困难。她也不知道怎么打开，除非有锤子和螺丝刀。

亚当仍然没回电话，现在只剩下她的老救星了。她拨通了斯坦利的手机。

"我有没有打扰到你？"

"星期天晚上，而且是这个时候？我正在等你来电话约我一起出去呢。"

"老实告诉我，你有没有派人送了一个两米高的大箱子到我家？"

"你在说什么呢，朱莉亚？"

"跟我想的一样！下一个问题，怎样才能打开一个两米高的大箱子？"

"箱子是什么材料做的？"

"木头！"

"也许用锯子吧？"

"谢谢你的建议，斯坦利，"朱莉亚回答，"我的手提包和家庭药箱里怎么会有这个东西？"

"我能知道箱子里装的是什么吗？"

"这正是我想知道的！斯坦利，要是你这么好奇，现在就立刻跳上一辆出租车，到我家来帮忙吧。"

"亲爱的，我穿着睡衣呢！"

"我以为你准备好要出门了？"

"从我床上出门！"

"那只有我自己想办法了。"

"等一下，让我想想。有没有什么手柄？"

"没有！"

"有没有铰链？"

"我没看到。"

"这会不会是一件现代艺术品，一个打不开的箱子，出自一位名家之手？"斯坦利调侃道。

朱莉亚一言不发，斯坦利明白现在根本不是开玩笑的时候。

"你有没有试着轻轻推一下，只是一下，就像打开衣柜的门一样？推一下，然后就……"

正当斯坦利继续解释他的方法时，朱莉亚把手放在了木箱上。她按照斯坦利刚才的建议，用手一推，箱子正面的木板便缓缓转开。

"喂？喂？"斯坦利对着电话筒大喊，"你还在吗？"

电话筒从朱莉亚的手中滑落到地上。箱子里的东西令她目瞪口呆。对她而言，她看到了一件令人难以置信的东西。

斯坦利的声音仍然从地上的电话筒中传来。朱莉亚慢慢俯身把电话筒捡起来，目光仍然没有离开箱子。

"斯坦利？"

"你把我吓坏了，没事吧？"

"算是吧。"

"要不要我穿好衣服，马上去你家？"

"不用了，"朱莉亚漠然地说，"没这个必要。"

"你已经打开那个箱子了？"

"打开了，"她心不在焉地回答，"我明天打电话给你吧。"

"我很担心你！"

"斯坦利，回去睡觉吧，晚安。"

话音刚落，朱莉亚挂断了电话。

"谁会给我送这样一个东西？"她孤独地立在房子正中央，大声说。

在箱子正中央，一座真人般大小，酷似安东尼·沃尔什的蜡像伫立在她面前。蜡像的逼真程度令人难以置信，仿佛它只要睁开眼睛，就能变成有血有肉的活人。朱莉亚感觉自己快要窒息了，几滴汗珠顺着脖子不断往下流。她一步步靠近蜡像。这座和她父亲身材相仿的蜡像做工精致，皮肤的颜色和纹理像得令人吃惊。鞋子、黑灰色西装、白色棉质衬衫，这些都和安东尼·沃尔什生前的日常打扮一模一样。她很想碰碰他的脸颊，拔下他的一根头发，看看是不是他本人。但是，朱莉亚和父亲已经很长时间没有直接接触了。没有拥抱，没有亲吻，甚至没有碰过手，所有表达温情的动作都没有过。多年来造成的代沟是无法填补的，更何况现在面对的是一座蜡像。

现在必须面对的是这样一件难以想象的事情。有人莫名其妙地请人制作了安东尼·沃尔什的蜡像，就跟在魁北克、巴黎、伦敦的那些蜡像馆里的蜡像一样，甚至比她目前为止看过的蜡像都要逼真，逼真得让人忍不住想大喊。大喊，这正是朱莉亚刚才最想做的事。

朱莉亚仔细打量了一下蜡像，发现在袖口翻边上别着一张小字条，上面有一个用蓝墨水画的箭头，指向外套胸前的口袋。朱莉亚取下字条，看到字条背面写的字："把我打开。"她立刻认出了她父亲独特的笔迹。

箭头指示的胸前口袋，是安东尼生前喜欢塞一条丝巾的口袋。从这个口袋里露出一个很像遥控器的东西。朱莉亚取下遥控器，上面只有一个长方形的白色按钮。

朱莉亚感到一阵眩晕。她希望这是个噩梦，过一会儿自己就会从梦中醒来，浑身大汗，然后对这些古怪想法一笑置之。当看到父亲的灵柩放入土中时，她对自己说，父亲在她心中已经死去很多年，她不会因为他的消失而感到痛苦，因为父亲几乎有二十年的时间不在她身边。她还差点为自己的成熟而感到骄傲，没想到还是不自觉地掉入陷阱，多么荒谬可笑。在她的童年时代，父亲永远是消失的状态，现在，更不可能让他的影子纠缠住一个成熟女人的生活。

在马路上行驶的垃圾车摇摇晃晃，传来的声音如此真实。朱莉亚非常清醒，在她面前伫立着的是一座双眼紧闭的塑像，仿佛在等待她做决定，要不要按下遥控器的按钮。

垃圾车渐渐远去，朱莉亚真希望它不要开走。她要冲到窗口前，请求清洁工把这个可怕的噩梦从她房间里搬走。可是街道又再度陷入寂静之中。

她的手指摸着按钮，轻轻地摸，却没有力气按下去。

这件事必须到此为止。最明智的方法是立刻关上箱子，在贴纸上找出物流公司的电话号码，明天一大早就打电话过去，要求他们过来把这个讨厌的假人搬走，最后再想办法找出这场恶作剧的主使。是谁想出这样一个把戏？在她认识的人中，有谁做得出这么残忍的事？

朱莉亚把窗户打开，深深地呼吸着夜晚温暖的空气。

外面的世界一切如故，和她跨过门槛回家前没有区别。小希腊餐厅的桌子全都堆在一起，招牌的灯光也已经熄灭，一个女子牵着她的小狗正穿过十字路口。这是一只咖啡色的拉布拉多犬，走路歪歪扭扭，小脑袋扯着皮带，一会儿去嗅路灯灯脚，一会儿去嗅窗底下的墙脚。

朱莉亚屏住呼吸，把遥控器紧紧握在手中。她在脑海中反复搜索所有认识的人，只有一个人的名字不断闪现，只有一个人才能想出这样的把戏。在愤怒的驱使下，她转过身，走到客厅当中，决定要核实自己的预感是否正确。

她用手指按了一下按钮，听到咔嗒一声响。接着，这个原本就不算塑像的家伙睁开了眼皮，脸上露出了一丝微笑，然后朱莉亚听到父亲的声音：

"你是不是已经有点想我了呢？"

偷来的时光

让我们从永恒中偷几个小时过来，一起分享那些我们没谈过的事。正是为了这个，我才从另一个世界回来。

"我在做梦！今晚碰上的事没有一件是正常的！告诉我这是一场梦，不然我以为自己真的疯了。"

"好了，好了，别激动了，朱莉亚。"她父亲的声音回答。

他向前迈了一步，踏出箱子，然后一边伸懒腰，一边做表情。这些动作非常逼真，就连有点刻板的脸部线条和表情也惟妙惟肖。

"不，你没有疯，"他接着说，"你只是太惊讶了，我完全理解，在这种情形之下很正常。"

"没有一件事是正常的，你不可能在这里，"朱莉亚摇着头低声说，"这绝对不可能！"

"没错，不过在你面前的不完全算是我。"

朱莉亚用手捂住嘴巴，突然放声大笑。

"人脑真是个不可思议的机器！我还差点相信这一切。我现在是在睡梦中，刚回家时我喝了点糟糕的东西。是白葡萄酒吗？对了，我喝不了白葡萄酒！我真是个白痴，居然掉进自己稀奇古怪的梦里面。"她一边说，一边在房间里走来走去。"相信我，在我做过的所有梦当中，这是最荒诞的一个！"

"停一下，朱莉亚，"她父亲温柔地说，"你完全清醒，你的头脑非常清晰。"

"不对，对这点我很怀疑，因为我看见了你，因为我在和你说话，而且，因为你已经死了！"

安东尼沉默不语，看了她几秒钟，然后和蔼地回答：

"你说得没错，朱莉亚，我已经死了！"

朱莉亚僵直地站在原地瞪着他，一副惊讶过度的模样，于是他伸出手搭在她的肩膀上，指着沙发椅。

"你坐下来一会儿听我说好吗？"

"不好！"她慌忙躲闪。

"朱莉亚，你一定要听听我要和你说的话。"

"要是我不想听呢？为什么所有事情总是要按照你的决定去做？"

"现在不会了。你只要按一下遥控器的按钮，我就会立刻恢复原状，像刚才那样一动不动。但是对今晚发生的一切，你将永远找不到答案。"

朱莉亚看了看手掌中的遥控器，思索片刻，然后紧咬着牙关，心不甘情不愿地坐下来，决定听从这个酷似她父亲的机器人的话。

"说吧！"她低声说道。

"我知道今晚的事有点让人不知所措。我也知道，我们俩已经很长时间没有联系了。"

"一年零五个月！"

"有这么久吗？"

"又二十二天！"

"你的记性有这么好啊？"

"我还记得我生日那天的事。你叫秘书打电话来，说不用等你吃晚饭，因为你赶不上开饭的时间，可是你后来根本没有来！"

"我记不得了。"

"我可记得很清楚。"

"不管怎么说，这不是今天要讨论的问题。"

"我可没问过你什么问题。"朱莉亚冷冰冰地回答。

"我不知道要从哪里开始说。"

"凡事都有个开头，这是你的口头禅之一，那么，你先解释一下今晚发生的事吧。"

"几年前，我成为一家高科技公司的股东，大家都管它叫高科技，那就这么叫吧。几个月后，这家公司需要更多的投资，我就随之增加了对它的投资，最后我的股份额让我成为董事会的会员。"

"又是一家被你集团收购的公司？"

"不是，这一次是以我个人的名义投资。我只是其中一个股东而已，当然，我毕竟是一个重要的股东。"

"你花这么多钱投资的公司是做什么的？"

"机器人！"

"你说什么？"朱莉亚大吃一惊。

"你听得没错，你也可以叫，人形机器人。"

"做什么用呢？"

"我们并不是第一批想制造人形机器人的公司，这样一来，机器人可以替我们做一些人类不愿意做的杂事。"

"你回到人间就是为了替我打扫房间？"

"……上街买东西、看家、接电话、回答各种问题，这些都属于机器人的应用范围。不过，我跟你提到的公司所开发的项目更先进，也可以说，野心更大。"

"比如说？"

"比如说，能够让家人有机会和他多相处几天。"

朱莉亚看着他，一脸惊愕的表情，显然并没有真正理解他的意思。于是，安东尼继续解释……

"多相处几天，在他死去之后！"

"你是在开玩笑吧？"朱莉亚问道。

"从你打开箱子时的那副表情看来，这个玩笑倒是很成功。"安东尼一边回答，一边对着墙壁上的镜子打量自己。"不得不说我已经接近完美。不过，我一直以为自己脸上没有皱纹的。他们有点夸张了脸部线条。"

"我还小的时候，你脸上就有皱纹了。除非你去做拉皮手术，我想皱纹是不会自己消失的。"

"谢谢！"安东尼笑容满面地回答。

朱莉亚站起来，靠近他仔细观察。如果在她面前的真是一部机器，那不得不承认，这个产品的确是巧夺天工。

"不可能，从技术上来说，这是不可能的。"

"你昨天在电脑上完成了什么工作？而仅仅在一年前，你还大喊不可能完成的。"

朱莉亚坐在厨房的桌子上，把头埋在手里。

"我们投入了大量资金才得到这样的结果，而且，老实跟你说，我也只是个样品而已。你是我们的第一个客户，当然，对你是免费赠送。这是我送给你的礼物！"安东尼亲切地对朱莉亚说道。

"礼物？有谁会发疯想要送这种礼物？"

"你知道有多少人在生命最后一刻会说，'要是我早知道，要是我早明白、早听到，如果我能对他们说，如果他们知道的话……'"看到朱莉亚一言不发，安东尼接着说，"这个市场非常巨大！"

"跟我说话的东西，真的是你吗？"

"差不多是！应该说，这部机器存储了我的记忆，以及我绝大部分的脑皮质。它是由好几百万个计算机处理器组成的精密装置，拥有复制皮肤颜色和纹理的技术，而且行动十分灵活，完美得可以和人体力学相媲美。"

"为什么？这么做的目的是什么？"朱莉亚听得目瞪口呆。

"目的是让我们能拥有我们一直缺少的那几天，从永恒中偷几个小时过来，只是为了你和我能够一起分享那些我们没谈过的事。"

　　朱莉亚起身离开沙发椅。她在客厅里走来走去，时而想承认自己所碰到的是事实，时而又完全否认。她走到厨房倒了杯水，一饮而尽，然后回到安东尼身边。

　　"没有人会相信我！"她打破沉默，开口说道。

　　"每一次构思动画故事的时候，你不就是这么对自己说的吗？每一次拿起笔描绘你的角色时，萦绕你脑海的不都是这个问题吗？当我不理解你的职业时，你不是跟我说过，我是个完全不理解梦想力量的无知者？你不是向我解释过很多次，有成千上万的孩子带着他们的父母，进入到你和你的朋友在电脑上创造出来的幻想世界？你不是提醒过我，尽管我不相信你会前途似锦，你的工作成绩却为你赢得了大奖？你创造了一个颜色古怪的水獭，而且还把它当成真实的存在。现在，有一个不可能的人物出现在你眼前，可你拒绝相信，就是因为这个人物长得像你父亲，而不是像那些奇形怪状的动物，你说对吗？如果你真这样认为，那么我告诉过你，你只要按下这个遥控器的按钮！"安东尼说完，用手指了指朱莉亚搁在桌子上的遥控器。

　　朱莉亚听完之后，开始鼓掌。

　　"够了，不要以为我死了你就可以这么嚣张！"

　　"如果真的只需要按下这个按钮就可以让你闭嘴，那我就不客气了！"

正当她父亲的脸上出现她熟悉的愤怒表情时，街道上传来两声短促的喇叭声。

朱莉亚立刻开始心跳加速。即便在一百个变速箱发出的嘎嘎声当中，朱莉亚也能听出这是亚当每次换倒车挡时发出的声响。毫无疑问，他现在正在楼下停车。

"糟糕！"她马上跑到窗前。

"是谁？"她父亲问道。

"是亚当！"

"亚当是谁？"

"这个星期六原本应该和我结婚的那个男人。"

"原本应该？"

"星期六的时候，我去参加你的葬礼了！"

"啊对！"

"啊对……这个我们晚点再说！现在，你赶快回到箱子里去！"

"你说什么？"

"亚当一停好车就会上来，现在我们还有点时间。为了出席你的葬礼，我取消了婚礼。要是你能不让他看见你在我家里的话，这会帮我一个大忙！"

"我不明白为什么要保守没有意义的秘密。如果他是你原本想要共度一生的人，那你就应该信任他！我完全可以向他解释清楚情况，就像刚才跟你解释一样。"

"首先，请收回'原本'这个词，婚礼只是延期而已！至于你的解释，问题就出在这里，我自己都无法相信，更别要求他能相信了。"

"也许他的思想比你来得开放？"

"亚当连一台摄影机都不会用，至于机器人，我更感到怀疑。快回到你的箱子里去，真要命！"

"请允许我评价，这真是个傻主意！"

朱莉亚看着她的父亲，火冒三丈。

"哦，没必要给我这种脸色看。"他立刻解释，"你只要花两秒钟想想就行了。你的客厅里放了一个紧闭的两米高的大箱子，你不觉得他会很想知道里面装的是什么吗？"

看到朱莉亚没有回答，安东尼继续得意地说："这和我想的一样！"

"你动作快点，"朱莉亚一边靠近窗口，一边哀求他，"你快找个地方躲起来，他刚才关掉引擎。"

"你家里可真小。"安东尼吹着口哨，打量了房子四周。

"这符合我的需要和我的经济能力！"

"不是这样。如果有个，比如说有一个小客厅、一间书房、一间桌球室，或者有一个洗衣间也好，这样我至少可以去里面等你。这些公寓都只有一个大房间……好奇怪的生活方式！住在这里你怎么保持起码的隐私呢？"

"大多数人的家里都没有书房，也没有桌球室。"

"你说的是你的朋友，亲爱的！"

朱莉亚转过头，愤怒地瞪着他。

"你活着的时候就在破坏我的生活，等你死后，又叫人造出一个价值达三十亿的机器来继续纠缠我，是不是？"

"就算我是个样品，我这部机器，照你所说，就算是部机器吧，也不可能值这么多钱，否则你想想，没有人能买得起。"

"你的朋友也许能吧？"朱莉亚用嘲讽的口吻回答。

"我的朱莉亚，你的脾气可真坏。好吧，既然你急着要让刚才重新出现的父亲消失，我们就别拖拖拉拉了。楼上是什么？是个仓房还是阁楼？"

"是另外一间房子！"

"是不是住了一个你很熟的女邻居，我可以上去找她要点黄油或者盐，这样你就有时间把未婚夫打发走？"

朱莉亚迅速跑到厨房里，把橱柜一个个打开。

"你在找什么？"

"找钥匙。"她低声回答。这时，她听到亚当在街上叫她的名字。

"你有楼上房子的钥匙？我要提醒你，要是你让我躲到地窖去，我肯定会在楼梯上遇到你的未婚夫。"

"我是楼上房子的房东！去年我用奖金买下来的，不过我还没有钱去装修，所以上面还是乱七八糟的。"

"为什么说是乱七八糟，难道这里算是整齐的吗？"

"你再说我就杀了你！"

"很抱歉要反驳你的话，可惜太迟了。再说，如果你的房间整整齐齐，你早该找到炉灶旁边钉子上挂着的那串钥匙。"

朱莉亚抬起头，立刻向那串钥匙跑去。她抓起钥匙马上交给父亲。

"赶快上楼，不要出声。他知道楼上没住人！"

"你最好过去和他说说，不要在这里指挥我。他在街上一直喊你的名字，迟早会吵醒所有的邻居。"

朱莉亚跑到窗前，把头探出窗外。

"我至少按了十遍门铃了！"亚当往人行道上退了一步，抬头和朱莉亚说。

"对讲机坏了，很抱歉。"朱莉亚回答。

"你没听到我喊你的声音吗？"

"听到了，哦不，没有，刚刚才听到。我在看电视呢。"

"你可以给我开下门吗？"

"当然可以。"朱莉亚心中犹豫不决，人还站在原地，耳边传来父亲出去后关门的声音。

"呃，我的突然来访好像让你开心过头了！"

"当然啦！为什么你这么说呢？"

"因为我还站在人行道上呢。听到你的留言，我感觉到你的心情不太好，我是这么觉得……所以我一从乡下回来就上你这儿来，但如果你希望我离开……"

"不要走，我给你开门！"

她走到对讲机旁，按下控制门锁的开关。一楼传来门闩的咯吱声，然后她听到亚当走在楼梯上的脚步声。她急急忙忙地跑到厨房，抓起遥控器，又慌忙把它丢开——这个遥控器对电视机不起一点作用——她赶紧打开餐桌的抽屉，找出电视机的遥控器，心中祈祷电池还有电。就在亚当推开房门的那一刻，电视机亮了起来。

"你没锁房门吗？"亚当进来时问她。

"锁了，我为你才开的门。"朱莉亚随机应答，心中对父亲一肚子怒火。

亚当脱下外套，随手放到一把椅子上。他看着电视屏幕上雪花闪烁的画面。

"你真的在看电视吗？我一直以为你讨厌看电视。"

"难得看一次。"朱莉亚答道，设法让自己的情绪平静下来。

"我想说，你看的节目不是很有趣。"

"别取笑我了，我刚想把它关掉，平时我很少看电视，大概是按错了按钮。"

亚当环视四周，发现客厅中央摆着一个奇怪的东西。

"怎么了？"朱莉亚问他，而语气明显在假装若无其事。

"你要是真没看到，我来告诉你，你的客厅中央有一个两米高的大箱子。"

朱莉亚急中生智，找出一些理由来解释，说这是个特别的装货箱，专门为退回的故障电脑而设计。送货员弄错了，把本来送到办公室的箱子送到她家来。

"你的电脑应该非常脆弱，才需要用这么高的箱子来装。"

"那是一部结构复杂的机器，"朱莉亚继续说，"一个很高、很大，又占空间的机器，没错，而且很脆弱。"

"是送货员弄错了地址吗？"亚当将信将疑，继续问道。

"是啊，其实是我在填写订单时写错了地址。都是因为最近几个星期工作得太累，结果我把所有事情搞得一团糟。"

"你可要小心哦，人家会告你侵吞公司财产。"

"不会的，没有人会告我。"朱莉亚回答时，语气中透出些许不耐烦。

"你想跟我说点什么吗？"

"为什么？"

"因为我要按十次门铃，要在街上大喊，你才跑到窗前来看。因为我觉得你看起来很惊慌，电视机开着，可是天线都没有接上。你自己看看！因为你很奇怪，就这样。"

"你觉得我有什么好隐瞒你的，亚当？"朱莉亚反驳，不再刻意隐藏心中的焦虑。

"我不知道，我没说你向我隐瞒什么事，这是你自己跟我说的。"

朱莉亚突然走过去打开卧室的门，接着把身后壁橱的门也打开，然后走到厨房，把所有柜子都打开，先打开洗碗槽上面的柜子，接着是旁边的和再旁边的，直到把最后一个柜子打开为止。

"你到底在干什么？真是的！"亚当问道。

"我在找藏情人的地方，这不就是你想知道的？"

"朱莉亚！"

"什么朱莉亚！"

两人正要吵起来时，电话铃声突然响起。他俩都疑惑地向电话方向看过去。朱莉亚接起电话，听了很久之后，向对方说谢谢并且表达祝贺，然后挂掉电话。

"是公司打来的。他们终于解决了阻碍影片制作的难题，动画片可以继续拍下去，我们可以赶上进度了。"

"你看，"亚当的语调变回温柔，"我们要是按原计划明天早上出发，你也一样可以安心度蜜月。"

"我知道，亚当，我真的很抱歉，希望你理解我的心情！对了，我必须把机票还给你，票在我办公室里。"

"你可以扔了，或者留作纪念，这些票既不能换，也不能退。"

朱莉亚做了一个平时经常做的表情。每次碰到令她不愉快的事，而她又不想发表意见时，她就挑挑眉毛。

"别这样看着我。"亚当立刻解释道，"你也知道，很少有人在蜜月旅行前三天取消行程！我们原本还是可以出发的……"

"是因为那些票不能退钱了？"

"我不是这个意思，"亚当伸手把朱莉亚搂在怀里，"好吧，你的电话留言说得没错，你确实心情不好，我不应该来的。你需要一个人静一静，我跟你说过我可以理解，我话就说到这儿。我回家去，明天又是新的一天。"

正当他要走出门时，天花板传来一阵轻微的响声。亚当抬头往上看，然后看着朱莉亚。

"别乱想，亚当！一定是老鼠在上面跑。"

"我真不明白你怎么有办法住在这杂物堆里。"

"我觉得挺好，有一天我会有钱住在一个大房子里，你等着瞧。"

"这个周末我们可是要结婚的，你也许应该说我们！"

"对不起，我不该这么说。"

"在你看来我的两房公寓太小，那么你打算还要在你家和我家之间来来回回多久呢？"

"不要再提这个老掉牙的问题了，现在不是时候。我向你保证，只要我们有足够的钱装修，把上下两层合起来，我们两个人住着会很宽敞。"

"我是因为爱你，看你好像对这个地方比对我还依恋，才不强迫你离开这里的。要是你真的很想这样，我们现在就可以一起住进来。"

"你在暗示我什么？"朱莉亚问道，"如果你指的是我父亲的财产，我希望你明白，他活着的时候我都不要这些财产，现在也不会因为他的去世就改变主意。我要去睡觉了，既然旅行计划已经取消，我明天会很忙。"

"你说得没错，快去睡觉吧。你最后说的这些话，我都当成是因为你太疲劳的原因。"

亚当耸了耸肩膀，然后离开。走到楼底下时，他也没有回头看正在向他挥手道别的朱莉亚。他出去后，一楼的大门应声关上。

❧❦❧

"谢谢你把我变成老鼠！我都听到了！"安东尼一回到房里便大声说道。

"你难道希望我对他说，有个最新出品的机器人，长得跟我父亲一模一样，正在我们头顶上散步……然后让他马上打电话叫救护车，把我送进疯人院去，是吗？"

"这倒是很有幽默感！"安东尼开心地说道。

"话说回来，要是你想我们继续客套，"朱莉亚又继续说，"那么我谢谢你毁了我的婚礼。"

"可是亲爱的，我死了，请原谅我！"

"也感谢你害得我和楼下商店老板的关系搞僵，接下来几个月他都会用那张冷冰冰的脸对着我。"

"那个鞋店老板！这有什么好在乎的？"

"你脚上不穿鞋子吗？还要谢谢你浪费了我这个星期唯一有空的晚上。"

"我在你这个年纪时，只有感恩节的晚上才休息！"

"我知道！最后还要谢谢你，最厉害的是你让我在我未婚夫面前变成一个泼妇。"

"我可不是引起你们吵架的原因，你的坏脾气才是，这跟我一点关系都没有！"

"跟你一点关系都没有？"朱莉亚大声吼道。

"好吧，也许有那么一点点……我们和解好不好？"

"为今晚，为昨天，为你这么多年来的不闻不问，还是为我们之间所有的战争和解呢？"

"朱莉亚，我从来没跟你作对过。我的确是经常不在你身边，但是我对你从来没有敌意。"

"我想你是在开玩笑吧？你总是毫无理由地设法遥控一切。我到底在干什么呢？居然在和一个死人说话！"

"你要是想把我关掉的话，就去关吧。"

"我也许就应该这么做。把你放回箱子里，然后送回给那个什么高科技公司。"

"18003000001，密码654。"

朱莉亚看着父亲，陷入思考中。

"这是跟那个公司联络的方式，"他接着说，"你只需要拨通这个号码，把密码告诉他们，如果你没勇气关掉我，他们甚至可以帮你遥控操作，然后在二十四小时之内会派人把我搬走。不过你要好好想一想，有多少人希望能和刚去世的父亲或母亲再多相处几天？你不会有第二次机会。我们有六天的时间相处，只有这六天。"

"为什么是六天？"

"这是我们为了解决伦理问题而想出的办法。"

"什么意思？"

"你应该明白，像这样的新发明一定会引起一些道德问题。我们认为有一点很重要，不管这些机器人多么完美，也不能让我们的客户迷恋于此。人死后继续与世人沟通的方式已经有很多，比如遗嘱、书、声音或录像。可以说这些机器人非常具有独创性，尤其特别的是，它具有智能互动的功能。"安东尼越说越兴奋，仿佛他正在说服一位客户。"我们的目的只是让刚刚离世的人拥有比纸张或视频更美好的方式，来传递他最后的心愿，让家人有机会在所爱的人身边多陪伴几天。但是我们不能依赖一部机器来传递情感，从以前的经验中我们也吸取了教训。不知道你是否还记得，有一段时间，制造商推出的婴儿洋娃娃非常受欢迎，结果有些人就把它们当成真的婴儿来看待。我们不想看到类似情况发生。因此，绝不可以让人们在家里留着父亲或母亲的复制品，尽管这个主意是如此诱人。"

安东尼说到这里，看着满脸困惑的朱莉亚。

"好吧，我们的情况不是这样……言归正传，一个星期之后，电池就会耗尽，没有任何办法可以重新充电。所有的记忆都会消失，最后的生命气息将会停止。"

"没有什么办法可以阻止吗？"

"没有，这一切都是事先设想好的。要是有个滑头要给电池充电，记忆就会立即被格式化。说到这个真让人难过，至少对我而言，自己就好像是一个用完即抛的手电筒。度过六天充满阳光的日子后，就进入永恒的黑暗中。只有六天，朱莉亚，只有短短的六天来弥补失去的时光，决定权在你。"

"只有你才会想出这么古怪的主意。我肯定你生前绝不是那家公司的普通股东而已。"

"如果你决定接受这个游戏，而且只要你还没按下遥控器把我关掉，我希望你能继续用现在时动词和我说话。你不介意的话，这六天就算作给我的奖励吧。"

"六天？我很久都没有把六天的时间留给自己了。"

"苹果落地，离树不远❶，是不是啊？"

朱莉亚狠狠地瞪了父亲一眼。

"这句话我只是随口而出，你不一定要按照字面意思去理解！"安东尼接着说道。

"那我跟亚当怎么说呢？"

"你刚才对他撒谎的时候好像很有办法。"

"我没对他撒谎，我只是对他隐瞒了一些事情而已，这完全不同。"

"对不起，我忽略了文字的微妙性。你只要继续对他……隐瞒一些事情不就行了。"

"还有斯坦利呢？"

"你的那个同性恋朋友？"

"我最要好的朋友！"

"没错，我说的就是他！"安东尼回答。"如果他真是你最好的朋友，那么你需要更微妙的手段。"

"那我去上班的时候，你就一个人整天待在这里吗？"

"你原本不是打算请几天假去度蜜月吗？你可以不去上班啊！"

"你是怎么知道我要去旅行的？"

"你家的地板，或者说是天花板，随你怎么叫，它们的隔音效果都很糟糕。养护不佳的老房子总有这种问题。"

"安东尼！"朱莉亚气得大声叫道。

"啊，拜托你，就算我是个机器人，你也该叫我爸爸，我最怕你直呼

❶西方谚语，常用来说明家族特性的延续继承。

我的名字。"

"可是真要命，这二十年来，'爸爸'两个字我一直叫不出口！"

"所以更应该好好利用这六天的时间！"安东尼的脸上露出灿烂的笑容。

"我一点都不知道该怎么办才好。"朱莉亚低声呢喃，走到窗前。

"去睡觉吧，静夜有助思考。你是这个世界上第一个获得这种选择的人，值得你去冷静思考。明天早上再做决定，不管是什么，都是好的决定。就算把我关掉了，你也不过是上班迟到一会儿。原先你为了结婚要请假一个星期，那么你父亲的过世应该值得你浪费几个小时的工作时间吧？"

朱莉亚仔细打量着这个一直盯着她的古怪父亲。如果这不是她从前一直想试图了解的那个人，她准会觉得他看她的眼神中带着些许温情。尽管这只是个她父亲的复制品，她几乎想和他道声晚安，但还是放弃了。她关上卧室门后，躺在床上。

时间一分一秒流逝，就这样过了一个又一个小时。卧室的窗帘没合上，夜晚的亮光照在格子架上。窗外一轮圆月仿佛跃入房间，漂浮在镶木地板上。朱莉亚躺在床上，童年的回忆重新涌现。不知道有多少个相似的夜晚，她在守候着他的归来，而这个人，现在就在墙壁的另一头等待。在少女时代，不知道有多少个失眠的夜晚，她幻想着风改变了父亲的旅程，在心中描绘出千百个神奇美妙的国度。又有多少个这样的夜晚，她在编织着美梦。这个习惯并没有随着时间改变。手中的铅笔画了多少线条，橡皮擦了多少次，才能让她创造的角色栩栩如生，借着一张又一张的影像，让他们相聚在一起，满足对爱的渴望。很久以来，朱莉亚就知道，一个人在幻想时找不到白天的光明，当梦想暴露在现实太过刺眼的光芒下，只是一瞬间的放弃想象，梦想便会立刻消失。那么童年的界限在哪里呢？

一个墨西哥洋娃娃躺在一个石膏质的水獭塑像旁边，这是第一个将不可能实现的希望变成事实的水獭模型。朱莉亚站起身，把水獭模型拿在手里。她总是凭着自己的直觉行事，时间让她的想象力更为充实。那么又为什么不去相信呢？

她把水獭放回原处，套上一件浴袍，然后打开房门。安东尼坐在客厅的沙发上，他开着电视，正在看NBC❶播放的电视剧。

"我把天线装好了，真是的，天线竟然都没插在插座上！我一直很喜欢这部电视剧。"

朱莉亚在他身边坐下来。

"我没看过这一集，至少我的记忆里面没这一集。"她父亲接着说。

朱莉亚拿起遥控器，把电视的声音关掉。安东尼抬眼望天，一脸无奈。

"你不是要和我谈谈吗？"她说，"那我们就谈谈吧。"

然而一刻钟过去了，两人依然沉默不语。

"我真的很高兴，我没有看过这一集，至少是在我的记忆里没有这一集。"安东尼提高音量，又重复说了一遍。

这一次，朱莉亚索性把电视关了。

"你出故障了，你把刚才同样的话说了两遍。"

❶美国全国广播公司的简称，全美三大商业广播电视公司之一。

接下来又是一刻钟的沉默，安东尼的双眼一直盯着黑漆漆的电视屏幕。

"有一次你生日的晚上，我们在庆祝你满九岁，大概是九岁吧，我们两个人在一家你特别喜欢的中国餐厅吃饭，之后，我们整个晚上都在看电视，就像现在这样，只有我们两个人。你躺在我床上看电视，甚至到最后一个节目结束时，你还一直盯着屏幕上一闪一闪的白线。你可能记不起来了，那时你还太小。深夜两点的时候你终于睡着，我想把你抱到你房间去，可是你的手却紧紧抓着缝在床头上的枕头，我没办法拉开你的手。于是你横在床上，占了整张床，而我坐在你对面的沙发椅上，整夜看着你。你应该不记得了，那时你才九岁。"

朱莉亚默默不语，安东尼把电视重新打开。

"这些人是在哪里找到这些故事的？想象力真是很丰富，我一直很佩服他们！最好玩的是，我们到最后都会沉浸在剧中人物的生活里。"

朱莉亚和父亲就这样并肩坐着，彼此都不再说话。两人的手都搁在对方的手旁边，从没靠近过，也没有一句话来划破这个特别夜晚的宁静。当第一道曙光照进房间时，朱莉亚站起来，仍然沉默，她穿过客厅，走到卧室门口，转身对父亲说：

"晚安。"

❧❧❧

放在床头柜上的收音机闹钟已经指向九点钟。朱莉亚睁开眼睛，立刻跳下床。

"该死!"

她冲到浴室里,脚还撞到了门槛上。

"又是星期一,昨天晚上真是荒诞!"她嘀咕着,然后拉上浴帘,跳进浴缸,任由水不停地冲在皮肤上,很久很久。洗完澡后,她一边刷牙,一边对着洗脸槽上的镜子看自己的脸,忍不住放声大笑。她在腰间围了一条大毛巾,又拿另一条把头发包起来,然后准备去煮茶。当她穿过卧室时,她在心中对自己说,待会儿一喝完茶就打电话给斯坦利。把昨晚发生的怪事告诉他是有点冒险,他一定会拉着她去看心理医生。但是,她绝对无法等上半天时间都不打他电话,或不跑去找他。像这么荒诞离奇的梦,应该告诉自己最好的朋友。

她嘴角挂着微笑,正要打开对着客厅的卧室门时,摆放餐具的声音把她吓了一跳。

她的心脏又开始怦怦直跳。她把两条毛巾丢在地板上,匆忙穿上一条牛仔裤和一件polo衫❶,简单整理了下头发,又回到浴室内,站在镜子前在脸上擦点腮红,让脸色好看些。然后她把卧室门打开一半,探出脑袋,紧张地低声叫道:

"亚当吗?还是斯坦利?"

"我记不清你是喜欢喝茶还是喝咖啡,所以我准备了咖啡。"父亲从厨房一角对她说话,手中摆动着一壶热腾腾的咖啡给她看。"味道有点

❶一种源于拉尔夫·劳伦设计的上衣款式。

浓，不过我喜欢！"他接着又兴致勃勃地说。

朱莉亚看到木制的旧餐桌上已经摆好了餐具。两瓶果酱和一瓶蜂蜜在上面形成一道完美的对角线。在稍远处，黄油碟和一盒麦片摆成一个直角，而一盒牛奶直立在糖罐前面。

"放着！"

"什么事？我又做了什么啊？"

"模范父亲的无聊把戏。你以前从来没有为我准备过早餐，现在也不用麻烦你……"

"啊不！不可以用过去时！这是我们之间约定的规矩，一切都要用现在时……而未来时则是超出我能力的奢侈品。"

"这是你自己设定的规矩！另外，早上我是喝茶的。"

安东尼为朱莉亚倒了杯咖啡，然后问道：

"要不要加点牛奶？"

朱莉亚打开洗碗槽上的水龙头，将电热壶灌满。

"那么，你做好决定了吗？"安东尼一边询问，一边从烤面包机里取出两片吐司。

"如果你的目的只是要互相谈谈，那昨天晚上的谈话并没有什么实质性的结果。"朱莉亚用温柔的嗓音回答。

"我倒是很喜欢我俩在一起相处的时刻，你不喜欢吗？"

"那不是我九岁生日的时候，而是庆祝我的十岁生日。第一个我没有和妈妈在一起的周末。那是个星期天，星期四的时候她已经住进医院了。那家中国餐厅叫王记，去年就关掉了。星期一大清早，我还在睡梦中时，你在整理行李，然后出门搭飞机，没有来和我说再见。"

"那天下午我在西雅图有个约会！啊不对，我想是在波士顿。糟糕……我记不起来了。我星期四就回家了……还是星期五？"

"说这些有什么用呢？"朱莉亚在桌前坐下。

"短短两句话，我们就已经说了不少事，你不觉得吗？要是你不按下电热壶的开关，你的茶永远也煮不好。"

朱莉亚闻了闻放在她面前的咖啡。

"我想我这辈子从来没喝过咖啡。"她一边说，一边用嘴唇吸了吸咖啡。

"那么你怎么知道你不喜欢咖啡呢？"安东尼看着女儿一口气将咖啡喝光。

"原因在这儿！"她皱着脸回答，把杯子放回桌上。

"苦味是可以习惯的……随后，慢慢地就会喜欢上那散发出来的浓郁香味。"

"我要去上班了。"朱莉亚一边打开蜂蜜罐，一边说道。

"你做了决定没有？这种情况真烦人，毕竟我有权利知道你的决定！"

"我不知道要跟你说什么，不要要求我做些不可能的事。你和你的合伙人忘了另一个伦理问题。"

"说出来听听，我很想知道。"

"把一个一无所求的某某人的生活弄得天翻地覆。"

"某某人？"安东尼用生气的语气反问。

"不要再玩文字游戏。我不知道要跟你说什么，你想怎样就怎样吧，拿起电话打给他们，告诉他们密码，然后让他们在别处给我做决定。"

"六天，朱莉亚，就六天的时间替你父亲守丧，他可不是一个陌生人，你真的不想自己做决定吗？"

"这么说，要在你身上花六天的时间！"

"我已经不是这个世界的人了，你认为我能得到什么好处呢？我以前从没想过有一天会说这种话，但是现在情况就是这样。另外，如果仔细想想这件事，其实挺有意思，"安东尼愉快地说，"这一点也是我们事先没想到的。真是难以置信！你也知道，在这个神奇的机器人发明出来之前，一个人要一边跟他的女儿说他已经死了，一边又观察她的反应，这是不可能的。不是吗？好吧，我看你没有一点笑容，其实这也不是一件很有趣的事。"

"没错，一点都不有趣！"

"我有个坏消息要告诉你。我没办法打电话给他们，这不可能。唯一能让机器人停止运行的是受益人。而且，我已经忘了跟你说过的密码，密码说出之后便会立刻在记忆中消失。我希望你已经记下来……万一……"

"18003000001，密码654。"

"啊没错，你记得真清楚！"

朱莉亚起身，把碗碟放在洗碗槽里，然后转身凝视了她父亲良久，接着，拿起挂在厨房墙壁上的电话。

"是我，"她对同事说，"我要接受你的建议，差不多是这样……我今天要请假，明天也是，或者会多几天，还不确定，不过我会通知你。你们每晚发一封邮件给我，告诉我工作的进展情况，如果有任何问题，一定要打电话给我。还有一件事，你要多关照新来的同事查理，我们欠他一个很大的人情。我不希望他被冷落，好好帮助他融入工作团队中。一切都交给你了，德雷。"

朱莉亚挂上电话时，眼睛一直盯着父亲。

"关照同事，这是件好事，"安东尼说道，"我一直都在强调，一个公司的成功就依靠三个支柱：团队，团队，还有团队！"

"两天！我就给你两天时间，你听到了吗？由你决定是接受还是不接受。四十八小时之后，我重新回到自己的生活中，然后你就……"

"六天！"

"两天！"

"六天！"安东尼不停地争取。

这时，电话铃突然响起来，打断了两人的谈判。安东尼拿起电话，朱莉亚马上抢到手里，一边用手捂住话筒，一边向父亲打手势，示意他保持安静。是亚当打来的，他很担心，因为他打电话到办公室没找到她。他责备自己昨晚太多心，对她有点多疑。朱莉亚也为自己昨晚的暴躁脾气道歉，并且感谢他收到留言后就过来看望她。尽管他过来的时间并不十分合适，但是他在楼下的突然出现，倒也相当浪漫。

亚当提议在她下班后来接她。这时，安东尼正在她身边洗碗，故意弄出很多声响，而朱莉亚则在电话里解释，说她父亲的过世令她难过，她只是不愿承认而已。昨晚她做了很多噩梦，整个人疲惫不堪，所以没必要重复昨天的错误。她想一个人安静地度过今天下午，晚上要早点上床睡觉，然后明天，最迟是后天，两人就可以见面了。在这段时间里，她会重新变回那个即将成为他妻子的优雅女子。

"我说得没错吧，苹果落地，离树不远。"朱莉亚挂掉电话时，安东尼对她说。

朱莉亚瞪着父亲看。

"又怎么了？"

"你以前从来不洗碗！"

"这个啊，你一点也不清楚，而且现在洗碗在我的新程序里！"安东尼乐呵呵地回答。

朱莉亚不理会他，伸手取下挂在钉子上的那串钥匙。

"你要去哪儿？"她父亲问道。

"我到楼上给你整理一个房间出来。绝不能让你晚上在我客厅里走来走去，我有好几个小时的觉要补回来，希望你明白我的意思。"

"如果是电视的声音吵到你了，我可以把声音关小……"

"今晚你到楼上去，要么接受，否则就拉倒！"

"你真要把我摆到顶楼去？"

"有什么理由不行呢？"

"上面有老鼠……是你自己说的。"她父亲回答，语气像一个刚被处罚过的小孩。

正当朱莉亚准备出门时，她父亲突然语气坚决地说：

"我们在这里是不会有结果的！"

朱莉亚关上门，爬上楼梯。安东尼看了一下烤箱时钟上的时间，犹豫了一会儿，然后寻找朱莉亚丢在厨房操作台上的白色遥控器。

他听到头顶上女儿的脚步声，搬动家具的摩擦声，开窗关窗的声音。当朱莉亚下楼时，她父亲已经回到箱子里，手上握着遥控器。

"你在干什么？"她问父亲。

"我要把我关掉，这也许对我们两个都好些，尤其是对你，看得出来我打扰你了。"

"我记得你说过自己没办法做这个啊？"她一边说，一边从他手中夺过遥控器。

"我是说你是唯一能够打电话给公司，把密码告诉他们的人，但是我想我还是有能力在按钮上按一下的！"他一边嘀咕，一边走出箱子。

"那么你想怎样就怎样吧，"她把遥控器还给他，"你把我累死了！"

安东尼把遥控器放在茶几上，走到他女儿面前。

"那么，你们原本要去哪里旅游？"

"去蒙特利尔，为什么问这个？"

"真是的，你的未婚夫还真懒。"他从唇缝间发出嘘声。

"你对魁北克有什么不满？"

"一点都没有！蒙特利尔是一座非常迷人的城市，我在那里曾度过一段美好的时光！不过，这不是我要说的问题。"他轻声说道。

"那你要说的是什么？"

"只是……"

"只是什么？"

"蜜月旅行去一个小时就能到的地方……这哪有什么异国情调！为什

么不干脆开辆旅行房车去，还可以省下旅馆费呢！"

"如果选择去这个地方的是我呢？如果我非常喜爱这座城市呢？如果是因为我和亚当在那里有特别的回忆呢？你又知道什么？"

"如果是你选择到离家一个小时远的地方去度过你的新婚之夜，那你就不会是我女儿了，如此而已！"安东尼用讽刺的口吻说，"我不反对你喜欢枫糖浆，可是喜欢到这种程度嘛……"

"你总是改不掉先入为主的观念，是不是？"

"我承认现在是有点晚。好吧，就算是这样，你决定要在你熟悉的城市里度过一生中最难忘的一夜。那么永别了，探险的渴望！永别了，浪漫主义！旅馆老板，请给我们和上次同样的房间。总之，这不过是一个跟平时没有任何不同的晚上而已！请给我们上我们习惯点的菜，我未来的丈夫，哦不，是我的新婚丈夫，他最讨厌改变习惯！"

安东尼说到这里，放声大笑。

"你说完了吗？"

"说完了。"他带着歉意回答，"死亡其实也有好处，所有从电路传来的信息都可以说出来。真是有趣极了！"

"你说得没错，我们是没办法好好交谈！"朱莉亚打断了父亲的笑声。

"不管怎么说，在这里是没办法的，我们需要一个中立地带。"

朱莉亚看着父亲，一脸困惑。

"我们不要在这间公寓里玩捉迷藏好吗？就算是把你要我住的楼上房间都算上，我们也没有足够的空间，也不再有足够的时间，因为我们就像两个小孩，把宝贵的时间都浪费了。"

"你有什么提议？"

"我们一起出去旅行。没有你办公室的电话，没有亚当的突然来访，也没有电视机前怒目而视的晚上，我们可以一起散散步，聊聊天。正是为了这个，我才从另一个世界回来。一点点时间，短短的几天，就只有两个人，只属于我们两个人！"

"你现在要求的东西，正是你从不愿意给我的，不是吗？"

"不要老跟我作对，朱莉亚。你以后有的是时间来抗争，我的武器却只会存在于你的记忆中。六天，我们只剩下这些时间，我要求的只是这些。"

"那我们去哪里旅行？"

"去蒙特利尔！"

朱莉亚忍不住笑出声来。

"去蒙特利尔？"

"是啊，反正机票不能退钱！……我们总可以试试，把其中一个乘客的名字换掉……"

这时，朱莉亚扎好头发，披上一件短外套，显然是准备出门，不再理会他，于是安东尼立刻挡在门口。

"别板着脸，亚当说过你甚至可以扔掉机票！"

"要是你那个爱偷听的耳朵没听清楚的话，我告诉你，他建议我把机票留作纪念，他是在开玩笑。我可不认为他是在建议我和另外一个人去旅行。"

"是和你父亲，不是和'另外一个人'去！"

"请你让开！"

"你要去哪儿？"安东尼让开身体，问道。

"出去透透气。"

"你生气啦？"

安东尼没有得到回答，只听到女儿下楼的脚步声。

<hr />

在格林威治街的交叉口上，一辆出租车缓缓驶来，朱莉亚迅速跳上车子。她不需要抬头看自己房子的窗口，就知道安东尼现在一定站在客厅的窗户旁，目送着黄色福特车往第九大道的方向开去。当车子在十字路口消失时，安东尼走到厨房拿起电话筒，然后打了两通电话。

朱莉亚叫出租车停在运河街南三角地的入口。要是在平日，她会步行走完这段她了如指掌的路程。走路只要不到十五分钟，但是她要尽快逃离这个家，要是让她看到街角放了一辆没锁的自行车，她甚至会偷过来用。她推门进入一家小小的古董店，门上的铃铛响了起来。斯坦利坐在巴洛克风格的沙发椅上，看到她进来后，停止了阅读。

"《瑞典女王》里的葛丽泰·嘉宝❶都比不上你！"

"你在说什么？"

❶著名的瑞典电影女演员。《瑞典女王》是她于
1933年拍摄的经典电影。

"我的公主，我是在说你进门的样子，既威严又吓人！"

"今天可不是嘲笑我的日子。"

"没有一天是不需要一点幽默嘲讽的，即使是天气这么好的日子。你今天不上班吗？"

朱莉亚走近一个古老的书架，仔细观赏一只放在顶层的精致镀金座钟。

"你是翘班跑到这里来看十八世纪的现在是几点钟吗？"斯坦利一边问，一边抬了抬架在鼻梁上的眼镜。

"这座钟真漂亮。"

"是啊，我也很漂亮，你有什么事吗？"

"没事，我是过来看看你，就这些。"

"是这样啊，那我就不做路易十六时代的古董生意了，去搞搞流行艺术！"斯坦利说着，放下手中的书。

他站起身，坐在一张桃花心木的桌子边角上。

"有什么事让你头疼呢？"

"是的，可以这么说。"

朱莉亚把头靠在斯坦利的肩膀上。

"啊，真的，你的头确实很重！"他说着，把她搂在怀里。"我去替你煮一壶茶，是一个朋友从越南寄给我的。这茶可以解毒，等会儿你就知道，它的优点是疗效灵验无比，也许是因为相较而言，我的那位朋友没有任何优点吧。"

斯坦利从架子上取下一个茶壶，然后把做柜台用的古董桌上放着的电热壶开关按下去。几分钟后，茶泡好了，具有神奇效力的饮料倒在两只刚从旧柜子里拿出来的瓷杯里。朱莉亚闻了闻散发出来的茉莉花香，然后喝了一小口。

"你有话就说吧，不要挣扎，这个神奇药水可以让嘴巴最紧的人开口说话。"

"你愿意和我一起去蜜月旅行吗？"

"如果我和你结婚的话，为什么不呢……不过我的朱莉亚，你的名字应该换成朱利安，要不然我们的蜜月旅行会缺少乐趣。"

"斯坦利，要是你能关店一个星期，让我带上你……"

"真是太浪漫了，去哪里呢？"

"蒙特利尔。"

"死也不去！"

"怎么你也一样，你对魁北克有什么不满？"

"我曾在那里为了瘦三公斤，过了六个月难以忍受的日子，我可不想再去几天又胖回来了。那里的餐厅实在令人难以抗拒，服务生也是！再说，我讨厌被当作替补。"

"你为什么这么说？"

"在我之前，是谁拒绝了和你一起去呢？"

"这不重要！总之，跟你说了你不会相信。"

"也许你可以先解释一下让你烦恼的事……"

"就算我从头到尾都告诉你，你也不会相信。"

"我承认我是个笨蛋……你上一次在工作日请半天假是什么时

候呢？"

看到朱莉亚沉默不语，斯坦利接着说：

"你在一个星期一早上光临我的古董店，又是满口的咖啡味，你最讨厌喝咖啡的。从你这没刷匀的腮红下，可以看到一张睡眠只有几分钟的疲倦面孔，然后你临时要我替代你的未婚夫陪你去旅行。到底发生了什么事？你昨晚是不是和另外一个男人在一起？"

"才不是！"朱莉亚大声回答。

"那我再问你一次。你到底在怕什么人？还是怕什么事呢？"

"什么都不怕。"

"亲爱的，我还有工作要做，你要是不信任我，不愿向我坦白，那我要回去清点存货了。"斯坦利说着，假装要走到店铺后间去。

"我进门的时候，你正对着一本书打哈欠呢！你真不会撒谎！"朱莉亚笑着说。

"阴郁的脸色总算消失了！要不要出去走走？这一带的商店马上就要开了，你一定需要一双新鞋子。"

"你要是看到我那些从来没穿过，一直躺在柜子里睡觉的鞋子就好了。"

"我不是说你的脚需要新鞋，而是你的心情需要！"

朱莉亚拿起镀金小座钟仔细欣赏。座钟的钟面缺少了保护玻璃罩，她用指尖轻轻抚摸座钟的外框。

"这只钟真美。"她一边说，一边将分针往回拨。

在她手指的拨弄下，时针也开始倒转。

"要是能回到从前，那该多好。"

斯坦利仔细观察朱莉亚，然后说：

"让时间倒退？那你也不能让这个古董恢复青春。换个角度看，是这个古董向我们展现了它的古老之美。"斯坦利把座钟放回架子上，继续说，"你还是告诉我有什么事情发生好不好？"

"如果有人建议你去完成一次旅行，去寻找你父亲生前的足迹，你会接受吗？"

"这有什么风险吗？对我而言，如果我必须到世界的尽头去，哪怕只是为了重拾我母亲的一个人生片段，我早就坐上飞机去找空中小姐的麻烦了，而不是和一个女疯子一起浪费时间，尽管这个疯子是我最要好的朋友。假如你有这样的旅行机会，那就去吧，不要犹豫。"

"如果已经太晚了呢？"

"事情只有在完全确定之后才是太晚。虽然你父亲已经过世，但他仍然活在你的身边。"

"你想象不出到了什么地步！"

"无论你想怎么解释，都无法掩饰你对你父亲的思念。"

"这么多年来，我已经习惯没有他的日子，我早就学会独立生活，而不需要依赖他。"

"亲爱的，就算是从没见过亲生父母的小孩，也迟早有一天会感到寻根问祖的渴望。对于养育、疼爱他们的养父母来说，这是件残酷的事，但是人的本性就是如此。假如我们不知道自己来自何方，那么在人生的旅途中会很痛苦。所以，如果你必须去完成一次我也不知道是什么的冒险旅行，而这次旅行能让你真正了解你的父亲，能让你们之间的过去和解，那么就去做吧。"

"你知道的，我和他之间并没有许多共同回忆。"

"也许要比你想象的还多。就这一次，忘掉你那些让我欣赏的骄傲，去旅行吧！就算你不为了我，也替我一位很要好的朋友去做，哪天我会介绍她给你认识，她是一位优秀的母亲。"

"她是谁？"朱莉亚问道，语气中带着点嫉妒。

"是你，几年后的你。"

"斯坦利，你真是一个很好的朋友。"朱莉亚说着，亲吻了一下他的脸颊。

"这不是我的功劳，亲爱的，是这杯茶发挥了作用！"

"麻烦你跟你的越南朋友说，他的茶的确具有神奇的功效。"朱莉亚一边说，一边向外走。

"如果你真的很喜欢这种茶的话，我会帮你买几盒，留着等你回来。我在街角的一家杂货店里买的。"

朱莉亚四步并一步地爬上二楼，进入屋子。客厅空无一人。她叫了好几次父亲的名字，都没人回应。起居室、卧室、浴室、楼上也都看过，到处都没人影。她看到壁炉上新放了一个银质小相框，里面镶着安东尼的照片。

"你刚才上哪里去了？"突然传来她父亲的声音，把她吓了一大跳。

"你把我吓死了！你呢，你刚才跑哪儿去了？"

"你为我担心，这让我很感动。我刚才出去散步了。一个人在这里很无聊。"

"这是什么？"朱莉亚指着壁炉台上的照片问道。

"既然今晚你要把我放到楼上去，我就去整理我的房间，然后无意中在一层厚厚的灰尘底下，找到这个东西。我总不能在睡觉的时候在旁边摆一张自己的照片！我把它放在这里，不过你有想法的话，可以放在别的地方。"

"你还想出门旅游吗？"朱莉亚问父亲。

"我刚从你家前面那条街街尾的旅行社回来。没有一件事能取代人际关系。旅行社里接待我的是一位年轻漂亮的女子，而且有点像你，脸上还带着笑容……我刚说到哪儿啦？"

"一位年轻漂亮的女子……"

"正是如此！她同意为我们破例。她在电脑上打了大半个小时的字，我差点以为她在抄写海明威的全集，最后她总算把写有我名字的机票打印出来。我还趁机把座位升舱了呢！"

"你真是不可思议！你凭什么认为我一定会接受……"

"啊，不凭什么。只是想，既然要把机票贴在你未来的纪念册里，那就干脆买头等舱的机票吧。亲爱的，这是家族作风！"

朱莉亚朝卧室走去，安东尼问她又要去什么地方。

"收拾行李啊，准备这两天需要用的东西。"朱莉亚回答时，特别强调了一下数字，"这正是你想要的，不是吗？"

"我们的冒险会长达六天，日期没法更改。尽管我千方百计地恳求艾洛蒂，就是那位我刚才跟你提到的旅行社小姐，她就是不答应。"

"两天！"朱莉亚在浴室里大吼。

"哦，那就随你的便，顶多到时在当地给你买条新裤子。万一你没注意到的话，我会对你说，你的牛仔裤破了，露出了你的膝盖！"

"你呢？你两手空空就走了吗？"朱莉亚把头探出门外，问道。

安东尼走到摆在客厅中央的大木箱跟前，打开一个小活门，里面的夹层有一只黑色皮制手提箱。

"他们事先替我准备了一些必需品，这样我就可以衣冠楚楚，保持六天的时间，和我身上电池的寿命差不多长！"他口气中带着些许得意……"我趁你不在家的时候，把海关人员交给你的身份证件收回来了，还拿回了我的手表。"他一边说，一边骄傲地展示他的手腕。"你不介意我再戴一阵子吧？时候到了，这手表就是你的了。总之，你明白我的意思……"

"你要是可以停止在我家乱搜东西的话，我会非常感激！"

"亲爱的，在你家搜东西，这要洞穴专家才有办法做到！我是在顶楼，从一堆乱七八糟的杂物堆里找到了一个牛皮纸袋，然后在里面翻到我的私人物品的！"

朱莉亚关上行李箱，然后把它放在门口。她对父亲说她要出去一会儿，会尽快赶回来。现在她必须跟亚当解释她离开纽约的原因。

"你打算跟他怎么说？"安东尼问。

"我想这件事只与他和我有关。"朱莉亚答道。

"我不在乎跟他有关的事，我只在乎和你有关的事。"

"哦！是吗？这也在你新的程序设计里？"

"不管你要怎么解释原因，我不赞成你告诉他我们要去的地方。"

"我想我应该听从一个保密经验丰富的父亲的建议。"

"就当作男人对男人的建议吧。赶快去，我们最迟必须在两个小时内离开曼哈顿。"

❖

出租车把朱莉亚放在美国大道1350号前。她走进一栋玻璃幕墙结构的大楼，纽约的一家大型出版社的儿童文学部就设在里面。她的手机在大厅里接收不到信号，于是她走到服务台，请接线生帮忙，让她和考夫曼先生通话。

"一切都好吗？"亚当一听出是朱莉亚的声音，便问道。

"你在开会吗？"

"我们在讨论版面设计，一刻钟之后就结束。要不要我跟那家意大利餐厅订晚上八点钟的位子？"

亚当的眼神落在电话机的显示屏上。

"你在大楼里面吗？"

"我在服务台……"

"真不巧，我们全体人员都在开会，讨论即将推出的新书设计……"

"我有事要和你谈谈。"朱莉亚打断了他的话。

"不能等到今天晚上吗？"

"亚当，我今晚不能和你一起吃饭。"

"我马上下来！"他一说完便挂掉了电话。

他在一楼大厅见到朱莉亚时，她的脸色阴郁，显然是有坏消息，于是他说：

"地下室有自助餐厅，我带你去。"

"不如我们到公园走走，在外面会舒服些。"

他走出大楼时问她："有这么严重吗？"

朱莉亚没答话。两人沿着第六大道走，过了三个街口，来到中央公园。

绿意盎然的小径上行人稀少，几个戴耳机的健身者在匀速地跑步，他们的注意力都集中在自己的运动上，与外面的世界以及散步的人们完全隔离。突然，一只红棕色的松鼠出现在他们面前，踮着两只后脚跟，直起身子在讨东西吃。朱莉亚伸手探进风衣口袋，然后蹲在地上，掏出一把榛果给它。

这只大胆的松鼠往前靠近，双眼贪婪地盯着战利品，有点犹豫不决。最终欲望战胜了恐惧，小松鼠飞快地抓走榛果，躲到几米远的地方去啃食。朱莉亚在旁边用温柔的眼神看着它。

亚当觉得很有趣，问道："你的风衣口袋里经常会有榛果吗？"

"我知道会跟你一起来这里，所以在上出租车之前买了一包。"朱莉亚一边回答亚当的话，一边又掏出一把榛果给那只已经聚集了不少伙伴的小松鼠。

"你在我开会时把我叫出来，就是为了向我展示你驯服小动物的功夫吗？"

朱莉亚把剩下的榛果全撒在草地上，然后站起身，继续往前走。亚当也跟着走。

"我要离开。"朱莉亚带着哀伤的语气说。

"你要离开我？"亚当紧张万分。

"不是，笨蛋，我只是要离开几天。"

"多少天？"

"两天，也许六天，不会更多。"

"到底是两天还是六天？"

"我也不知道。"

"朱莉亚，你突然跑到我办公室来要我跟你走，好像你周围的世界刚才分崩离析。你可以告诉我为什么吗？免得我必须从你嘴巴中把话一句一句逼出来。"

"你的时间有这么宝贵吗？"

"你生气了，你有权利，可是你并没有权利对我生气。我不是你的敌人，朱莉亚，我只是想做一个爱你的男人，有时候这不是一件容易的事。不要把一些和我无关的气出在我身上。"

"我父亲的私人秘书今天早上打电话给我。我必须离开纽约去处理父亲的一些事。"

"去哪里？"

"靠近加拿大边境的佛蒙特州北部。"

"为什么不等周末的时候我们两个人一起去呢？"

"事情很急，不能等。"

"这是不是和旅行社跟我联系的事有关？"

"他们跟你说了些什么？"朱莉亚马上问亚当，声音透露着不安。

"有人去旅行社找他们。什么原因我不是很清楚，他们把机票钱退还给我，可是你的机票钱没退。他们不愿意告诉我原因。我当时在开会，也没有时间多问。"

"这一定是我父亲的私人秘书干的，对这种事他很有办法，他可是受过良好的培训的。"

"你是去加拿大吗？"

"去边境，我刚才跟你说过了。"

"你真的很想去旅行吗？"

朱莉亚脸色阴郁地答道："我想是的。"

亚当把朱莉亚搂在怀里，紧紧抱住她。

"那就去你该去的地方。我不会再问东问西了，我不想连续两次都成为一个对你没信心的人，好啦，我必须回去工作了。你陪我回办公室好吗？"

"我想在这里再待一会儿。"

"和你的松鼠们在一起？"亚当半开玩笑地问道。

"是的，和我的松鼠在一起。"

亚当在她额头上亲了一下，然后倒退几步，一边摇着手，最后沿着小径离开。

"亚当？"

"什么事？"

"运气真不好，碰到你在开会，我本来是想……"

"我知道，不过最近几天，你我两个的运气都不太好。"

亚当给她一个飞吻：

"我必须回去了！你到了佛蒙特州就给我打个电话，让我知道你安全抵达好吗？"

朱莉亚看着他离开。

* * *

朱莉亚一踏进门，安东尼便快活地问道：

"一切都顺利吗？"

"非常顺利！"

"那你干吗摆出一张哭丧脸？再说，迟做总比不做好……"

"我也想知道！也许是因为这是我第一次欺骗我爱的人吧？"

"啊，不对，这是第二次，我的朱莉亚，你忘了昨天……不过你高兴的话，我们可以说昨天是热身，不计算在内。"

"越来越过分！我居然在两天之内欺骗亚当两次。而他，他这么好，对我这么体贴，不问任何理由就让我离开。坐上出租车的时候，我发现我已经变成一个我自己最讨厌的撒谎的女人。"

"别夸张了！"

"啊，不是吗？欺骗一个对你如此信任，甚至什么都不问的人，有什么比这更无耻的呢？"

"一个忙着自己的工作，对别人的生活一点都不关心的人！"

"这句话从你口中说出来，真是有点讽刺。"

"没错，就像你说的，这句话是出自一个在这方面很老到的人口中！我想车子已经在下面等着了……我们不能太晚走。现在机场的安检很烦琐，花在机场的时间都比坐飞机的时间还长。"

安东尼把两人的行李搬到楼下时，朱莉亚把房子的前前后后巡视了一遍。她看到壁炉台上的银色相框，就把相框反过来放，让父亲的照片面朝墙壁，然后关上房门离开。

❖

一小时后，一辆豪华轿车驶上通往肯尼迪机场的匝道。

朱莉亚透过车窗看着停在停机坪上的飞机，说道：

"其实我们搭出租车来就可以了。"

"没错，不过你得承认这种车子舒服多了。既然我从你家取回了我的信用卡，而且我想你又不要我的遗产，那就让我享受挥霍自己财产的特权吧。你知道有多少人一生都在辛苦赚钱，希望在死后还能像我一样花自己赚来的钱吗？想起来这真是前所未有地奢侈啊！好啦，朱莉亚，不要一脸沮丧的样子。再过几天就可以回到你的亚当身边了，而且你回去之后他还会对你更好。好好利用和你父亲相处的这段时间吧。我们最后一次一起旅行是什么时候了？"

豪华轿车靠着人行道停下来。朱莉亚一边下车，一边回答："那是我七岁的时候，妈妈还活着，我和妈妈两个在游泳池边度过了我们的假期，而你在酒店的电话间里度你的假，处理你的事情。”

安东尼打开车门，大声说道："这不是我的错啊，那时候还没有手机呢！"

❈❈❈❈❈

机场大厅人山人海。安东尼翻了个白眼，无奈地站到登机柜台前蜿蜒的长龙后面。经过漫长的等待，好不容易拿到宝贵的登机牌后，又得重新加入排队的行列，这一次是要通过安检探测门。

"你看这些人都焦躁不安，旅行的乐趣都被这些麻烦事给毁了。但也不能怪他们，他们怎么能不烦躁呢，尤其有些人手上还抱着小孩，有些老年人双腿无力，还得被迫站好几个小时。你真的觉得我们前面的这位年轻妈妈会把炸药藏在她孩子的婴儿罐头里吗？这可是杏仁苹果泥加炸药！"

"谁知道，什么事都有可能！"

"算了吧，理智一点好不好！英国绅士在伦敦大轰炸❶时继续喝茶的冷静都到哪儿去了？"

"在炮灰之下吧？"朱莉亚为安东尼的喧哗感到尴尬，低声说着，"看你，你那个爱发牢骚的个性一点都没变。不过，要是我跟安检人员说，和我同行的人并不是我的父亲，而且向他一五一十地解释我们之间的奇妙情况，他应该有权失去一点理智，不是吗？因为我呢，我早就把我的

❶二战期间，德国空军对英国进行的大规模空袭，史称"不列颠之战"。

理智丢在我客厅正中央的大木箱里了！"

安东尼耸了耸肩膀，继续向前走，这时轮到他通过探测门。朱莉亚回想到自己刚说的最后一句话，立刻开口叫他，嗓音中透露出她骤然而至的焦急。

"快过来，"她惊慌失措地对安东尼说，"我们快离开这里吧，搭飞机真是个笨主意。我们租一辆车子，我开车，六个小时后就能到蒙特利尔，而且我向你保证，我们在路上可以聊天。在车上聊天不是会更好吗？"

"朱莉亚，你怎么啦，什么事让你怕成这样？"

"你难道不明白吗？"她在他耳旁低声说，"只要两秒钟你就会被发现。你浑身上下都是电子管，只要一通过探测门，报警器马上就会响。警察立刻会过来，把你抓起来，搜你的身，把你从头到脚照X光。然后，他们会把你全身上下的零件一个个拆下来，进一步研究怎么会有这种不可思议的科技。"

安东尼只是笑了笑，继续向安检人员走过去。他打开护照，把夹在封面内页折边里的一封信拿出来，摊开来后，用指尖夹着交给他。

安检员看了信后，立刻叫他的上级长官过来，并请安东尼站在旁边等候。上级长官看完信之后，对安东尼非常恭敬。安检员把安东尼带到一边，十分礼貌地在他身上搜索，之后便允许他自由行动。

朱莉亚却必须和其他旅客一样接受例行检查。安检员叫她脱掉鞋子和牛仔裤的皮带，还没收了她的发卡——因为它太长太尖，还没收了她忘在化妆袋里的指甲刀——因为指甲锉超过两厘米长。

告示牌上面不是把所有禁止携带上机的东西写得很清楚吗？她冲着安

检员说，干脆把可以携带的东西标示出来会更简单明了。安检员立刻用警官的口气问她，是否对现行法规有疑问。朱莉亚向他保证完全没有。再过四十五分钟飞机就要起飞了，她不等安检员的回答，拿起皮包，往早已站在远处的安东尼走去，而他正用带着嘲弄的眼神观察她。

"能不能告诉我，你为什么有权享受特殊待遇？"

安东尼把拿在手上的信件摇了摇，笑眯眯地交给他女儿。

"你身上装了心脏起搏器？"

"已经有十年了，我的朱莉亚。"

"为什么？"

"因为我患有心肌梗死，我的心脏需要仪器来调节。"

"这是什么时候的事？"

"要是我和你说，这是发生在你母亲忌日那天，你也许又要批评我过于夸张了。"

"我怎么不知道？"

"或许是因为你太忙于过自己的生活吧？"

"没有人告诉我这件事。"

"那也得知道怎么跟你联络啊……哦，我们就别再为这件事大做文章了。刚开始几个月，我因为必须佩戴这个仪器而感到生气。没想到，今天是一个仪器戴着我整个人！我们走吧？再不走，就要赶不上飞机了。"安东尼一边说，一边看着飞机的起飞信息栏，"啊，真不巧，飞机要晚一个小时起飞。万事俱备，就差飞机不准时。"

朱莉亚利用等飞机的时间，走进一个报亭浏览报纸杂志。她躲在陈列架后面偷看安东尼。她的父亲完全不知晓她在注视他。坐在候机室里的父亲，双眼望着飞机跑道的方向发呆，凝视着更深的远方。第一次，朱莉亚的心中涌起了对父亲的思念。她转过身，拨通了给斯坦利的电话。

她对着电话轻声说：

"我在机场。"

她的朋友也同样用几乎听不到的声音说：

"你马上就要起飞了吗？"

"你店里有那么多人，我是不是打搅你了？"

"我正想问你同样的问题！"

朱莉亚答道：

"不对，是我先打电话给你的。"

"那你为什么这么小声说话呢？"

"我刚才没注意到。"

"你应该经常来店里看我，你可是我的幸运星。你走了一个小时之后，那个十八世纪的座钟就卖出去了。这个货在我手上已经有两年了。"

"这个老座钟如果真是十八世纪的话，它可不会在乎差几个月的时间找到买主。"

"这个座钟也很懂得骗人。我不知道你和谁在一起，我也不想知道，但是别把我当傻瓜，我最讨厌这样。"

"完全不是你所相信的那回事！"

"亲爱的，'相信'是属于宗教的！"

"斯坦利，我会想你的。"

"好好享受这几天假期吧。旅行能使人年轻！"

他说完话后就立刻挂掉电话，不让朱莉亚有任何回答的机会。随后，他看着电话说道：

"你爱跟谁走就跟谁走吧，可千万别爱上一个加拿大人，把你留在那里不回来。没有你的日子真漫长，我已经开始觉得无聊了！"

⁕⁕⁕

下午五点三十分，美国航空公司4742次班机降落在蒙特利尔的皮埃尔·特鲁多机场跑道上。朱莉亚和安东尼很快就通过了海关检查，一辆轿车已经在等着他们。高速公路上行驶的车辆很少，半个小时之后，他们便来到商业区。这时，安东尼指着一幢玻璃外表的高楼大厦说：

"我是看着这座大厦兴建完成的，它的年龄和你一样大。"

"你为什么对我说这些？"

"既然你对这座城市有着特殊的情感，我就让你保留一点回忆。有一天，你在这里散步时，就知道你父亲生前曾在这座大楼里工作了好几个月。于是，这条街对你而言，就不再那么平凡了。"

朱莉亚答道：

"我会记得的。"

"你不想知道我在这栋大楼里做什么工作吗？"

"做生意，我想是吧？"

"哦，不是。我那时候还只是一个小书报亭的老板。你不是一出生嘴里就含着金汤匙的。我是后来才有钱的。"

朱莉亚听了很惊讶，问道：

"这个工作你做了很久吗？"

"有一天，我突然想到可以顺便卖热饮。从那时起我才真正开始做生意！"安东尼双目炯炯有神，继续说，"这里的风从秋末一直吹到春天，许多进出大楼的人都被冷风吹得发僵。你可以想象他们冲到我这里来买……比外面市场贵两倍的咖啡、热巧克力还有热茶的情形。"

"后来呢？"

"后来，我又加上三明治来卖。你妈妈清晨就开始准备，我们家的厨房很快就变成地道的食品工厂了。"

"你和妈妈都在蒙特利尔住过？"

"我们那时候是生活在沙拉、生菜、火腿肉和玻璃纸当中。当我开始做外送生意，把三明治送到这栋大楼和旁边那栋新建大楼的各个办公室时，我不得不雇用我的第一个员工。"

"是谁？"

"是你妈妈！我外送的时候，你妈妈看管书报亭。她那么漂亮，所以有些客人每天都会来买四趟，单单就为了看她。1407办公室的会计师暗恋你妈妈，他三明治的培根和生菜分量都是加倍的。十二楼的人事主管就只能享用罐子里吃剩的芥末酱，以及枯萎的生菜沙拉，因为你妈妈不喜欢他。"

车子已到达酒店门前。行李生陪同他们到服务台。

朱莉亚把护照递给接待员，说道：

"我们没有事先订房间。"

接待员在电脑上查找是否还有房间，将朱莉亚的姓氏输入电脑。

"有啊，你们订了一间房，而且还不是普通的房间！"

朱莉亚很惊讶，看着接待员，这时安东尼往后退了几步。

接待员大声说：

"沃尔什……考夫曼先生和太太！如果我没弄错的话，你们将在这里住一个星期。"

朱莉亚对着表情无辜的父亲低声说：

"你居然敢这么做？"

接待员打断她的话，替安东尼解了围。

"你们订的房间是……"他注意到沃尔什先生和太太之间的年龄差距，声音略微改变，"……新婚豪华套房。"

朱莉亚在她父亲耳旁轻声说：

"你总可以选择另外一家酒店啊！"

"这是套票行程！"

安东尼解释道："你那个未来丈夫选择了机票加酒店的套票。还有，我们算运气好，他没有选择包含餐饮。不过我向你保证，这不会花他一分钱。账单都用我的信用卡付。你是我的继承人，就算是你请我！"他笑嘻嘻地说。

朱莉亚火冒三丈，吼道：

"我担心的不是这个！"

"啊？那是什么呢？"

"房间是……新婚豪华套房？"

"别担心，我事先和旅行社确认过了，这个套房包括两间卧室，中间有客厅隔开，是在顶层，你没有恐高症吧？但愿如此。"

朱莉亚对父亲嘀咕时，柜台主管将钥匙递给她，并且祝她住宿愉快……

行李生领着他们向电梯方向走去。朱莉亚突然往回走，冲到接待员面前，对他说：

"这完全不是您以为的那回事！他是我父亲。"

接待员尴尬地回答：

"太太，我没有以为什么啊。"

"有的，您以为是那回事，可是您弄错了！"

"小姐，老实说，我做这行的什么都见过。"他的身体往柜台正面倾斜，不让旁人听到他的话。接着，他又刻意用让人安心的语气说："我的嘴巴就和坟墓一样，无声无息！"

正当朱莉亚准备严厉回应时，安东尼一把抓住她的手臂，硬把她从服务台前拖走。

"你太在乎别人的想法了！"

"这跟你有什么关系？"

"你会失去一点自由感，还会失去很多幽默感。来吧，行李生还在帮我们挡着电梯的门。这家酒店可不是只有我们需要上下楼的！"

套房就和安东尼形容的一样。两间卧室中间有小客厅隔开，从卧室的窗户可以俯瞰古老的城市。朱莉亚刚把行李搁在床上，就得转身去开房门。楼层服务生推着小车在门外等候，推车上摆着一瓶放在冰桶里的香槟、两只高脚杯和一盒巧克力。

朱莉亚问道：

"这是什么？"

服务生答道：

"太太，这是本酒店的祝贺，是我们给'新婚夫妇'的特别赠礼。"

朱莉亚用愤怒的眼神瞪着他，然后拿起桌布上的一封信柬来看。酒店经理感谢沃尔什·考夫曼夫妇选择这家酒店来庆祝新婚，全体人员十分乐意为他们服务，祝愿他们度过一个难忘的蜜月。读完后，朱莉亚把信撕碎，将碎纸小心翼翼地放回推车上，最后把门砰的一声关上。

她听到从走廊传来的声音：

"太太，这些都包含在您房间的价格里！"

她没有回答，小推车的轮子发出嘎嘎声，朝电梯方向过去。朱莉亚突然把门打开，迈着稳健的步伐向服务生走去，一把抓起车上的巧克力，然后立刻转身。当702号的房门再度砰的一声关上时，服务生吓得跳了起来。

安东尼从他房间出来：

"刚才是什么事？"

朱莉亚坐在客厅的窗台上回答：

"没事！"

安东尼望着远处的圣劳伦斯河，不禁提议：

"多么迷人的窗景，不是吗？外面天气暖和，要不要出去走一走？"

"什么都好，就是不要待在这里！"

"又不是我选择这地方的！"安东尼一边回答，一边把一件毛衣披在女儿肩上。

※

蒙特利尔旧区的街道铺着歪歪斜斜的石板，韵味十足，跟欧洲最美丽的小城街道不相上下。安东尼和朱莉亚从兵器广场开始逛。广场水池的正中央立着梅松纳夫爵士❶的雕像，安东尼当起了导游，向女儿讲述他的生平。朱莉亚张嘴打着哈欠，打断了他的话，把他丢在蒙特利尔创建者的雕像前，自己跑去看几米远处的糖果摊。

不一会儿，她手上拿着一个装满糖果的纸袋回来了，把糖果袋交给父亲。像魁北克人所形容的那样，她的父亲噘着"鸡屁股嘴巴"拒绝了她的好意。朱莉亚瞥了一眼立在基石上的梅松纳夫爵士，接着瞥了一眼父亲，然后又瞥了一眼铜像，最后点点头表示认可。

安东尼问道：

❶法国人，1642年来到加拿大创建蒙特利尔。

"怎么啦？"

"你们两个真是天生一对，一定会相处得很好。"

接着，她拉着他往圣母街走去。安东尼想在130号前面停留一会儿，那是蒙特利尔最古老的一栋建筑。他向女儿解释，这栋房子里仍然住着几位天主教圣绪尔比斯教会的修士。早年有段时间，圣绪尔比斯教会是蒙特利尔岛的领主。

朱莉亚又打了个哈欠，经过圣母大教堂的时候，她加快脚步，生怕父亲要进到里面去。

"你不知道你错过了什么！"她父亲在后面说，而她更是加快脚步。"教堂的屋顶就像满天繁星一样，美极了！"

她在远处回答：

"那我现在知道了！"

安东尼扯着嗓门大声喊道：

"我和你母亲是在这里给你洗礼的！"

朱莉亚一听，立刻停止了脚步，转身走回父亲身边，他则对她耸了耸肩膀。

"去看你的星星屋顶！"她心中充满好奇，踏上了蒙特利尔圣母大教堂的台阶。

教堂内殿的确美轮美奂。屋顶和中央通道采用精美的木雕作为装饰，仿佛布满了天青石。朱莉亚不禁赞叹连连，一直走到神坛前面。

她喃喃自语：

"我真没想到有这么美。"

安东尼得意地说：

"我真是高兴。"

他领着她一直走到敬献圣心的祷告室。

朱莉亚问他：

"你们真的是在这里给我洗礼的吗？"

"当然不是！你妈妈是无神论者，她绝对不会让我这么做。"

"那你为什么和我这么说？"

"因为你想象不出这里有多美！"说着，安东尼从原路折返，往庄严雄伟的木制大门走去。

朱莉亚走在圣雅克街时，一时间感觉自己仿佛置身于曼哈顿南区，街道两旁，列柱支撑的白色高楼外墙和华尔街十分相似。圣伊莲娜街华灯初上，他们来到离街不远的一座广场，走道两旁布满了草坪。安东尼突然将身体靠在一条长椅上，整个人差点跌倒。他向急忙跑过来的朱莉亚打了个手势，叫她放心。

"没什么，又出了点毛病，这一次是膝盖的髌骨。"

朱莉亚扶着他坐下。

"你很痛吗？"

安东尼皱着脸说：

"唉，我已经有好几天都不知道什么是痛苦的滋味了。死还是有一些好处的。"

"别再说了！你的表情为什么是这样？你看起来真的很痛苦。"

"我想这是程序设计的缘故吧！一个受伤的人如果没有一点痛苦表

情，那就会失去真实感。"

"不要说了！我不想听这些细节。有什么我能帮忙的吗？"

安东尼从口袋里拿出一本黑色记事本和一支笔，交到朱莉亚手中。

"你在上面注明，第二天的时候右脚又犯了老毛病。星期天的时候，你要记得把这本记事本交给他们。这可以帮助他们改良未来的模型。"

朱莉亚一言不发。当她在白纸上写下父亲刚才要她登记的事项时，她的手在发抖。

"这没什么。你看，我又可以正常走路了。"他站了起来。"小毛病自己会好起来的，没有必要特别上心。"

一辆由挽马拉着的敞篷四轮马车往约维尔广场驶来。朱莉亚一直渴望着能坐一回马车兜兜风。在中央公园散了一千多个日子的步，却从来不好意思坐马车，而现在是最理想的时机。她向马车夫招了招手。安东尼惊慌地看着她，可是她斩钉截铁地表示毫无商量的余地。他只好翻了个白眼，登上马车。

他叹了口气：

"真粗俗，我们真是粗俗！"

"你不是说过，不要在乎别人的眼光吗？"

"没错，不过那是指在某种程度之内！"

朱莉亚说：

"你要我们一起旅行，那么我们就一起旅行啦！"

安东尼很懊恼，眼睛盯着每走一步就摇来晃去的马屁股，说：

"我先提醒你，要是让我看到这厚皮动物的尾巴甩来甩去，哪怕只是动一下，我就立刻下车。"

"马不属于厚皮动物！"朱莉亚纠正他。

"屁股这么大，我可不相信它不是厚皮动物！"

❈

马车来到旧港，停在闸门看守人咖啡馆的门口。耸立在风车角码头的巨大谷仓挡住了对岸的视线。谷仓雄伟的曲线仿佛从水中跳跃而出，冲往黑暗的天空。

安东尼一脸不快地说：

"走吧，我们离开这里。我从来就不喜欢破坏风景的水泥建筑。真不明白，为什么这些东西还没被拆除。"

朱莉亚回答：

"我想这些建筑也属于文化遗产。也许有一天，我们会觉得这些建筑具有特殊的风格。"

"到那一天，我已经不在人世了，无法看到它们，我打赌你也一样！"

他拉着女儿在旧港的大道上散步，两人沿着圣劳伦斯河岸的绿地一直往前走。朱莉亚走在他前面，抬头观赏着一只正在空中飞翔的海鸥。夜晚的暖风吹乱了她的秀发。

朱莉亚问她父亲：

"你在看什么？"

"在看你！"

"你看我的时候在想什么？"

他嘴角露出一丝难以捉摸的笑容，答道：

"你真的很美，像你的母亲。"

朱莉亚突然说：

"我肚子饿了！"

"我们去远一点的地方选一家你喜欢的餐厅。这堤岸旁边都是一些小餐厅……一家比一家难吃！"

"根据你的看法，哪一家最糟？"

"别担心，我对我们俩有信心。只要两人齐心协力，一定可以找到！"

途中，朱莉亚和安东尼两人在大事码头周围的商店逛了一圈。这里的旧码头一直深入到圣劳伦斯河的河心。

突然，朱莉亚指着一个在人群中穿梭的身影，大声喊道：

"那个人！"

"什么人？"

朱莉亚继续描述：

"在冰激凌摊贩附近，穿着黑色外套。"

"我什么也没看到！"

她拉着安东尼的手臂，迫使他加快脚步跟着走。

"你发什么疯啊？"

"快一点！我们会把他跟丢的！"

不巧的是，朱莉亚被一群正往防波堤走去的游客挡住了去路。

安东尼吃力地跟在后面，抱怨道：

"哎呀，你到底是怎么了？"

她没停下来等他，只是坚决地说：

"我叫你快过来！"

安东尼不肯再向前走一步，在一条长椅上坐下来，朱莉亚只好丢下他，几乎小跑着去找那个吸引她所有注意力的神秘人。过了一会儿，她神情落寞地回到了父亲的身边。

"我跟丢了。"

"你到底在搞什么鬼？"

"刚才就在那里，在流动摊贩附近。我确定看到了你的私人秘书。"

"我私人秘书的长相毫无特别之处。他长得像所有人，所有人也都像他。我想，你一定是认错人了。"

"那你刚才为什么突然停下来？"

"我的髋骨……"安东尼带着痛苦的语气回答。

"我以为你不会感觉到痛！"

"又是这个讨厌的程序。你要有点包容心，我不能控制一切，我只是一个设计精密的机器人……而且，就算华莱士在这里，这也是他的权利。他现在退休了，有的是时间。"

"也许吧，可是话说回来，这个巧合也太奇怪了。"

"这个世界真的很小！不过我肯定，是你把别人错当成是他。你刚才不是跟我说你肚子饿了吗？"

朱莉亚扶着父亲站起来。

安东尼摇摇腿，说道：

"我想现在一切又恢复正常了，你看，我又可以蹦蹦跳跳了。我们再走一会儿，然后就去吃饭。"

❀

每年春天来临时，做游客生意的商贩们就在步行道两旁摆出摊子，在上面展示各式各样的小饰物、纪念品和小玩具。

"来，我们到那儿去。"安东尼拉着女儿向防波堤更远的方向走去。

"不是说要去吃饭吗？"

安东尼注意到，有一位漂亮的年轻女子正拿着炭笔替路人画像，价钱是十美元一幅画。

他一边欣赏她的画，一边赞叹：

"多精巧的画工啊！"

从她身后栏杆上挂着的几幅画可以看出她的绘画天赋，而从她正在为一名游客绘制的画像中，更能证明她的才华。朱莉亚对此不以为然。当她的胃发出饥饿信息时，其他一切都显得无足轻重。她的饥饿感，通常都强烈得像好几天没吃饭一样。所有认识她的男人，不管是她的同事，还是曾与她共同生活过的人，都对她的食量甘拜下风。有一次，亚当向她挑战，比赛谁吃的煎饼多。当朱莉亚轻松地向第七片煎饼发起进攻时，亚当则在吃下第五片后缴械投降，并开始出现毕生难忘的消化不良症状。最不公平的是，她的大食量似乎对她的身材毫无影响。

她又问了一次：

"我们走不走？"

"等一下！"安东尼一边回答，一边坐上了游客刚离开的椅子。

朱莉亚心中暗气。

她不耐烦地问：

"你到底在干什么？"

"给自己画张像啊！"安东尼愉快地回答。接着，他看着正在削炭笔的画家，问道："正面还是侧面？"

"四分之三的角度如何？"年轻的女画家提出建议。

"左边还是右边？"安东尼一边问，一边在矮凳上转方向。"人家总说我这个角度最好看，您的意见如何？朱莉亚呢？你觉得怎样？"

"没意见！一点意见都没有！"她转身背对着安东尼。

"你刚才吃了那么多软糖，肚子总可以等一会儿吧。我不懂你吞了那么多糖果之后，为什么还会感到饿。"

女画家露出一副同情的表情，对着朱莉亚笑。

"他是我爸爸，我们有很多年没见面了，因为他太忙着关心自己。最后一次我们两人像今天这样一起散步，是他带我去儿童乐园。他是从那时起恢复我们之间的父女关系！您千万别跟他说我已经超过三十岁了，他会吓一大跳！"

女画家把画笔放下，看着朱莉亚说：

"您要是一直让我发笑的话，我会画不好的。"

安东尼接着话说：

"你看，你在打扰这位小姐的工作。去看看挂在那儿的画像吧，不会花很长时间。"

朱莉亚对女画家解释：

"他根本不在乎什么画，他坐在这里只是因为您的美丽！"

安东尼招呼女儿靠过来，像是要告诉她一个秘密。朱莉亚面孔紧绷，将身子靠向他。

"你觉得，"他在女儿耳边低声说，"会有多少女孩渴望看到父亲死后三天，还能请人为他自己画张肖像？"

朱莉亚无言以对，默默地走开。

安东尼保持着坐姿，但是双眼一直注视着在浏览画像的女儿。挂出来的画像都尚未找到买主，抑或是年轻女画家只是为了练习，自己画着玩。

突然，朱莉亚的表情凝固了。她双眼圆睁，嘴巴半张，仿佛感到氧气不足。炭笔下的线条难道真的有那么大的魔力，能让所有往事瞬间涌现？挂在栏杆上的那张画像上的面孔，下巴底下有个小涡，瘦削的线条更显出高高的颧骨，她凝视着画像上的那道眼神，那眼神也仿佛凝视着她。而那个桀骜不驯的额头，把她带回多年前的过去，那段激情燃烧的岁月。

"托马斯？"她的声音在颤抖……

旅行

你穿过城市，走遍街道，朝你的自由飞
奔；而我，朝你走过去，我并不知道也不了
解，究竟是什么力量将我推向前方。

……一九八九年九月的第一天，朱莉亚满十八岁。为了庆祝生日，她放弃安东尼替她注册的学院，申请了一个与父亲所选专业完全不同的国际交换生项目。而资金来源都是自己赚的：最近几年当家教积攒下来的储蓄，最后几个月在美术系的绘画室偷偷当模特赚来的钱，跟同学一起玩牌时赢到的钱，再加上她终于获得的奖学金。她是靠安东尼私人秘书的帮忙才获得奖学金的，否则，学院院长会以她父亲的富有为由将她的申请驳回。华莱士极不情愿地答应帮忙，仍然不断念叨着："小姐啊，你叫我做的事真难办，要是你父亲知道了怎么办？"他在文件上签字，证明他的雇主长期以来都未提供女儿的生活费。朱莉亚还提供了许多工作证明，总算说服了学校的总务处。

她回到父亲在公园大道的住所，短暂停留后，在一阵忙乱中取回护照，她重重地把身后的门关上。随后，她乘上开往肯尼迪机场的巴士，在一九八九年十月六日的清晨来到巴黎。

忽然，她又看见了曾居住过的学生公寓。从窗前可以遥望天文台的屋顶，旁边靠着一张木桌、一把白铁制的椅子、一盏古旧的台灯和一张单人床，上面铺着的床单略微粗糙，但散发着淡淡的清香，还有两位同住一个楼层的女室友，她们的名字令人联想到遥远的时代。每天步行前往美术学院时，她都要经过圣米歇尔大道，经过阿拉贡大道转角的咖啡馆，经过清早在吧台前边抽烟边喝白兰地咖啡的人们。她终于实现了独立自主的梦想，她拒绝一切情感上的涟漪，一心一意地学习。从白天到夜晚，又从黑夜到白天，朱莉亚把所有的时间都倾注在绘画上。她几乎坐过卢森堡公园的每一把椅子，走过每一条小道，她躺在只允许小鸟在上面活动的草坪上，观察小鸟走路的笨拙姿态。十月就这样过去，她在巴黎的第一个初秋慢慢远去，接连而来的是十一月初阴霾的日子。

在阿拉贡咖啡馆的一个平常夜晚，几位索邦大学的学生正在高谈阔论，讨论着德国的政治形势。从9月初开始，成千上万的东德人越过匈牙利边境，企图投奔西德。而昨天，就有上百万东德人在柏林街头示威。

其中一名学生大喊：

"这是一个历史性的事件！"

他叫安图万。

回忆如潮水般涌上心头。

另外一名学生提出建议：

"一定要去东德才行。"

他呢，他是马蒂亚斯。我还记得他老是抽烟，动不动就发脾气，嘴巴说个不停，当他无话可说的时候就哼曲子。我从来没见过这么害怕安静的人。

于是，他们组成队伍。当天晚上，他们将驾驶一辆车子出发，目的地是德国。两人轮流开车，第二天中午左右就可以抵达柏林了。

那个夜晚，到底是什么原因促使朱莉亚在阿拉贡咖啡馆里举起了手？是什么力量促使朱莉亚走到了索邦学生的桌子前？

她朝他们走过去，问道：

"我能不能跟你们一起去？"

我还记得我说过的每一个字。

"我会开车，而且我今天已经睡了一整天的觉。"

我在撒谎。

"我可以连续开好几小时的车。"

安图万询问大家的意见。是安图万还是马蒂亚斯？这不重要，反正投票的结果，几乎超过半数同意她加入即将开始的伟大之行。

安图万还有点犹豫，而马蒂亚斯补充了一句话：

"她是美国人，我们也算是欠他们人情！"

接着，他把手高高举起，然后郑重地说：

"她回国之后，有一天，可以为法国人民支持的所有革命做见证。"

众人把椅子挪开，朱莉亚便坐在新认识的朋友当中。不久之后，大家在阿拉贡大道上互相拥抱，她和不相识的人们行贴面礼告别。既然她是远征团的一分子，就必须和留在巴黎的人说再见。从巴黎到柏林有一千公里的路程，没有时间拖拖拉拉。十一月七日的晚上，车子沿着贝尔西堤岸往塞纳河上游驶去。朱莉亚怎么也想不到，她是在和巴黎说再见，她以后再也无法从窗台上眺望天文台的屋顶。

桑利斯、贡比涅、亚眠、康布雷，这么多写在路牌上的神秘地名从她眼前一个一个飞逝而过，都是她不认识的城市。

近午夜时分，他们朝比利时开去，在瓦朗谢纳换朱莉亚开车。

越过边境时，海关人员对朱莉亚手持的美国护照感到疑惑，但是她巴黎美术学院的学生证就等于是张通行证，他们得以顺利过关。

马蒂亚斯在不停地唱歌，令安图万很不耐烦，可是我呢，我在练习把听不太懂的歌词记在心上，这样可以让我保持清醒。

想到这里，朱莉亚不禁莞尔，许多回忆又接二连三涌现。第一次歇脚是在高速公路的休息站。大家把身上的钱掏出来数了数，我们决定买些长棍面包和切片火腿肉。他们还特地为她买了一瓶可口可乐以示庆祝，结果她只喝了一小口。

她的旅伴说话语速太快，有许多话她都没听懂。她以为以前学了六年的法语就可以成为一名双语人士。为什么爸爸要我学这门语言呢？是为了纪念他曾经在蒙特利尔生活过的几个月？很快，他们又必须再次上路。

经过蒙斯后，他们在卢维耶分岔口的地方开错了路。穿越布鲁塞尔的经历真是乐趣横生。那里的人也说法语，但是带着一种口音，尽管许多表达方式她都是第一次听到，但对朱莉亚这个美国人而言，反而更容易理解。当一个路人十分友善地告诉他们通往列日的正确路线时，马蒂亚斯为什么因为他的法语笑个不停？安图万重新计算路程。绕远路浪费了一个多小时的时间，马蒂亚斯希望能快点抵达，因为革命是不会等待他们的。大家再一次研究地图，决定立刻往回走，因为绕北边的路太远，于是绕南边，往杜塞尔多夫开去。

首先，必须经过讲荷兰语的比利时布拉班特省，这里听不到法语。多么神奇的国家！仅仅几公里的距离就有三种不同语言！"这是个拥有漫画和幽默感❶的国家！"马蒂亚斯边说边催促朱莉亚开快点。快到列日时，朱莉亚困得眼皮几乎睁不开，结果车子有点失控，往车道边上偏离。

她立刻将车子停在紧急停车道上，让自己恢复镇静。安图万责备她，强迫她坐到后座上去，不许她再开车。

这个惩罚不痛不痒，越过西德边境时，朱莉亚完全不知道前后经过如何。马蒂亚斯的父亲是大使，因此他有一张外交官家属的通行证。他对海关人员好言好语，说时候这么晚了，请不要吵醒他刚从美国来的同母异父的妹妹。

海关人员表示谅解，只是看了看她留在置物箱里的证件。

当朱莉亚再次睁开眼睛时，他们已经来到多特蒙德。全体同意（就差一票，因为他们没征求她的意见）到城里去，上一家像样的咖啡馆吃个早餐。那是十一月八日的早晨，她生平第一次在德国醒来。明天，她所认识的世界将会发生重大的变化，把她年轻的生命带进无法预测的潮流里。

经过比勒菲尔德之后，已经很接近汉诺威了。朱莉亚重新坐到方向盘前。安图万原想反对，但是他和马蒂亚斯两人都累得开不动车了，而距离柏林的路还很遥远。两个法国人一下子就倒头大睡，朱莉亚终于享受到片刻的宁静。车子已经开到黑尔姆斯施塔特附近，要通过这里的关卡的难度

❶《丁丁历险记》的作者是比利时漫画家埃尔热。生活中法国人爱讲关于比利时人的幽默笑话。

增大，前面就是一道道划定东德疆界的铁丝网。马蒂亚斯正好睁开眼睛，连忙叫朱莉亚把车子停在路边。

马蒂亚斯提出他的对策，车子必须由他开，安图万坐在他旁边，朱莉亚坐在后面。他的外交官家属的护照是说服海关让他们继续前行的灵药。马蒂亚斯下令执行"大演习"，千万不能透露出他们的真正动机。如果问他们为什么要去东德，马蒂亚斯就回答，他要去西柏林看当外交官的父亲，朱莉亚有美国护照，她也说她的父亲是公务员，在西柏林任职。安图万问道："那我说什么呢？"马蒂亚斯一边发动马达，一边回答："你呀，你就闭上嘴巴！"

马路的右侧是一片茂密的杉树林，树林尽头出现了阴森森的边境海关检查站。检查站和飞机场的过境等候区一样宽广。马蒂亚斯把车子停在两辆卡车之间。一名警察向他们打手势，要他们换车道。马蒂亚斯的脸上不再有一丝笑容。

检查站两旁耸立着探照灯高塔，比消失在地平线的树林顶端还要高，正前方有四座稍矮一点的瞭望台。铁丝网大门上，挂着一张写有"马林博恩边境检查站"的牌子。每一辆车子通过之后，大门便立即关上。

第一关检查时，警察命令他们把车子的行李厢打开，然后检查安图万和马蒂亚斯的行李包。此时，朱莉亚才发现自己没有携带任何衣服。警察再度命令他们往前开。在稍远处，他们必须进入一条通道，两旁都是白色的瓦楞铁皮屋，这里是检查身份证件的地方。一名警察叫马蒂亚斯把车子停在旁边，然后下车跟他走。安图万咕哝地抱怨，这趟旅行简直是疯狂的错误，他一开始就告诉过他。马蒂亚斯提醒他要记住事先约好的答话，

然后才开动车子。朱莉亚向马蒂亚斯使眼色，问他要她怎么做。马蒂亚斯
把我们的护照拿去，这些情节我都记得如此清晰，仿佛发生在昨日。他跟
着海关人员走了。我和安图万两人在等他。在这冰冷的铁皮屋顶下，虽然
只有我们两人，我们也坚守着约定只听不语。接着，马蒂亚斯又出现了，
后面跟着一名军人。安图万和我，谁也无法猜到会有什么事情发生。年轻
的军人依次看着我们，然后把护照交还给马蒂亚斯，向他打手势表示可以
离开。我从未体会过这种恐惧，从未体会过这种侵入皮肤之下，连骨头都
僵硬的冰冷感觉。车子慢慢地行驶，一直开到下一个检查站。我们又停在
一座巨大的篷子底下，一切又重新开始。马蒂亚斯又到其他营站去接受盘
问。当他最后回来时，他脸上的笑容表明，这下我们可以踏上柏林之路
了。在抵达目的地之前，我们都不能离开高速公路。

❖

　　蒙特利尔旧港的步行道上，阵阵晚风吹得朱莉亚瑟瑟发抖。尽管如
此，她的双眼依旧凝视着炭笔勾勒出的男人面孔。那是从另一个时代突然
出现的脸，跃然在一张洁白的画纸上，一张比划分德国疆界的营哨瓦楞铁
皮还要白的画纸上。

❖

　　托马斯，我朝你走过去。我们那时无忧无虑，你也仍然生活在这个世

界上。

整整过了一个多小时后，马蒂亚斯才重新燃起唱歌的欲望。除了几辆卡车之外，一路上看到的车子不管是迎面而来，还是被他们超过的，全都是卫星牌汽车，东德的人民似乎都希望拥有相同的车子，避免和邻居做比较。马蒂亚斯的车子非常引人注目。法国标致504型在东德的高速公路上威风凛凛。当他们超车时，所有司机无不用羡慕的目光欣赏他们的轿车。

接着经过的城市是施尔曼、泰森、科普尼茨，然后是马格德堡，最后是波茨坦。离柏林只剩下五十公里的路程。安图万坚持在进入柏林郊区时由他来开车。朱莉亚听了，忍不住哈哈大笑，提醒他们说，大概四十五年前是她的同胞们光复了柏林。

安图万立刻语气尖酸地回答：

"他们直到现在还在那里呢！"

朱莉亚毫不客气地反击：

"和你们法国人一起！"

马蒂亚斯在一旁喊道：

"我被你们两个烦死了！"

接下来的时间里，大家都沉默不语。车子开到被东德包围的西柏林边界时，仍然寂静无声。直到车子进入市区后，突然听到马蒂亚斯的高声呼喊：我是柏林人！ ❶

❶原文为德语，是美国总统约翰·肯尼迪于1963年发表的一篇演讲稿中的一句名言。

　　他们原先计划好的行程完全被打乱了。十一月八日抵达柏林时，几乎已经快傍晚了。尽管如此，没有人会在意一路上造成的延误。他们筋疲力尽，却迅速把疲倦抛在脑后。柏林城山雨欲来，人人皆有预感，即将有不寻常的事件发生。安图万说得没错。四天前，在铁幕另一边，百万东德人为争取自由走上街头示威。那道日夜有上千士兵和警犬看守的围墙，将多少曾经相爱、曾经共同生活的人隔离，这些人引颈盼望，却又不敢过分奢望，有朝一日能再度相聚。在冷战拉开序幕的那个悲伤的夏天，多少家庭、多少朋友，甚至是普通的邻居，被一道突然拔地而起绵延四十三公里的水泥墙、铁丝网和瞭望台分隔了整整二十八年。

　　三位朋友坐在一家咖啡馆里，仔细聆听周围人的谈话。安图万全神贯注，将高中学习的德语全搬出来，把柏林人的评论翻译给马蒂亚斯和朱莉亚听。有些人甚至认为，东西柏林的通行管制站不久就会开放。自从戈尔巴乔夫十月访问东德之后，一切都改变了。一名《每日镜报》的记者来这里匆忙喝了杯啤酒，他透露说，他们报社的编辑室已经像烧开的锅炉水一样沸腾。

　　平常这时候就应该付印的报纸头条，到现在都未决定。某件大事即将发生，但是他不能进一步细说。

　　夜幕降临时，他们三人都被旅途的疲劳所征服。朱莉亚忍不住打哈欠，结果她开始打嗝，而且停不下来。马蒂亚斯想尽办法平息她的打嗝，起先是吓唬她，但是他的每个妙计到最后都引来一场大笑，反而使朱莉亚打嗝打得更厉害。安图万也加入阵线，叫她做几个特技式的体操动作，头朝下，双臂交叉，然后喝一杯水。这个绝招灵验无比，但是朱莉亚还是没有成功，而且打嗝变本加厉。酒吧里的几位客人也提出一些办法。有的说一口气喝光一品脱的水，有的说捏住鼻子尽量长时间屏住呼吸，有的说躺在地上将膝盖往腹部靠拢。每个人都说出自己的独门妙计，最后，有个站在吧台前喝酒的好心医生，用近乎完美的英语建议朱莉亚去休息。她的黑眼圈证明她已经疲惫不堪，睡觉是最好的处方。三个伙伴便决定去找家青年旅馆。

安图万问到哪里可以找到睡觉的地方。他也是精疲力竭，但服务生完全听不懂他的德语。最后他们找到一家小旅馆，要了两个房间。两个男的合住一间，朱莉亚单独一间。他们爬上四楼，道声晚安后，每个人都倒在床上睡觉。只有安图万例外，他整晚都睡在地上铺着的鸭绒被上。马蒂亚斯一走进房间，便横躺在床上呼呼大睡。

⁕❦⁕

女画家一直无法把画完成。她前后三次叫她的客人坐正，可是安东尼完全没听进去。他不停转头观察他的女儿，女画家只好试着努力抓住他的面部表情。朱莉亚站在稍远处，一直目不转睛地盯着女画家的那张作品。她的眼神迷茫，思绪似乎飞到了别处。从他坐在凳子上开始，她的眼睛就没离开过那张画。他出声叫她，但她没有回答。

他们三人在小旅馆的大厅再次碰面时，已是十一月九日接近中午的时候。当天下午，他们去参观柏林市区。再过几个小时，托马斯，再过几个小时我就将和你相遇。

他们参观的第一个景点是胜利纪念柱。在马蒂亚斯看来，它要比巴黎旺多姆广场❶的纪念铜柱更加雄伟，然而安图万认为，这样的比较毫无意义。朱莉亚问他们是不是经常这样互相抬杠，两个男孩惊讶地瞪着她，不明白她在说什么。第二个参观的景点是库达姆大道❷的商业区。三人步行走遍上百条街，直到朱莉亚实在迈不动步子，他们才搭乘电车。下午四点左右，他们站在纪念教堂前静思。柏林人称这座教堂为"蛀牙"。二战期间，这座教堂曾遭炮弹轰炸而损毁严重，如今外观显得尤为独特而得此别名。教堂一直保留着战争时的原貌，以警示后人。

傍晚六点三十分，朱莉亚和两位朋友来到一座公园附近，他们决定步行穿过公园。

❶巴黎的著名广场之一，位于巴黎老歌剧院与卢浮宫之间，珠宝店和高级时装店云集于此。

❷又译作"选侯帝大道"，曾是连接王城官邸和森林狩猎宫的一条骑马沙路，现为柏林西城区的著名购物街，高级时装和时尚商店汇集。

　　在此之后，东德的一名政府发言人发表了一则宣言。这则宣言即使不能说是改变了世界的面貌，也至少改变了二十世纪末的世界面貌。东德人获得自由行动的权利，可以离开东德前往西德，所有检查站的士兵再也不会放狗咬他们，再也不会开枪向他们射击。冷战时代，曾有多少男女老幼为了攀越这道耻辱之墙而丧生？有好几百人被忠于职守的守卫开枪击中，倒在柏林墙下。

　　东柏林人可以自由离开，就是这么简单。这时，一名记者问政府发言人，何时开始实施这项法令。政府发言人误解了记者的问题，当场回答：现在！

　　晚上八点，所有东德和西德的广播电台和电视台都发布了这个消息，而且不断重复播报这则不可思议的新闻。

　　成千上万的西德人不约而同地来到边界关口。成千上万的东德人也不约而同地拥至关口。在这股冲向自由的人群中，两个法国人和一个美国人也跟着人潮一起走着。

　　晚上十点三十分，无论在东柏林，还是在西柏林，每个人都朝着不同的关口检查站走去。突如其来的形势令检查站的士兵们无力应对，他们被成千上万向往自由的人潮所淹没，现在轮到他们走投无路了。波恩海姆大街上的关口栏杆已经开启，德国开始走向统一之路。

　　你穿过城市，走遍街道，朝你的自由飞奔；而我，朝你走过去，我并不知道也不了解，究竟是什么力量将我推向前方。这个胜利并不属于我，这个国家也不属于我，这些街道对我而言完全陌生，然而在这里，我才是陌生人。我也开始奔跑，想要逃离无法阻挡的人潮。安图万和马蒂亚斯努力保护着我。我们沿着一望无际的水泥墙往前走，这道墙上布满了许多满怀希望的画家曾经不懈描绘的画作。这时，你的几位同胞，无法忍受在检查站前还要排队再等几个小时，他们开始爬上围墙。在围墙这一头，我们一直关注着你们：我的右手边，有人张开双臂，想要减轻你们的跌落压力；我的左手边，有人站在强壮的肩膀上看着你们跑过来，跑完穿越铁幕的最后几米。我们的呼喊声和你们的呼喊声混合在一起，我们在鼓励你们，想消除你们的恐惧，告诉你们我们在这里。突然，我，这个逃离纽约的美国人，这个曾与你们对抗的国家的孩子，在这个人性回归的时刻，我变成了德国人。满怀着青春年少的天真，我也低声地说了一句"我是柏林人"，然后我哭了。我哭得很厉害，托马斯……

❧

这个夜晚，站在蒙特利尔码头上闲逛的游客当中，朱莉亚迷失在另一片人群中，她哭了。凝视着炭笔勾勒的面孔，她的眼泪沿着脸颊潸然而下。

安东尼的眼睛一直没离开过她。他再一次呼唤她。

"朱莉亚？你还好吗？"

但是，他女儿的思绪如此遥远，根本听不到他的话语，仿佛两人被二十年的时光所隔开。

❦

……人潮比先前更加汹涌，人们不断涌向围墙。有些人开始刨墙，螺丝刀、石块、镐子、折叠刀，都是一些临时找来的小工具，但是，必须用它们把这道障碍除掉。接着，就在离我几米远的地方，出现了一幕令人难以置信的场景。全世界最著名的大提琴家正好就在柏林。他听到消息后，也前来与你我会合。此时此地，他摆好大提琴，开始演奏乐曲。这一幕是发生在当天晚上，还是第二天晚上？这已经不重要了，琴弦奏出的音符在此刻穿透了围墙。一个个发、拉、西，一阵阵悦耳的旋律飘向你们，自由的气息随着音符扑向你们。你要知道，哭泣的人不只我一个。那个夜晚，我看到好多好多的眼泪。那一对紧紧拥抱在一起的母女，落下了激动的泪水，她们从未想过，在无法相见、无法拥抱、无法相互倾诉的二十八年后，竟然能够再次重逢。我看到，白发苍苍的父亲们在涌动的人潮中，似乎认出了自己的儿子。我看到，成千上万的柏林人，只能用眼泪将以往忍受的所有痛苦洗刷殆尽。接着，突然，在人群当中，在围墙之上，我看见了你的面孔，看见了你那张满是灰尘的脸，还有你的双眼。你是我第一个认识的东德男子；而我，是你看到的第一个西方女子。

❦

安东尼大喊：

"朱莉亚!"

她缓缓地朝他转身,却说不出一句话,接着又转头看画像。

❧❦❧

你在墙上站了好长一段时间,我们两人目光呆滞,就这样傻傻地望着对方,无法分开。你拥有一个展现在你面前的新世界,然而你却一直看着我,就好像我们的目光被一条隐形线紧紧连在一起。我哭成了泪人儿,可是你却对我微笑。接着,你跨过围墙,纵身往下跳,我像其他人一样,立刻张开双臂将你接住。你跌在我身上,我们两个在这片你从未踏足的土地上打滚。你用德语和我说对不起,我用英语向你问好。你站起来,拍拍我肩膀上的灰尘,好像这个手势一直都是属于你。你和我说话,可是我完全听不懂,所以你不时地摇头又点头。我一直在笑,因为你的模样太滑稽,而我自己呢?我的样子比你更滑稽。你向我伸出手,口中说出了这个我后来无数次呼唤的名字,这个我多年以来再也没喊过的名字:托马斯。

❧❦❧

码头上,一名女子撞上了她,却没停下脚步。然而,朱莉亚对此完全没有在意。一名小贩拿着一条浅色木雕的项链在她前面晃来晃去。她只是缓缓地摇头,小贩像念祷告词般的推销她一个字也没听进去。这时,安东尼拿出十美元给画家，然后站起身。女画家将自己的作品拿给他看。画像上的表情惟妙惟肖，呼之欲出。安东尼很满意，又把手伸进口袋，给她加倍的报酬。他朝朱莉亚的方向走过去。

"告诉我，是什么东西让你看了十几分钟？"

※※※※※※

托马斯、托马斯、托马斯，我已经忘了在念起你的名字时心中那种美好的感觉。我已经忘了你的声音、你的颧骨、你的笑容，直到看见这张酷似你的画像。我真希望你没有去那个国度做报道。如果我早知道，当你对我说想做记者的那一天，如果我早知道结果的话，我会对你说这个想法很糟糕。

但是，你一定会回答我，揭露世界的真相不会是个坏工作，哪怕展示的照片很残忍，哪怕有些照片会吐露真相。你会用低沉的声音大声说，如果媒体能早知道围墙另一边的真相，以前统治我们的人会早点把围墙推倒。可是，他们是知道的，托马斯，他们知道你们每个人的生活，他们的时间都花在监视你们的举动上，统治我们的人没有那样的勇气。我听到你对我说，只有像你一样长大的人才会放弃冒险，因为你们在生活的城市中可以毫无顾忌地思考和说出自己的想法。我们会为这个问题争论整个晚上，一直到天亮，一直到第二天。托马斯，你知道我有多么怀念我们之间的争吵吗？

当我无力辩驳时，我会投降，就像我离开的那天一样。如何留住你呢？如何留住一个如此缺乏自由的人？托马斯，有道理的人是你，你从事的工作是世界上最美好的职业之一。你遇见马苏德❶了吗？你们现在都在天上，他是否同意接受你的访问了？这还值得做吗？你去世几年后他也丧生了。成千上万的民众在潘杰希尔❷山谷为他送葬，而你的遗体却没人能去收回。如果那个地雷没有炸毁你的车子，如果我不那么害怕，如果之前我没有放弃你，那我的生命将会如何？

❈

安东尼把手搭在朱莉亚的肩膀上。

"你在和谁说话？"

朱莉亚吓了一跳，答道：

"没有人。"

"你好像被这幅画迷住了，你的嘴唇在发抖。"

她低声说：

"不要管我。"

❶阿富汗北方联盟将领，曾组织反政府游击队反对1979年苏联入侵，2001年9月9日遭暗杀。
❷位于阿富汗东北部的一个省，是马苏德的出生地。

刚开始的时候，感觉有点尴尬而敏感。我向你介绍了安图万和马蒂亚斯，并且着重强调"朋友"这个词，我重复了六遍你才明白。我真是糊涂，你那时的英文还不行。也许你已经懂了，你露出笑容，拥抱他们。马蒂亚斯一边紧紧搂着你，一边向你祝贺。安图万只是和你握了握手，其实他也和他的朋友一样激动不已。我们四个人一起向市区走去。你说你要找一个人，我以为你要找的是个女人，其实是你的童年好友。十年前，他和家人成功地翻越围墙，从那时起，你就再也没见过他。可是，在满街成千上万相拥、歌唱、喝酒、跳舞的人群当中，如何能找到一个儿时好友呢？你说，世界广阔，友谊无边。安图万在嘲笑你，不知道是因为你的口音，还是你天真的话语；而我觉得你的想法如此动人。是不是曾经百般折磨你的生活令你保留了童真，而我们的童真却被所享有的自由扼杀了？

我们决定走遍柏林的街道，一起帮你寻找。你迈着坚定的脚步向前走，仿佛很久以前，你们就已经约好在某处相见。一路上，你不断打量着每张脸，不时撞到行人，不停回头看人。这时太阳尚未升起，安图万在一座广场中央停下来，大声喊道："我们像傻瓜一样找了好几个小时了，你起码应该告诉我们那个人的名字吧？"你没听懂他的话。安图万叫得更大声："姓名❶。"你发起火来，吼着回答："克纳普！"那是你要找的人

❶原文为德语。

的名字。接着，安图万为了表示他不是对你生气，也开始大叫："克纳普！克纳普！"

马蒂亚斯忍不住哈哈大笑，也跟着喊起来，我也跟着喊"克纳普！克纳普！"你盯着我们，好像看着一群疯子，接着你也大笑起来，一起喊着"克纳普！克纳普！"我们几乎是一边跳舞，一边高声唱着你寻找十年的朋友的名字。

突然，在人山人海当中，有一张脸转过来往回看。我看到你们的目光交会，一个与你同龄的男子望着你，那个时刻我几乎是嫉妒的感觉。

你们就好像同一个狼群中被长期分开的野狼，在绕过一座森林之后又再次会合，你们呆呆地站在原地，互相看着对方。接着，克纳普叫你的名字。"托马斯？"在西柏林的石板路上，你们的身影那么美。你紧紧地抱住朋友，脸上的喜悦显得如此崇高。安图万在哭泣，马蒂亚斯安慰他说，如果他们也分离了这么多年，那么他们重逢时也是同样的喜悦。安图万哭得更厉害，说那是不可能的，因为他们两人还没认识那么久。你的头靠在好友的肩膀上，但是看到我在注视你，便立刻挺起头，然后对我重复那句话："世界广阔，友谊无边。"安图万像个拧开的水龙头似的，更加无法抑制地哭着。

我们在一家酒吧的露天座上坐下来。夜晚的寒气扑在脸上，但是我们毫不在意。你和克纳普坐在离我们稍远的位子上。弥补过去十年的光阴，需要许多言语，而有时却只需要沉默。那天深夜，我们都没有分开，接下来的白天也一直在一起。第二个清晨时，你才对克纳普说你必须离开，不能再停留。你的祖母住在围墙另一边，你不能留下她一个人，因为你是她唯一的依靠。今年冬天她应该有一百岁了，我希望她也能在天堂与你相会。你的祖母，我真是喜欢她！当她把长长的白发编好辫子，然后来敲我们卧室的房门时，她是那么漂亮。你向你的朋友保证，只要局势不再倒退，你很快就会回来。克纳普语气坚定地对你说，通往自由的大门永远不会再关上了，而你回答："也许吧，不过，就算是必须再等十年我们才能相见，我还是每天都会继续想着你。"

你站起来，感谢我们送给你的这份礼物。其实我们什么也没做，马蒂亚斯对你说没什么，他很高兴能帮上一些忙。安图万建议大家一起送你到东西柏林交界的关口。

我们再次动身，跟着和你一样打算回家的人群走着。因为不管革命与否，他们的家和居住的房子，都在城市的另一边。

走在路上时，你握住我的手，我也让你握着，就这样走了好几公里的路。

❀❀❀

"朱莉亚，你在发抖，这样下去会着凉。我们现在就回去。你想要的话，我们可以把这幅画买下来，你想看多久就看多久，不过要在暖和的地方看。"

"不用，这幅画不能用价钱衡量，它必须留在这里。请你再等几分钟，然后我们就走。"

在检查站的两边，一些人还在继续刨围墙。我们不得不在这里说再见。你先向克纳普告别。他拿出一张名片递给你，说："只要可以，尽快给我打电话。"是不是因为他是记者，所以你也想从事这份职业？还是因为你们少年时代就共同许下过这个愿望？这个问题我问过你一百遍，而每一次你都逃避回答，只是嘴角挂着你不愉快时惯用的微笑。你和安图万、马蒂亚斯都握了握手，然后转身对着我。

托马斯，真希望你知道那天我有多害怕，害怕将永远无法认识你的唇。你闯进我的生命，仿佛毫无预料、突然而至的夏天，携着灿烂的阳光照亮我的清晨。你用手心触摸我的脸颊，手指沿着脸颊往上滑，随后轻轻地吻了我的双眼。"谢谢你。"这是你离开前唯一说的一句话。克纳普正注视着我们，我突然捕捉到他的目光。那目光似乎期望我说一句话，说出几个他正努力寻找的字眼，可以永远抹除令你们分离的那些岁月。那些岁月使你们两人的生活有天壤之别，他要回到记者的岗位上，而你要回到东方世界去。

这时，我大声喊道："带我走！我想认识你要回家照顾的祖母。"没等你回答，我再次握住你的手，郑重说道，只有集合所有人的力量才能把我拉开。克纳普耸了耸肩膀，对着你惊讶的表情说："现在的道路畅通无阻，你们想的话可以随时回来！"

安图万想劝阻我，说这是个疯狂之举。也许吧，可是我从来没感受过这种令人陶醉的激情。马蒂亚斯用手肘碰了他一下，管人家闲事干什么？他向我跑过来，在我脸上亲了一下，然后把他的电话号码写在一张纸条上，对我说："你回巴黎的时候打电话给我们。"我也在他们两人的脸上亲了一下，之后，我们就离开了。托马斯，从此以后，我再也没有回过巴黎。

我一直跟着你走。那是十一月十一日的清晨，我们趁着混乱的局面，越过东西边境。那天早晨，也许我是第一个进入东柏林的美国女学生，即使不是第一个，我也是所有美国女学生中最快乐的一个。

你知道吗，我遵守了诺言。你记得那家昏暗的咖啡馆吗？在那里你曾要我发誓，如果有一天命运将我们分开，不管如何，我也要继续快乐地生活。我知道你之所以这么说，是因为我爱你的方式有时会让你窒息，你过去太缺少自由，因此无法接受我将自己的生命与你的捆绑在一起。即使我憎恨你彻底摧毁了我的幸福，我还是遵守了诺言。

托马斯，我就要结婚了。确切地说，我上星期六应该结婚，可是婚礼延期了。这件事说来话长，不过，正是这件事让我来到这里。也许，是因为我必须最后一次看到你的脸。请代我问候你在天堂的祖母。

⋅⊰❦⊱⋅

"朱莉亚，你的样子真好笑，看看你自己，好像和你爸爸没电的时候一样！你一动不动站在这里有一刻钟的时间了，而且嘴里还念念有词……"

朱莉亚没有回答，只是转身离开。安东尼加快脚步追上她。

他走近她身旁，又问：

"我到底能不能知道是怎么回事？"

可是朱莉亚仍然沉默。

"你看，"安东尼拿出自己的画像给女儿看，高兴地说，"画得真棒！拿着，这是送给你的。"

朱莉亚对他不理不睬，继续往酒店走去。

"算了，我晚点再送给你！看来现在时机不对。"

安东尼见朱莉亚一言不发，又开口说：

"你目不转睛看的那张画像，为什么让我想起某些事来？我想，这一定跟你刚才在码头上的怪异举动有关。不知道为什么，我好像以前见过那张脸。"

"因为你来柏林找我的那一天，你的拳头曾经打在那个人的脸上。因为那是我十八岁时初恋情人的面孔，那是你强迫我回纽约时，硬要我离开的男人！"

❦

餐厅几乎坐满了人。一名殷勤的服务生为他们倒了两杯香槟。安东尼没有喝，朱莉亚却将酒杯里的香槟一饮而尽。接着，她又拿起父亲的酒杯将酒一口喝完，随后向服务生招手，要他再为她倒酒。菜单还没送上来，朱莉亚就已经有点醉意了。

朱莉亚要叫第四杯香槟时，安东尼劝道：

"你不要再喝了。"

"为什么？这酒有很多气泡，而且味道好极了！"

"你醉了。"

她冷冷地一笑：

"还没呢。"

"总可以少喝一点。你是不是想破坏我们的第一次晚餐？你没必要把自己弄出病来，要是想回去，只要跟我说一声就行了。"

"完全没有，我肚子饿死了！"

"要是你愿意，我们可以叫餐到你房间吃。"

"又来了，我想我现在不再是听这种话的年龄了。"

"你小时候每次要向我挑衅时，就是这种态度。你说得没错。朱莉亚，你和我，我们现在都已经过了吵吵闹闹的年龄。"

"我认真地想过，那是你没有站在我的立场，而为我做出的唯一选择！"

"什么选择？"

"托马斯！"

"不对，他是第一个而已，你要是还记得的话，你后来做了很多选择。"

"你一直想控制我的生活。"

"这是许多父亲都会犯的毛病，不过，对一个你认为经常不在身边的人来说，这项指控相当矛盾。"

"我宁愿你不在，可是你只是不在家而已！"

"你醉了，朱莉亚，你说话太大声了，会干扰到别人。"

"干扰到别人？那么你出其不意地跑到我们柏林的房子时，这不会干扰到别人？你向我男朋友的祖母大吼大叫，甚至恐吓她，要她告诉你我们在什么地方的时候，这不会干扰到别人？我们还在睡觉时你撞破房门，几分钟之后就把托马斯的脸打伤，这不会干扰到别人？"

"老实说那确实有点过火，这点我承认。"

"你承认？你揪着我的头发一直把我拖到等在外面的车子前，这会不会干扰到别人？穿过机场大厅时，你拼命晃我的手臂，晃得我好像一个关节脱臼的洋娃娃，这会不会干扰到别人？你怕我从飞机上逃跑，把我的座位安全带扣上，这难道不会干扰到别人吗？一回到纽约，你就像对待罪犯一样把我扔在房间里，然后把房门锁上，这又会不会干扰到别人？"

"有时候我在想，我在上个星期死掉，并不是一件坏事！"

"拜托，不要再说这种夸张的话了！"

"啊，这跟你刚才那些动人的话一点关系都没有，我是指另一件事。"

"是什么事？"

"我是指你的行为举止，自从你看到那张很像托马斯的画像后。"

朱莉亚睁大眼睛。

"这跟你的死有什么关系？"

安东尼的脸上露出大大的笑容：

"你这句话听起来很有趣，你不觉得吗？真想不到我在无意之中，阻止了你在上星期六结婚！"

"这件事让你高兴成这样？"

"为了你的婚礼延期？直到刚才，我都在为这件事感到抱歉，可是现在不一样了……"

服务生因为他们两人的说话声太大而感到尴尬，于是走过来请他们放低嗓门，顺便问他们是否要点菜。朱莉亚点了一道肉。

服务生问：

"要几分熟？"

安东尼答道：

"一定要半生不熟！"

"先生呢？"

朱莉亚问道：

"你们有没有电池？"

服务生听了莫名其妙，安东尼向他解释说他不吃晚餐。

"结婚是一回事，"他对女儿说，"但是你听我说，要和一个人共同分享生命的全部，这又是另外一回事。那需要很多的爱，很多的空间。那是一块两人共同创造的天地，任何一方都不能感到空间狭窄。"

"可是你凭什么评论我对亚当的感情？你对他一无所知。"

"我不是在说亚当，我是在说你，我是指你以后能给予他的感情空间。如果你的世界已经被另一个人的回忆掩埋，那你们俩的共同生活就很难成功。"

"你似乎很了解，不是吗？"

"朱莉亚，你母亲已经过世，就算你继续为这件事责怪我，也不是我的错。"

"托马斯也过世了，而且就算这和你完全无关，我也会一直怪你。你要知道，说起我和亚当两人的感情空间，我们拥有的是整个自由的宇宙。"

这时，安东尼突然咳嗽起来，额头上冒出几粒汗珠。

朱莉亚吃惊地问道：

"你会出汗？"

"我也不想发生这样的技术小故障。"

他用手帕轻轻地在脸上拍打。"朱莉亚，你那时才十八岁，就想和一个才认识几个星期的共产党员生活在一起！"

"四个月！"

"也就是十六个星期！"

"而且他是东德人，不是共产党。"

"好多了！"

"有些事我永远也忘不了，这就是为什么从前有一阵子我很恨你！"

"我们有过协议，不能用过去时说话，你还记得吗？不要害怕用现在时和我说话。就算我已经不在了，我也永远是你的父亲，或者说是仅有的父亲……"

服务生把点的菜端给朱莉亚。她叫服务生再替她倒杯酒。这时，安东尼把手挡在香槟酒杯上。

"我想我们还有很多话要说。"

服务生立刻转身离开。

"你住在东柏林的时候，有好几个月我都没有你的消息。你的下一个目的地会是哪里？莫斯科吗？"

"你是怎么找到我的？"

"你在一家西德报纸上发表了一篇文章。有个好心人拿了一份报纸给我看。"

"是谁？"

"华莱士。也许，他想通过这个方式来弥补背着我私自协助你离开美国的事。"

"你早就知道这件事了？"

"也许他也在担心你，认为已经到了该终止冒险的时候，免得你遇上真正的危险。"

"我从来都没有遇到过危险，我爱托马斯。"

"在某个年龄之前，我们会因为爱一个人而疯狂，然而，事实上通常是因为我们太爱自己！我原来的计划是让你在纽约学法律，结果你扬长而去，跑到巴黎学美术。到了巴黎后，不知道你到底在那儿待了多久，你又跑去柏林。你随随便便地坠入情网，就跟着了魔似的。然后你和美术说再见，如果我没记错的话，接着你曾经想当记者。真巧，他也希望成为记者，奇怪了……"

"这关你什么事？"

"朱莉亚，是我和华莱士说，哪天你向他要护照的话就给你。而且你回家后，从我书桌的抽屉里拿走护照时，我就在隔壁房间。"

"为什么要这么转弯抹角，你为什么不亲手交给我？"

"因为我们的关系并不友好，你应该还记得。再说，我要是亲手交给你，也许会减少你冒险的乐趣。让你满怀叛逆地离开我，你的旅行会更刺激，不是吗？"

"你真的是这么想的？"

"是我告诉华莱士你的证件放在哪里的，而且我当时确实在客厅里。除此之外，我的自尊心也许是有点受到伤害。"

"你的自尊心受到了伤害？"

安东尼问道：

"那亚当呢？"

"亚当和这些事情毫无关系。"

"虽然从我口中说出来很奇怪，我还是要提醒你一件事，我要是没死的话，你今天就已经是他的妻子。现在，我要用另一种方式再次提出我的问题，不过，你可以先闭上眼睛吗？"

朱莉亚不明白父亲到底要做什么，心中有点犹豫，可是在他的坚持下，她还是照着他的意思做。

"眼睛再闭紧一点。我希望你感觉整个人都完全处于黑暗中。"

"你到底在搞什么？"

"就这么一次，照我的意思做，只要一下子。"

朱莉亚闭上眼睛，整个人沉浸在黑暗中。

"拿起叉子，然后吃东西。"

朱莉亚觉得好玩，便照着他的话做。她的手在桌布上摸索，最后碰到要找的叉子。接着，她笨拙地用叉子在盘子上叉一片肉，然后张开嘴巴，但是心里并不知道放在嘴里的是什么东西。

"这块食物的味道有没有因为你看不见而变得不一样？"

"也许吧。"朱莉亚闭着双眼回答。

"现在，你为我做一件事，眼睛还是要闭着。"

"我在听。"她悄声回答。

"回想一下从前曾经让你感到幸福的时刻。"

说完，安东尼便闭口不言，仔细观察女儿脸上的反应。

在博物馆岛，我还记得，我们两人一起散步。当你把我介绍给你的祖母时，她的第一个问题是问我做什么职业。我们的交谈并不容易，你用初级水平的英文把她的话翻译给我听，而我则不会讲你的语言。我向她解释我在巴黎学美术。她听了笑了笑，然后走到柜子前找出一张印有弗拉基米尔·拉德斯金❶画作的明信片，那是她喜欢的一位俄国画家。接着，她叫我们出去透透气，享受美好的一天。你没有把这两天的离奇经历告诉她，也没有对她说我们是怎么认识的。当我们在门口与她道别时，她问你是否遇到了克纳普。你犹豫许久，但是脸上的表情却承认了你们的重逢。她面带笑容，说她为你感到高兴。

❶作者虚构的一位俄国画家，在作者的另一本小说《在另一种生命里》中也曾提到他。

　　我们一到街上，你便握住我的手，每次我问你跑这么快要去哪儿，你只是回答，"来，来"。我们穿过了横跨施普雷河❶的一座小桥。

　　博物馆岛，我从未看过那么多艺术馆集中在一起。我一直以为你的国家只有灰色，而这里，一切都是彩色。你把我带到旧博物馆门口。那是一座巨大的方形博物馆，可是，我们进去时，从里面看到的却是一座圆形建筑。我从未看过如此奇特、不可思议的建筑物。你带我到圆形大厅中央，让我转三百六十度的圆圈，然后第二个第三个，一个接着一个，你让我越转越快，直到我头晕为止。然后，你停止了我的疯狂旋转，把我搂在怀里，对我说，这就是德国的浪漫主义，方中有圆，证明所有相异之物均可结合在一起。之后，你带我到佩加蒙博物馆❷。

❈❈❈❈❈❈

安东尼问道：

"你有没有重新想起那些幸福的时刻？"

朱莉亚仍然闭着双眼，答道：

"有。"

❶施普雷河由南向北穿柏林而过，流经柏林约20公里。施普雷河的流经区域正处于柏林的政治文化中心。

❷位于柏林博物馆岛上的著名博物馆，所展出的有古希腊、古罗马和波斯等的大量文物珍品。

"你看到了谁？"

朱莉亚睁开眼睛。

"你不用给我答案，朱莉亚，那答案是属于你的。我不能再代替你决定你的生活。"

"你为什么要这么做？"

"因为每次我这样闭上眼睛，就会看到你母亲的脸。"

"托马斯在那张酷似他的画像上重新出现，就像一个幽灵，像一个影子，在告诉我要平静地生活，告诉我可以结婚，不要再去想他，不要再有遗憾。这是一个征兆。"

安东尼清了清嗓子，说道：

"那只不过是一张炭笔画的画像，拜托！如果我把手帕往远处扔，不管有没有投中门口的那把雨伞，都不会对任何事产生任何影响。不管酒瓶最后一滴酒有没有倒在隔壁桌那位女士的酒杯里，年底之前她都不会和那个一起吃饭的大傻瓜结婚❶。不要这样看我，我不是火星人。那个大傻瓜，要不是他为了想在女友面前有所表现而讲话那么大声，我也不会从晚餐一开始就听到他的谈话内容。"

"你说这些，是因为你从来就不相信生命中会有征兆！你太需要掌控一切！"

"朱莉亚，征兆是不存在的。我曾经把一千个纸团投进办公室的纸篓，在心中对自己说，要是投中的话，我的愿望就会实现。可是我期待的

❶西方人的迷信，认为喝到酒瓶最后一滴酒的人，会在当年结婚。

永远都不来！我甚至和自己打赌说，一定要连续投中三到四次才有资格得到回报。两年的辛苦练习，我可以把一沓纸投进十米外的纸篓，可是不来的还是不来。有天晚上，我陪着三个大客户一起去吃饭。当我的合伙人认真地把我们分公司所在的国家告诉他们时，我在寻找我等待的女子身处的国家，我在想象她早晨离家时所走过的街道。离开餐厅后，其中一名客户，他是中国人，请不要问他的名字，他告诉我一个有趣的传说。据说，只要跳进有满月倒影的水洼里，月魂就会立刻把你带到想念的人身旁。当我双脚并拢跳进人行道旁的水沟时，你可以想象我合伙人的表情。那名客户全身被水溅湿，连帽子都滴着水。我没有向他道歉，反而对他说他的秘诀一点都没效！我期待的女子并没有出现。所以，不要对我说那些因为失去对上帝的信仰而抓住不放的无聊征兆。"

"我不许你说这样的话！"朱莉亚大声喊道，"小时候，为了盼望你晚上能回家，我可以往一千个水洼里跳，往一千条小溪里跳。现在和我说这些已经太晚了，我的童年已经是遥远的过去了！"

安东尼神情哀伤地看着他女儿。朱莉亚仍在气头上，她推开椅子，站起身，径直走出餐厅。

"请原谅她，"他一边对服务生说，一边在桌上放了几张钞票。"我想是因为你们的香槟，气泡太多了！"

· · · ❖ · · ·

父女俩朝酒店方向走回去，谁都不说话，生怕打破夜晚的宁静。两人沿着旧城的小巷往前走。朱莉亚走得有点摇摇晃晃，有时还被凸出路面的石板绊一下。安东尼立刻伸出手准备扶住她，可是她马上就恢复平衡，把他的手推开，不想让他碰到自己。

"我是一个幸福的女人！"她一边晃晃悠悠地走路，一边说着。"不但幸福，而且非常成功！我做着自己喜欢的工作，住着自己喜欢的房子，有一个自己喜欢的好朋友，还要和自己喜欢的男人结婚！我真的很开心！"她继续含混不清地说着。

突然，她不小心扭了下脚踝，连忙稳住身子，然后靠着路灯的灯杆滑倒在地。

她坐在人行道上，嘴里叨咕着：

"真该死！"

这时，她父亲伸出手来想扶她站起来，她毫不理会。安东尼蹲下来，坐在她身旁。街道上空荡无人，两人背靠着路灯杆，就这样静静坐着。十分钟之后，安东尼从外套的口袋里拿出一个纸袋。

她问道：

"这是什么？"

"糖果。"

朱莉亚耸了耸肩膀，把头歪向一边。

"我想纸袋里有两三只巧克力小熊在散步……最新消息，它们玩的是甘草彩带。"

朱莉亚还是没反应，于是他假装要把糖果放回口袋，朱莉亚赶紧把纸袋抢到手中。

"你小的时候收养过一只流浪猫，"朱莉亚正在嚼第三只巧克力小熊时，安东尼对她说，"你很喜欢它，它也很喜欢你。直到一个星期后，小猫跑了。我们现在回酒店了好吗？"

朱莉亚嘴里嚼着糖，回答道：

"不好。"

一辆套着棕色挽马的马车从他们面前经过。安东尼挥手招呼车夫停下。

❦

一小时后，他们回到酒店。朱莉亚穿过大厅，搭乘右边的电梯上楼，而安东尼搭乘左边的电梯。在顶楼，他们又再次碰面，两人并排走在走廊上，到新婚套房门口时，安东尼让女儿先进去。朱莉亚一进门便径直走入自己的房间，而安东尼则到他自己的房间去。

朱莉亚进入房间后立刻躺倒在床，在皮包里寻找手机。她看了看手表，然后拨电话给亚当，结果听到的是语音信箱。在最后一声提示音响起之前，她挂掉了电话。接着她拨给斯坦利。

"我看你过得很好的样子。"

"我很想你。"

"我还真不知道。哦，你这趟旅行怎么样了？"

"我想明天就会回来。"

"这么快？找到你要找的东西了吗？"

"基本算找到了吧。"

"亚当刚从我家离开。"斯坦利用教训的口吻对她说。

"他去看你?"

"这正是我要跟你说的,你喝酒了吗?"

"喝了一点。"

"你过得这么滋润啊?"

"当然喽!难道你们都要我过得不好吗?"

"就我而言,我可是孤独一人!"

"他为什么找你?"

"我想是要谈谈你吧,除非他的性取向正在改变。要真是这样,他可是白白浪费了一个晚上,他根本不合我的口味。"

"亚当找你要和你谈谈我?"

"不是,他来找我是要我和他谈谈你。一般人在想念心爱的人的时候都会这样。"

斯坦利在电话筒里听到朱莉亚的呼吸声。

"亲爱的,他很难过。我对他没什么特别好感,我从来没向你隐瞒过这点,可是我也不喜欢看到一个男人这么痛苦。"

"他为什么难过呢?"朱莉亚问他,语气中带着歉意。

"要么你就是个百分百的笨蛋,要么你真是醉到神志不清。他很绝望,婚礼取消后两天,他的未婚妻……我真讨厌他这么称呼你,他真够守旧……长话短说,他的未婚妻跑了,没留任何地址,也没给任何解释。我这么说是不是很清楚,还是你需要我快递给你一盒阿司匹林？"

"首先，我不是没有留下地址就走，我还去找过他……"

"你是说佛蒙特州？你居然跟他说你要去佛蒙特州！这能算是个地址吗？"

"我说佛蒙特州，这有什么问题吗？"朱莉亚尴尬地问。

"没什么问题，不过那是在我干了一件蠢事之前。"

"你干了什么蠢事？"朱莉亚屏住呼吸。

"我和他说你去了蒙特利尔。我哪知道这会把你出卖了！下次你撒谎的时候请先通知我，我教你，至少我们两个的话得一模一样。"

"该死！"

"你抢了我的话……"

"你们有没有一起吃饭？"

"我给他做了一顿简单的饭菜……"

"斯坦利！"

"怎么了？我总不能让他饿死吧！亲爱的，我不知道你在蒙特利尔搞什么鬼，也不知道你和谁在一起，而且我也知道这跟我一点关系都没有，不过拜托你，给亚当打个电话，这是你最起码应该做的事。"

"斯坦利，完全不是你想象的那样。"

"谁跟你说我在想象了？有件事你倒可以放心，我向他保证你的离开和你们之间的问题一点关系都没有，你是为了寻找父亲的往事才离开的。你看，说到撒谎，这还需要一点天分！"

"我向你发誓，你说的都是真的！"

"我还对他说，你父亲的去世对你打击很大。试着去关上过往岁月中那些半开半掩的门，这对你们两个人都很重要。没有人希望以后在共同的感情世界里还有冷风吹进来，不是吗？"

朱莉亚再一次选择沉默。

斯坦利又开口问她：

"对了，你研究沃尔什爸爸历史的结果怎么样？"

"我想我发现了他更多令我讨厌的事。"

"太好了！还有呢？"

"也许还发现了他更多令我喜欢的事。"

"那你明天就要回来吗？"

"我不知道，我还是回到亚当身边比较好。"

"免得……"

"我刚才在外面散步，看到有一位女画家……"

朱莉亚把在蒙特利尔旧港遇到的事一五一十地告诉斯坦利，她的朋友居然破天荒地没有用尖酸刻薄的言语回击她。

"你看，我最好是回去对不对？离开纽约后我事事不顺。再说，我要是明天不回去的话，谁给你带来好运呢？"

"你要听我给你的建议吗？把你脑子里想到的统统写在一张纸上，然后去做和上面完全相反的事！晚安，亲爱的。"

斯坦利挂掉电话。朱莉亚离开床走到浴室里，并没有听见父亲回他自己房间时发出的轻微脚步声。

泛红的朝阳慢慢从蒙特利尔的天空升起。套房两个卧室中间的客厅沉浸在温柔的光线里。楼层服务生在敲门，安东尼过去开门，让他把小车推到客厅中央。年轻的服务生问需不需要摆刀叉，安东尼塞了几张美元小钞在他口袋里，便把推车接过来。服务生走了之后，安东尼小心地把门关上，生怕发出一点声音。他犹豫着该把早餐摆在哪儿，是在茶几上，还是在窗户旁可以一览远景的独脚圆桌上。最后他选择在风景美妙的窗户旁，小心翼翼地铺上桌布，摆上碟子刀叉，放上盛有橙汁的长颈大肚瓶，接着摆上吃麦片用的大碗，一个装满小面包的篮子，最后是插了一朵玫瑰花的细长花瓶。他往后退一步，将摆偏的玫瑰花瓶调好位置，把牛奶罐放在面包篮旁边，他认为这样比较理想。他在朱莉亚的盘子里放了一个系着红丝带的纸卷，然后用餐巾盖住。一切就绪后，他往后退了一米远，观察一切是否都安排得恰到好处。接着他系紧领带，走到朱莉亚卧室前轻轻敲门，说太太的早餐准备好了。朱莉亚咕哝地埋怨着，问现在是几点钟了。

"现在是起床的时候了。校车再过十五分钟就会到，你又要赶不上了！"

朱莉亚从一直盖到鼻子下的棉被里睁开双眼，伸了伸懒腰。她好久没睡得那么沉。她抓了抓头发，半眯着眼睛，好慢慢适应白天刺眼的光线。接着她跳下床，突然感到头昏，便坐在床边。床头柜的闹钟正好指着八点钟。

"为什么要这么早？"她一边抱怨，一边走进浴室。

朱莉亚在冲澡时，安东尼坐在客厅的沙发上，注视着露在盘子外面的红丝带，然后叹了口气。

❖❖❖❖❖

早上七点十分，加拿大航空公司的航班从纽约纽瓦克机场起飞。机长的声音在扩音喇叭内响起，报告现在开始要在蒙特利尔降落，飞机将准时停在入境大门前。之后，乘务长向乘客说明飞机降落时应注意的事项。亚当在狭窄的座位上尽可能伸展四肢。他把座位前的小桌板推上去，眺望窗外。飞机正好在圣劳伦斯河上空，远处浮现出蒙特利尔城市的轮廓，还可以看到皇家山起伏的山峦。MD80型飞机开始往下倾斜，亚当系好安全带。驾驶舱的前方已出现机场跑道的信号灯。

❖❖❖❖❖

朱莉亚系好浴衣的腰带，来到客厅，安东尼指着一把椅子给她坐。她打量摆好早餐的桌子，然后对安东尼露出微笑。

"我帮你要了伯爵茶，"他一边说，一边替她倒茶，"服务生向我提供了红茶、黄茶、白茶、绿茶、熏茶、中国四川茶、中国台湾茶、韩国茶、锡兰茶、印度茶、尼泊尔茶，还有四十多种其他的茶我记不清了。最后，我警告他如果再继续说下去，我就要自杀了，他才闭嘴。"

"伯爵茶就行了。"朱莉亚边说边打开餐巾。

她看到系着红丝带的纸卷，于是神情疑惑地转向父亲。

安东尼马上把纸卷从她手中拿走，说道：

"你吃完早餐后再打开。"

朱莉亚问他："这是什么东西？"

"这个啊！"他指着小面包说，"长长的、扭曲的是羊角面包；方形的、有两块咖啡色东西跑出来的，是巧克力面包；上面有干果、像蜗牛一样的是葡萄干面包。"

"我说的是藏在你背后，系着红丝带的那个东西。"

"吃完饭以后再打开来看，我刚才说过。"

"那你为什么要放在我的盘子上？"

"我改变主意了，我觉得吃完饭以后再看比较好。"

朱莉亚趁着安东尼转身背对她时，一把将他手上的纸卷抢走。

她解开丝带，铺开纸卷。托马斯的微笑再次映入眼帘。

她问道："你什么时候买的？"

"昨天，在我们离开码头时。你走在前面没注意到我。我之前给了女画家很多小费，所以她说我可以带走这幅画。画的主人不需要这幅画，这对她没什么用途。"

"为什么呢？"

"我想你会高兴，昨天你花了那么长的时间在看这幅画。"

"我是问你买这幅画的真正原因。"朱莉亚追问。

安东尼在沙发上坐了下来，双眼盯着女儿：

"因为我们需要好好谈一谈。我原本希望我们永远不会谈论这件事，而且我也承认我不是很想提。但是我怎么也没想到，我们的旅行会碰到这件事，甚至有可能因而不能继续，因为我可以预测到你的反应。不过，就像你说的，既然有征兆给我指引一条路……那么我就应该向你坦白一件事。"

"不要拐弯抹角了，你就直截了当说吧。"她粗着嗓子说道。

"朱莉亚，我想托马斯并没有真的死去。"

❦

亚当火冒三丈。他没有携带任何行李，就是希望能尽快通过检查离开机场，可是从日本飞来的一架747客机上的旅客已经挤满了海关检查站。前面的队伍至少需要再等二十分钟，他才能跳上一辆出租车。

"素米马森！❶"他突然想起这句话。他们在日本一家出版社的联络员经常讲这句话，因此亚当认为道歉也许是日本人的一项传统。他一边重复着"素米马森"足足十次，一边在日航旅客中穿来穿去。之后又讲了十次"素米马森"，终于成功来到队列前面，拿出护照给加拿大的海关人员检查。海关人员在护照上盖完章，就把护照交还给他。机场规定从行李领取处出去之后才能使用手机。亚当顾不上这项规定，从外套口袋中掏出手机，立刻拨了朱莉亚的号码。

❶日语"对不起"的音译。

.

　　"我想是你的手机在响，一定是你把手机留在房间里了。"

　　安东尼语气尴尬地对她说。

　　"不要转移话题。你那句'并没有真的死去'到底是什么意思？"

　　"活着，这也是个很适合的字眼……"

　　朱莉亚的身体晃动了一下：

　　"托马斯还活着？"

　　安东尼点了点头。

　　"你怎么知道？"

　　"因为他写了一封信。一般来说，已经离开人世的人是无法写信的。除了我以外，你看……我事先没想到这点，这又是一件有趣的事……"

　　"什么信？"朱莉亚继续追问。

　　"在他遭遇意外事件的六个月之后，他寄给你的那封信。信是从柏林寄出来的，信封的背后有他的名字。"

　　"我从来没有收到过托马斯寄来的信。告诉我，这不是真的？！"

　　"你没办法收到那封信，因为你早就离开家了，而且我也没办法把信转寄给你，因为你走的时候没有留下地址。我想这个理由应该也会被列入你的清单。"

　　"什么清单？"

　　"你以前恨我的所有理由的清单。"

朱莉亚站起来，将餐桌推开。

"我们说过彼此之间不许用过去时说话，你还记得吧？你最后那句话可以改用现在时说。"朱莉亚边大吼边离开客厅。

她砰的一声关上房门。独自在客厅里的安东尼坐到朱莉亚刚才离开的位置上。

他看着装小面包的篮子，低声咕哝：

"真糟糕！"

❖

这一回没办法在等出租车的队伍中作弊了。一名穿制服的女子负责给每位乘客指定出租车，亚当只好乖乖排队。他又拨了朱莉亚的电话号码。

❖

"把它关掉，不然你就接电话，烦死人了！"安东尼走进朱莉亚的房间对她说。

"你出去！"

"朱莉亚，那是二十年前的事，拜托！"

她大声吼：

"二十年的时间，你从来找不到机会跟我说这件事吗？"

"这二十年来，我们很少有机会在一起谈话！"他用一种威严的口气回答，"而且就算有机会，我也不知道我是否会和你提起！告诉你又有什么用呢？再给你一个借口去让你打断自己已经开始的事业吗？你在纽约找到第一份工作，在四十二街有个小画室，我要是没弄错的话，你有个在学戏剧的男朋友，之后又换了一个在皇后区展览怪画的男朋友，而且就在你换了另一个工作和发型之前又把他甩了，还是前后顺序倒过来？"

"你是怎么知道这些事的？"

"并不能因为你对我的生活不感兴趣，我就不想法子去了解你的生活动态。"

安东尼看着女儿良久，然后转身要回客厅。走到门口时，朱莉亚叫住他。

"你打开信来看过吗？"

"我永远不会打开你的私信。"他头也不回地回答。

"信还保留着吗？"

"信一直在你的房间，哦，我是说你以前住在家里的那个房间。我把它放在你书桌的抽屉里。我想那封信应该还在那里等你。"

"我回纽约的时候，你为什么没跟我说？"

"朱莉亚，你为什么回到纽约六个月后才给我打电话呢？你最后终于打电话给我，是不是因为我在休斯敦街南区杂货店的橱窗里看到你？还是因为这么多年都没给我消息，你开始有点想念我了？如果你认为我们俩之间一直都是我赢的话，那你就错了。"

"你以为这是一场比赛吗？"

"我不希望是如此，你小时候对破坏玩具特别擅长。"

安东尼把一个信封放在她的床上。

"这个给你，"他继续说，"我当然应该早点跟你提这件事，不过我没有机会。"

"这是什么？"朱莉亚问他。

"回纽约的机票。今天早上你还在睡觉的时候，我让服务台帮我们订了机票。我和你说过，我已经预料到你的反应，所以我想我们的旅行会在这里结束。赶快去换衣服收拾行李吧，然后到大厅找我。我先去付账。"

安东尼离开时轻轻地把房门关上。

高速公路上非常拥堵，于是出租车取道圣帕特里克街。车辆还是很多，司机建议在前方再上720道，然后从勒内莱维斯克街切过去。亚当完全不在乎路线，只要是最快的就行。司机叹了口气，尽管客人很焦急，他也无能为力。半个小时后，他们就可以抵达目的地，如果进城之后的交通状况有所好转的话，也许不到半小时就可以到达。真想不到有些人会认为出租车司机并不和蔼……司机调高收音机的音量，结束了两人之间的谈话。

他已经能看到一座蒙特利尔商业区的高楼屋顶，距离酒店已不远了。

朱莉亚背着皮包穿过大厅，径直走到服务台。柜台主管立刻离开柜台，向她迎面走来。

"沃尔什太太！"他张开双臂对她说。"沃尔什先生在外面等您，我们帮您叫的轿车会晚一点到，今天的交通拥堵极了。"

朱莉亚回答："谢谢。"

柜台主管面容沮丧地问道："沃尔什太太，你们提前离开我们的酒店，我感到十分难过。我希望这不是因为我们的服务品质令你们不满意。"

"你们的羊角面包非常好吃！"朱莉亚立刻回答，"我说最后一次，请不要叫我太太，叫小姐！"

她走出酒店，看到安东尼在人行道上等她。

"车子很快就来了。"安东尼说，"啊，车子来了。"

一辆黑色林肯轿车停在他们前面。司机先开启后备厢，然后下车迎接他们。朱莉亚打开车门，坐在后座上。正当酒店行李生把两人的行李放入后备厢时，安东尼绕到车子另外一边。这时，一辆出租车猛按喇叭，差几厘米就要撞上他。

❦

"这些人真是不长眼睛！"出租车司机一边骂，一边把车子并排停在圣保罗酒店门口的一辆轿车旁边。

亚当拿出一把美元给他，也不等他找钱，就立刻冲向酒店的自动旋转门。他跑到服务台，询问沃尔什小姐的房间号码。

　　酒店外，有一辆黑色轿车在等着旁边的出租车开走。挡住他们的司机正忙着数钱，好像一点都不着急。

　　接待小姐遗憾地对亚当说："沃尔什先生和太太已经离开了。"

　　"沃尔什先生和太太？"亚当把这句话重复了一遍，特别强调"先生"两个字。

　　柜台主管一听，心想糟糕，立刻走到他面前。

　　他不安地问亚当："请问您需要帮忙吗？"

　　"我太太昨晚是不是住在您的酒店里？"

　　"您太太？"柜台主管一边问，一边越过亚当肩膀往外瞟。

　　黑色轿车还没开动。

　　"沃尔什小姐！"

　　"沃尔什小姐昨晚的确在我们酒店下榻，不过她已经离开了。"

　　"一个人吗？"

　　柜台主管的神情越发不安，回答道：

　　"我没看到有人跟她在一起。"

　　外面传来一连串喇叭声，亚当转头去看街上。

　　"先生，"主管连忙插话，把他的注意力转移到自己身上，"我们请您吃些点心，好吗？"

　　亚当口气强硬地问他：

　　"您的接待小姐刚才对我说，沃尔什先生和太太离开了您的酒店！这样加起来是两个人，她到底是不是一个人？"

　　"我们的接待小姐一定弄错了。"他用眼神责备年轻的女接待员，

"我们的客人太多了……要不要来杯咖啡，还是来杯茶？"

"她走了很久吗？"

主管再次往街上偷偷瞟了一眼。黑色轿车终于开动了。他看到车子开走后，终于松了一口气。

"有一段时间了吧，我想。"他答道，"我们酒店的果汁非常好喝！请跟我一起到餐厅，我请客。"

❧❧❧❧❧❧

回程途中两人没有交谈。朱莉亚的鼻子一直贴在小圆窗上。

❧❧❧❧❧❧

每次乘飞机时，我都在云彩间寻找你的面孔，每次在布满天空的云彩形状中，我都在想象你的轮廓。我给你写过一百封信，也从你那里收到一百封信，每个星期都收到两封。我和你互相许诺，只要我一有经济能力，我们就相约见面。当不用上课时，我就去打工，希望有一天能积攒到足够的钱回到你身边。当不用发传单时，我就去餐厅做服务生，去电影院做领位小姐。我完成工作中的每个动作时，都在想象自己飞到柏林的那个早晨，终于来到你等待我的飞机场。

有多少个夜晚，我都在你的眼神注视下入睡，都在灰色城市街道上传来的笑声中进入梦乡？当你留下我独自和你祖母在一起，她有时候会对我说，她不相信我们之间的爱情，认为这样的爱情不会长久。我们两个人太不同了，我是西方世界的女孩，而你是东欧的男孩。可是，每次当你回到家把我搂在怀里，我从你的肩膀上朝她望过去，对着她微笑，心中便很确定她是错的。当我父亲强迫我坐上等在你家窗下的车子，我大声呼喊你的名字，真希望你能听到我的声音。

那天晚上，新闻报道说有四名记者死于喀布尔的"意外事件"，其中一名是德国人，我当时就知道他们说的是你。我浑身的血液瞬间冰冷。当时，我正好站在一家餐厅的木质老吧台后面擦酒杯，立刻晕倒在地。新闻播报员说，你们的车子被遗留下来的地雷炸到。似乎命运之神不肯放过你，永远不让你奔向自由。报纸上没有提供更多消息，一共有四名死者，这句话对世人而言已经足够。谁会在乎他们的身份、他们的生活，以及无人知晓的名字。可是，我知道他们说的德国人就是你。两天之后，我才和克纳普联络上。那两天我什么东西都没吃。

后来，他终于给我回电话。一听到他的声音，我立刻明白了他失去了一位挚友，而我失去了最心爱的人。我最好的朋友，他不断这么说。他责怪自己，因为是他帮助你成为记者的。而我，身心交瘁的我在安慰他。是他，让你有机会成为你心目中的自己。我对他说，你很责备自己，因为你永远不知道怎么表达你对他的感谢。我和克纳普就这样谈论着你，想象你并没有离开我们。是他告诉我，你们的尸体完全无法辨认。一名目击者说，当地雷爆炸时，你们的卡车被整个抛起来，破碎的铁皮散落在地上有好几十米远，就在你们被炸死的地方，只剩下一个大窟窿和四分五裂的车壳，见证着人类的荒诞和残忍。

为了把你派到阿富汗的事，克纳普一直无法原谅自己。他哭着说，你是最后替补的人。当他在找人能够尽快出发时，要是你没有刚好在旁边就没事了。但是，我理解他送给你的这个礼物是你最渴望的。对不起，对不起，克纳普抽噎着说，而完全绝望的我流不出一滴眼泪，因为哭泣也许会令我失去你更多。我无法挂掉电话，托马斯，我把电话筒放在吧台上，解开围裙，然后走到街上。我漫无目的地游荡。在我周围，城市里的生活一如往常，仿佛什么事都没发生过。

谁会知道今天早晨，在喀布尔的郊区，有一个叫托马斯的男子死于地雷爆炸之中？谁会去关心这件事？谁能了解我再也看不到你，我的世界从此将变得不同？

我已经有两天没吃东西了。我对你说过了吗？这不重要。所有的事情我都会说两遍，为了继续跟你谈谈我，为了听你跟我谈论你自己。就在马路转角，我晕倒在地。

你知道吗？正是因为你，我才认识了斯坦利，从相遇的那个时刻开始，他就成了我最好的朋友。他从隔壁病房走出来，神情茫然，独自一人在走廊漫步。我病房的门正好半开着，他停下来，看着躺在床上的我，然后对我微笑。这世界上没有一个小丑，能够在自己脸上装出这么悲伤的笑容。他双唇颤抖，突然，他低声说出那三个我不愿意说的字。可是，反正我不认识他，在他面前，我也许可以诉说衷肠。和陌生人谈心事，跟和亲友谈不一样，不会使真相变得牢不可破。毫无保留地倾诉完后，只要凭借遗忘，就可以把曾经倾诉之事完全抹除。斯坦利对我说"他死了"，而我也对他说"是的，他死了"。他说的是他朋友，而我说的是你。我和斯坦利,我们两人就这样认识了,在我们各自失去心爱的人的那一天。他的朋友爱德华死于艾滋病,而你死于继续摧毁人类的疯狂。他坐在我的床尾,问我有没有哭过。当我告诉他实情后,他老实跟我说,他也没哭过。他向我伸出手,我握住他的手,接着,我们两人流下了第一滴眼泪,流下了终于使你远离我的眼泪,流下了终于使爱德华远离他的眼泪。

❦

安东尼婉拒了空中小姐送来的饮料。他往机舱后方看了一眼,舱位几乎是空的,但是朱莉亚宁愿坐在后面十排远的座位上,靠着小圆窗,眼神迷失在遥远的天空中。

❦

出院后,我决定离开家。离家之前,我把你寄来的一百多封信用红丝带绑在一起,放进我房间书桌的抽屉里。我不再需要重读这些信来回忆过去。我整理好行李,没跟父亲说再见便离家出走,因为我实在无法原谅他拆散我俩的行为。为了能和你重逢而存下来的积蓄,我都用在离开父亲后所需的生活开销上。几个月后,我开始从事绘图师的工作,也开始了没有你的生活。

斯坦利和我经常见面,我们的友谊就这样诞生了。那时候,他还在布鲁克林的跳蚤市场摆地摊。我们习惯晚上在桥中央相约见面,有时会在桥上待很久，靠在栏杆上，眺望着河中来来往往的船只，有时也会在岸边散步。他和我谈爱德华，我和他谈你。等我们各自回家后，每个人都把你们的一段故事带入夜晚的相思中。

清晨时分，我在人行道上的树影里寻找你的身影，在哈得孙河的倒影中寻觅你的面孔，在吹遍整个城市的微风中搜寻你的只言片语，但总是无济于事。整整两年，我无时无刻不在回忆我们在柏林的点点滴滴，有时会嘲笑当时的自己和你，可是，我从来没有停止过对你的思念。

我从来没收到过你的信，托马斯，那封可能告诉我你还活着的信。我不知道你信上会写些什么，那已经是二十年前的信了，可是我有种奇怪的感觉，好像那封信是昨天才寄出。过了那么多个月都没有你的消息，你也许是要告诉我，你决定今后永远不会在机场等我。自从我离开你之后，时间突然变得特别慢。也许我们的爱情之花已经开始枯萎。因为忘掉了与恋人共处的滋味，爱情的秋天就会到来。也许你已经不再相信爱情，也许我是因为其他原因而失去你。对一封信而言，花了二十年来寄达，这个时间太长太长。

我们已经变得和以前不一样了。我会再次从巴黎跑到柏林去吗？如果我们的眼神重新交会，而你在墙的那一头，我在这一头，又会爆发出怎样的火花？你会向我张开双臂吗？就像一九八九年的十一月，你对着克纳普那样张开双臂。我们会一起走遍城市里的每一条街道吗？这座城市变年轻了，而我们却变老了。你现在的嘴唇还会和以前一样温柔吗？也许那封信还是应该留在抽屉里，这样会比较好。

空中小姐拍了拍她的肩膀。飞机快抵达纽约了，降落时必须把安全带系好。

亚当只好在蒙特利尔打发完剩下的时间。虽然加拿大航空公司的工作人员尽量满足他的要求，可是回纽约唯一的空座是在下午四点钟起飞的班机上。他试着给朱莉亚打了几通电话，听到的还是语音信箱。

在一条高速公路上，现在透过车窗看到的是曼哈顿的高楼大厦。林肯轿车驶进一条同名为林肯的隧道。

"我有种奇怪的感觉，我不再是我女儿家欢迎的客人。在你的旧阁楼和我的住所之间选择，显然我待在自己家会舒服得多。星期六我再去你那里，在他们过来把箱子带走之前，回到箱子里去。你最好先打个电话给华莱士，确定他不在。"安东尼说着，把写着电话号码的字条交给朱莉亚。

"你的管家还一直住在你家？"

"我也不清楚我的私人秘书到底在做什么。自从我死后，就没机会问他的日程安排。不过，如果你不希望他突然心肌梗死，最好确保我们回去的时候他不在家。反正你要跟他说话，我希望你找一些合适的理由叫他远走天涯，一直到这周末再回来。"

朱莉亚没有回答，只是拨了华莱士的电话号码。电话录音说明，由于雇主过世，他请了一个月的假。无法留言给他，如果有急事是和沃尔什先生的业务有关，请和他的公证人联络。

"你可以放心了，家里没人！"朱莉亚边说，边把手机放回口袋。

半个小时后，车子在安东尼住所前的人行道旁停下。朱莉亚看着房子外墙，目光立刻落在三楼的一扇窗子上。有天下午她从学校回来时，看到母亲就站在那扇窗户前的阳台上，身子往前倾斜，十分危险。当时朱莉亚如果没有喊她，真不知道她会做出什么事来？母亲看到她后，用手向她示意，似乎想用这个手势把刚才要做的事情完全抹除。

安东尼打开手提箱，拿出一串钥匙递给她。

"他们还把你家的钥匙交给你？"

"应该说这是我们事先的预测，万一你不愿收留我，又不愿提前把我关掉……你开门好吗？没必要等在这里让邻居认出我！"

"你现在认识你的邻居了？这真是新鲜事！"

"朱莉亚！"

"好了，不说了。"她叹了口气，伸手去扭转铁门的把手。

阳光跟随着她一同进门。就和她最初的记忆一模一样，屋里一切都没有改变。大厅的黑白瓷砖铺成一个大型的棋盘模样。右边有一道楼梯通往楼上，楼梯的扶手用深色木头制成，形成一道优雅的弧线。楼梯精致的木瘤栏杆是出自木刻名家之手，每当父亲带客人来参观时，他总喜欢向人介绍这个。大厅最里面有道门通往配膳室和厨房，单单这两间就比朱莉亚离家后住过的所有房子都要大。左侧是她父亲的书房，偶尔有些晚上他会在那里处理私人账本。这里处处可见财富的象征，和在蒙特利尔一栋大楼里卖咖啡的安东尼相比，早已是天壤之别。客厅的一面大墙上，挂着一幅她童年时代的画像。现在的她，是否还保留着几丝五岁时画家捕捉到的灿烂眼神？朱莉亚抬头看藻井式的天花板。如果镶板的角落挂着些蜘蛛网，整个景象一定会让人觉得阴森森，但是安东尼的家总是打扫得整洁无比。

"你还知道你的房间在哪儿吧？"安东尼一边问她，一边准备进入书房。"我让你自己进去，我想你应该还记得怎么走。万一你饿了，厨房的柜子里肯定可以找到吃的东西，有面条或者罐头。还好我死了还不算很久。"

他看着朱莉亚爬上楼梯。她两步并作一步，一只手沿着扶手滑上去，和她小时候上楼梯的习惯一模一样。然后，也和小时候一样，她上到楼层平台后，转身看后面是否有人跟着。

"怎么了？"她在楼梯上面看着他，问道。

"没什么。"安东尼笑着回答。

然后他走进了自己的书房。

走廊在她面前展开。第一扇门是她母亲的房间。朱莉亚把手搁在把手上，门把开始缓慢地向下滑，当她决定不进去，门把又缓慢地往上弹起。她没有到其他房间逗留，直接来到走廊的最深处。

房间笼罩在一片奇妙的乳白色阳光里。挂在窗前的白纱窗帘飘浮在色彩如新的地毯上。她走到床边坐下来，将脸埋在枕头里，大口呼吸着枕套的清香。她想起小时候躲在棉被里头，拿着手电筒偷偷看书的许多夜晚；她想起当窗子打开时，幻想中的人物在窗帘上活蹦乱跳的许多夜晚。那些都是在她夜不能寐时，前来陪伴她的影子。她把双腿放在床上伸直，观察着周围的一切。天花板上的吊灯就像用金属片制成的活动艺术品，但是因为太重，小时候的她即使站在椅子上对着吊灯吹气，它的黑翅膀也不会扇动。靠近衣柜的地方有一个木箱子，里面放着她的作业本、几张照片和一些她憧憬的国家的风景明信片。这些明信片有些是从文具店买的，有些是拿自己重复的卡片和别人交换得来。这个世界上有这么多等待她去认识的地方，相同的国度又何必去两次呢？她的目光落在摆满学校课本的书架上。书本都立得很直，左右两边各有一个玩具顶住，一个是红色的小狗，另一个是蓝色的小猫，这两只小动物一直没机会互相认识。书架上有一本历史课本，自从初中结束后就被遗忘在这里，它的紫红色封面使她联想到她的书桌。朱莉亚离开床站起来，走到书桌旁。

在这张被圆规戳了很多刮痕的木桌上，她闲混了那么多的时光。每当华莱士敲门要来检查她的作业时，她就在笔记本上认真地写下一串唠叨，整页都写着"我无聊，我无聊，我无聊"。抽屉的细瓷把手是五角星的形状，只要轻轻拉一下把手，抽屉就很容易滑开。她把抽屉开到一半，一支红色记号笔滚到抽屉最里面。朱莉亚把手伸进去，抽屉并不大，可她居然没办法摸到那支红笔。朱莉亚觉得好玩，决定要找到它，她的手继续在抽屉里面摸索。

她的大拇指摸到一把三角尺，小指头摸到一条项链，这是她在游艺会上赢到的，但因为太丑从没戴过。无名指碰到的不知道是什么，是青蛙形的削笔刀，还是乌龟形的胶带卷？她的中指接触到一张纸面。右上角有一小块地方凹凸不平，应该是邮票的齿纹，由于时间久远使得邮票边缘有点脱落。她的手在漆黑的抽屉里抚摸信封，顺着信封上用钢笔写的字摸下去。就好像在一个游戏中，人们要用手指触摸来猜出写在心爱的人皮肤上的字，朱莉亚竭尽所能地触摸着字迹，她立刻认出那是托马斯的笔迹。

她拿出信封，撕开封口，从里面抽出信纸。

一九九一年九月

朱莉亚：

我从战争的疯狂魔掌中死里逃生，是这个悲剧唯一的幸存者。我在给你的最后一封信中提过，我们终于出发去寻找马苏德。在爆炸声中，我忘记了为什么想去见他，而这爆炸的巨响至今仍在我耳边回荡。我忘记了那股激励我要将真相记录下来的热情。我只看到将我的同伴带入死亡的憎恨在身旁掠过。距离我本该被炸死的地方二十米远，村民在一堆残骸中把我扛出来。当爆炸的威力粉碎了其他同伴时，为什么它只是将我抛到空中？我永远无法知道答案。村民们以为我死了，就把我放在一辆小推车上。如果不是有个小孩抵挡不住诱惑，鼓着胆子想把我的手表脱下来戴到自己的手腕上，如果当时我的手臂没有动，而那个小孩也没有惊叫，村民们恐怕早已把我埋葬了。但是我刚说过，我从战争的疯狂魔掌中死里逃生。听说，当死神慢慢地拥抱你时，过去的一切将会重现在你眼前。然而，当死神突然降临时，你却什么也看不见。在我发高烧说胡话时，我看到的只有你的面孔。真想对你说，照顾我的是一位年轻漂亮的女护士，好让你心生嫉妒。其实看护我的是一个男人，他的大胡子一点也不迷人。我在喀布尔的一家医院里住了四个月。我的皮肤被大火灼伤，不过我给你写信并不是为了诉苦。

五个月没有给你写信，对习惯每个星期写两封信的我们，这段日子很漫长。五个月的沉默，几乎有一年的一半了，对长时间无法相见、无法拥抱的我们，这五个月更是漫长。两地相思真是令人痛苦，因此这个问题每天都在困扰我。

克纳普一接到消息就飞到喀布尔。你能想象他一进病房就痛哭流涕的样子，坦白跟你说，我也哭了一下。还好躺在我隔壁的伤员睡得像死猪，要不然，这一群不惧死亡的士兵会把我们当成什么人？他出发时，没有马上打电话告诉你我还活着的消息，那是因为我叫他不要这么做。我知道他对你说过我遇难的事，那就让我告诉你我还活着的事实。也许这不是真正的原因，也许我写信给你，是希望如果你已经开始埋藏我们的过去，那就继续埋藏起来吧。

朱莉亚，我们的爱情是因为我们之间的不同而诞生，诞生于我们每天早晨醒来时，心里又再度涌起的探索欲望。说到早晨，你永远不知道我花了多少时间在看你睡觉，看你微笑。因为你睡觉时在微笑，可是你自己并不知道。你不知道有多少次依偎在我怀里，嘴里说一些我听不懂的梦话。一百次，这是准确的数字。

朱莉亚，我明白共同生活和相爱是完全不同的两回事。我恨你的父亲，然而我想了解他。在同样的情况下，我是否会做同样的事？如果你为我生下一个女儿，如果让我独自一人照顾女儿，如果我的女儿爱上一个外国人，来自一个荒诞或恐惧的国度，我也许会跟他一样。我从来不想告诉你这么多年来生活在铁幕里的情景，我不想把我们的任何一秒钟浪费在回忆荒诞的往事上，那些关于人类残酷行为的描述不值得你去听，可是你父亲一定知道铁幕里的罪恶，他绝不希望你生活在这种状况下。

我恨你父亲硬把你带走，留下头破血流的我在房间里，怨恨自己无力留住你。我愤怒地敲打还回响着你声音的墙壁，但是我想要理解。我爱你却没有试着把你留住，我该怎么面对你？

在你父亲的强迫之下，你重新恢复过去的生活。还记得吗？你总是说起预示我们未来的征兆，而我并不相信，可是到最后，我向你说的道理屈服了，即便今晚我在这里给你写这封信时，是残酷战胜了一切征兆。

我爱你的一切，我从来不愿意你变成另外一个样子，我爱你却并不了解原因，心中确信时间将告诉我了解原因的方法。也许在我们的这段爱情中，我有时忘了问，你是否爱我爱到可以接纳我们之间所有的差异。也许是你从来不让我有时间问你这个问题，你也从来不让自己有时间问这个问题。可是不管怎样，问这个问题的时候还是到来了。

明天我就要回柏林了。我会把这封信投进看到的第一个邮筒里。像以往每次一样，信在几天后就会寄到你手中。我要是没算错，今天应该是十六号或是十七号。

在这个信封里，你会发现一件我一直秘密保留的东西。我原本想放一张我的照片，但是目前我的样子还不是很好看，而且会显得我很自恋。所以，放在里面的只是一张机票。如果你希望和我见面，就不再需要打那么多个月的零工。我也一样，存了一些钱准备去找你。我把这张机票带到喀布尔，原本想早点寄给你，不过正如你会看到的……机票还在有效期内。

如果我们能再相见，我发誓绝对不会把你为我生的女儿和她将来选择的男人分开。就算他们有再多的不同，我也能理解抢走我女儿的人，我能理解我的女儿，因为我深爱她的母亲。

朱莉亚，我永远不会怪你，不管你做出什么样的选择，我都会尊重你。如果你没有来，如果每个月的最后一天我是独自离开机场，请你相信我理解你，就是为了告诉你这件事，我才写这封信。

我永远不会忘记命运送给我的那张美丽面孔，那是在十一月的一个夜晚，在一个希望降临的夜晚，我攀上围墙后跌落在你的怀抱里，我来自东欧世界，而你来自西方。

你是，而且永远都是我记忆中所遇到的最美段落。我在写这封信时才明白，我是多么爱你。

也许我们很快就会相见。无论如何，你在我心中，你永远在我心中。我知道你在某个地方呼吸着，这就已经足够。

我爱你。

托马斯

这时，信封里滑落出一个颜色发黄的小纸袋，朱莉亚将它打开来看。飞机票的红色复写纸上用打字机写着：朱莉亚·沃尔什，纽约—巴黎—柏林，一九九一年九月二十九日。朱莉亚把机票放回抽屉，然后把窗户打开一半，回身躺在床上。她将双臂搁在脑后，就这样呆呆地盯着房间的窗帘看了良久。两块窗帘布上有她的旧时玩伴在漫步，童年寂寞时的伙伴又重新出现。

下午一点多，朱莉亚离开房间到配膳室去。她打开华莱士经常存放果酱的橱柜，从架上拿了一包面包干和一罐蜂蜜，然后坐在厨房的椅子上。她看到光滑的蜂蜜上有汤匙挖过的痕迹。好奇怪的印记，大概是安东尼生前最后一次吃早餐时留下的。她想象那天他坐在自己现在的位子上，面前放着一只杯子，独自在空荡荡的厨房里看报纸的情景。那天他在想些什么？这真是一个对过去的奇怪见证。为什么这个看起来微不足道的细节会让她彻底地，也许是第一次，意识到父亲已经过世了？通常只需要一个小小的物件、一样重新找回的东西、一种味道，就能让人回忆起逝者。在这宽敞的大厨房里，同样是第一次，她怀念起自己憎恨的童年生活。门口有咳嗽的声音，朱莉亚抬起头，看到安东尼在对她微笑。

"我可以进来吗？"他边说边坐到她面前。

"不用客气！"

"这罐蜂蜜是我托人从法国带来的，是薰衣草口味，你还是那么喜欢蜂蜜吗？”

"你知道，有些事情永远不会改变。"

"那封信里说的是什么？"

"我想这跟你没有关系。"

"你做了决定吗？"

"你是指什么事？"

"你很清楚。打算回信给他吗？"

"在二十年之后，是不是有点太晚了？"

"这个问题是要问你自己还是要问我？"

"现在的托马斯，他应该已经结婚生子了。我凭什么再闯入他的生活？"

"是男孩、女孩，还是双胞胎？"

"你在说什么？"

"我是在问你，你的算命天赋是否也能让你知道他可爱的小家庭是什么样子。那告诉我，是男孩还是女孩？"

"你在胡扯些什么？"

"今天早上你还以为他已经死了，你对他生活的猜测也变得太快了点。"

"已经二十年了，拜托，又不是六个月！"

"是十七年！这时间长得足够离好几次婚，除非他改变性取向，变得跟你的古董商朋友一样。他叫什么名字来着？斯坦利？就是他，斯坦利！"

"你还好意思说笑话！"

"幽默，对突如其来的现实压力而言，是多么美妙的良药。我忘了这句话是谁说的，不过说得很对。我再问你一遍，你做出决定了吗？"

"没有什么好决定的，已经太迟了。你要我说几遍，你应该感到高兴，不是吗？"

"事情只有在成为事实之后，才有可能变得太迟。在你母亲离我而去之前，我对她说出所有我希望她知道的事，在她丧失理智之前，我对她说我很希望她能写封信给我，现在说这些都太迟了。而对于我们俩，当我在星期六像一个电池耗尽的玩具一样熄灭时，那就是太迟了。但是如果托马斯还在世，对不起，我要反驳你的话，一切都不会太迟。如果你还记得自己昨天看到那幅画像的反应，以及今天早上回到这里的原因，那就不要拿太迟当作借口。去找其他的借口吧。"

"你到底想要寻找什么？"

"我什么都不要。反而是你，也许你在寻找托马斯，除非……"

"除非什么？"

"没什么，对不起，我一直在说话，在说话，可是到头来，是你有道理。"

"这可是我第一次听到你说我有道理，我倒很想知道你指的是哪件事。"

"没有用的，我向你保证。继续为失之交臂的事情哀叹哭泣，这太容易了。我已经听到你的那些陈词滥调，什么'命运做出了另一种安排，就是如此'，至于'都是我父亲的错，他毁了我的生活'这句话就不提了。

说来说去，生活在悲剧里面，也只是一种生存方式。"

"我被你吓到了！刚才还以为你跟我认真呢。"

"就你的表现来看，这个风险很小！"

"就算我很想回信给托马斯，就算我找到他的地址，在十七年后寄信给他，我也永远不会背着亚当做这种事，这太卑鄙了。你不觉得这个星期他听到的谎言已经够多了吗？"

"完全正确！"安东尼回答，脸上的表情愈发讽刺。

"又怎么了？"

"有道理。用省略的方式来说谎，这方式更有效，而且更诚实！再说，这还可以让你们两人共同分享某些事情。他将不会是唯一一个被你欺骗的人。"

"我能知道你说的另一个人是谁吗？"

"是你自己！每个夜晚你睡在他身旁，心中有点想念你在东欧世界的那个朋友，哦，一个小谎言；偶尔你心中泛起一丝悔恨，哦，另外一个小谎言；每当你自问是否早该回柏林看看，好让内心踏实，哦，第三个小谎言。等一等，我来算算，我的数学一向很好。如果每个星期出现三次小念头，两次突如其来的回忆，在托马斯和亚当之间做三次比较，那么三加二再加三等于八，然后乘以五十二个星期，再乘上共同生活的三十年，我知道这么算很乐观，不过就照这个数目吧……这样算来一共是一万两千四百八十个谎言。对夫妻生活来说可不少啊！"

"你很得意是不是？"朱莉亚一边说，一边假装嘲讽地鼓掌。

"你觉得，和一个人生活在一起，却不能清楚地确定自己的感情，这难道不是欺骗和背叛吗？当共同生活的另一个人把你当成陌生人时，你有没有想象过生活会变成什么样子？"

"难道你知道吗？"

"你母亲在生前的最后三年都叫我先生。每次我走进她的房间，她总是向我指出洗手间的方向，因为她以为我是管道工人。这种感受，难道需要我画一张图来向你解释吗？"

"妈妈真的叫你先生？"

"是的，那是状况好的时候。碰到状况不好的时候，她就叫警察，因为她把我当成闯进她房间的陌生人。"

"在她……之前，你真的希望她给你写封信吗？"

"不要害怕使用准确的字眼。在她丧失理智之前？在她发疯之前？答案是肯定的，不过我们现在不是要谈你的母亲。"

安东尼久久地看着他的女儿。

"怎么样，这蜂蜜好吃吗？"

"好吃。"她说着，啃了啃面包片。

"比普通的蜂蜜稍微结实一点，是不是？"

"是啊，稍微硬一点。"

"自从你离开这个家以后，蜜蜂都变得懒惰。"

"这有可能，"她微笑着说，"你想谈谈蜜蜂吗？"

"为什么不呢？"

"你是不是很想念她？"

"当然，你这是什么问题啊！"

"那个人是不是妈妈，那个你为她双脚并拢跳进水洼的女人？"

安东尼把手伸进外套内衬的口袋，拿出一个小纸袋，放到桌上滑到朱莉亚面前。

"这是什么？"

"两张去柏林的飞机票，在巴黎转机，目前仍然没有直飞柏林的飞机。飞机下午五点起飞，你想单独一个人走，一点都不想去，还是我陪你去，都由你决定。这也是新鲜事，不是吗？"

"你为什么要这么做？"

"你把那张字条怎么样了？"

"什么字条？"

"你一直藏在身上的那封托马斯的信，每当你掏口袋时，那封像变魔术一样会出现的信，那封指控我对你万般罪行的皱巴巴的信。"

"我弄丢了。"

"上面写了些什么？好吧，不用回答我的问题，爱情都是大同小异。你真的把它弄丢了吗？"

"我不是跟你说过了吗？"

"我可不相信，这一类事永远不会完全消失。有一天，它会从内心深处重新浮现。去吧，赶快去准备行李。"

安东尼说完，起身离开厨房，走到门口时又转回身。

"动作快点，没必要再回你家一趟。你要是缺什么，我们可以在当地买。我们的时间不多了，我在外头等你，我已经叫了一辆车。和你说这些的时候，我感觉自己好像曾经做过同样的事，我没弄错吧？"

接着，朱莉亚听到父亲的脚步声在大厅里回荡。

她双手抱头，叹了一口气。从指缝间，她看到桌上的蜂蜜。她必须去趟柏林，不只是为了要去寻找托马斯的踪影，也是要继续和父亲的旅行。她非常诚恳地对自己说，这既不是借口，也不是理由，有一天亚当会明白的。

回到房间，她拿起搁在床尾的行李，这时，她的目光落在书架上。有一本紫红色封面的历史书凸出来，她犹豫了片刻，然后把书拿在手上摇一摇，一个藏在书页里的蓝色信封掉了出来。她把信封收在行李里面，然后关上窗子离开房间。

❦❦❦

安东尼和朱莉亚刚好在检票结束前赶到。服务人员把登机牌交给他们，劝他们动作快点。时间已剩下不多，她不敢保证他们能在最后一次广播之前赶到登机口。

"我的脚不行，赶不上了。"安东尼神情遗憾地看着服务人员。

"先生，您走路有困难吗？"年轻女子担心地问。

"小姐，到我这个年纪，唉，这是很常见的。"他骄傲地回答，同时掏出一张佩戴心脏起搏器的证明给她看。

"您在这里等一下。"她一边说，一边拿起电话。

不一会儿，一辆小型电动车载着他们开向飞往巴黎航班的登机口。在航空公司服务人员的陪同下，这次安检的过程就跟孩子们的游戏一样轻松。

车子在机场走廊上飞快行驶的途中，朱莉亚开口问她父亲：

"你又出故障了？"

"别说话，拜托了！"安东尼低声说，"你会害我们穿帮，我的腿一点问题都没有！"

接着他继续和司机聊天，似乎对他的生活很感兴趣。才过了十分钟，安东尼和女儿两人第一批登上了飞机。

两名空中小姐协助安东尼在座位上坐好，一名为他在背后放枕头，另一名为他盖毯子。朱莉亚回到机舱门口，对乘务员说她出去打个电话，她的父亲坐在里面，她马上就会回来。她往回走到登机桥上，掏出手机。

斯坦利一接起电话就问：

"喂，你的加拿大神秘之旅怎么样了？"

"我在机场。"

"你已经回来了？"

"我要出发！"

"啊，亲爱的，我一定是漏掉了什么！"

"今天早上我回来，没时间去看你，可是我向你发誓，我很想去看你。"

"那我能不能知道你这一回是去哪里？俄克拉何马州，还是威斯康星州？"

"斯坦利，如果你发现一封爱德华的信，一封他临死前写的信，但是你从来没看过，你会不会把信打开来看？"

"朱莉亚，我和你说过，他最后一句话是对我说他爱我。我还需要知道什么呢？其他的道歉，其他的懊悔吗？他那一句话，就抵得上所有我们忘记要跟对方说的话。"

"这么说，你会把信放回原处？"

"我想是吧，不过我在家里从没发现过爱德华的信。你知道，他不怎么写东西，就连购物清单都是我在负责写。你想象不到，以前我为了这件事气到什么程度，可是二十年后，每次我去市场总是买他最喜欢吃的酸奶牌子。已经过了这么多年还会想起这一类事，是不是很傻？"

"也许不是。"

"你找到一封托马斯的信，是不是？每次你想到他，就会跟我谈到爱德华，把信打开来看吧！"

"你既然不会把信打开，那为什么要我这么做？"

"二十年的交情了，你还不了解虽然我很完美，但不是一个适合模仿的对象，真令人伤感。你今天马上把信打开，想要明天再读也可以，但是千万不要把信撕了。刚才可能我对你说了谎，如果爱德华给我留下一封信，我会读上一百遍，而且会花几个小时连续去读，确定我是否完全懂得他写的每个字，哪怕我很清楚他永远不会费这时间给我写信。你现在能告诉我你要去哪儿了吗？我迫不及待地想知道，今晚打电话给你的时候应该拨的区号是什么。"

"那要到明天了，你要拨的区号是49。"

"这是外国的区号吧？"

"是德国，在柏林。"

两人陷入一阵沉默。斯坦利深深地吸了一口气，才重新继续刚才的谈话。

"那封信你已经打开来看过了，所以你从信上发现了一些事情，是不是？"

"他还活着！"

"难怪……"斯坦利叹了口气，"你从候机厅给我打电话，就是要问我你该不该去找他，是不是？"

"我是在登机桥上给你打电话……我想你已经回答了我的问题。"

"那就去啊！傻瓜，别赶不上飞机。"

"斯坦利？"

"又有什么事？"

"你生气了？"

"没有，我讨厌你跑到那么远的地方，仅此而已。你还有别的无聊问题要问吗？"

"你怎么……"

"在你还没提问题之前，先回答你的问题是吗？那些爱造谣的人会说我比你更像个女人，但是你有权认为那是因为我是你最好的朋友。现在，趁我还没意识到自己会极度想念你，你赶快走吧。"

"我到那儿会打电话给你，一定会。"

"好的，好的，就这样！"

空中小姐向朱莉亚打手势，示意她必须立刻回到座位，机务人员只等着她一个人上机就要把舱门关上。斯坦利正想问她，如果亚当打电话给他要怎么回答时，朱莉亚已经挂掉电话了。

❖

空中小姐把餐盘收回后，将灯光调弱，整个机舱笼罩在半明半暗之中。自从和父亲一起旅行，朱莉亚没看到他吃过一点东西也，也没睡过一次觉，甚至连休息一下都没有。对于一个机器人来说，这也许很正常，但是接纳这个奇怪的想法并不容易。更何况，这是唯一能提醒她，这趟双人游只能维持几天的信息。大多数乘客都在睡觉，有些在小屏幕上看电影，坐在最后一排的一个男人在微弱的灯光下阅读文件。安东尼在看报纸，而朱莉亚正透过小圆窗欣赏反射在机翼上的银色月光，以及那黑夜中波光粼粼的大海。

❖

春天，我决定放弃美术学院的学业，以后不再回巴黎。你想尽办法劝我不要这么做，可是我决心已定，我要跟你一样当记者。我也跟你一样每天早上出门去找工作，尽管这对一个美国人而言，一点希望都没有。几天以后，电车线路将城市的两边重新连接在一起。一些事情在我们周围开始酝酿。在我们周围，许多人谈论着你的国家将被合并，恢复到像原来那样的一个整体，而且现在的形势已不同于冷战时期。曾经在情报部门服务的人，连同他们收集的档案，似乎突然间消失得无影无踪。几个月前，考虑到可能会牵连政府，他们计划把你们几百万公民的所有档案全部销毁，而你是第一批站出来抗议这种行为的示威者之一。

你是不是也有一个档案号码？一份资料里面搜集了你在街上，或在工作场合被偷拍的照片，一张清单上登记了你交往的人、你朋友的姓名，还有你祖母的名字，这份档案是否放在某个秘密的档案库里？在当时政府的眼中，青年时代的你是个可疑分子吗？经历了这么多年的战争教训，我们怎么还能任其横行？这是我们的世界所能找到的唯一报复方式吗？我和你，我们出生得太晚，没有机会互相憎恨，我们有太多的事情要创造。

夜晚时分，我们在你家附近散步，我还是能经常看到你害怕的模样。只要一看到身穿制服的人，或是一辆你感觉开得很慢的车子，你就会不自觉地害怕起来，那时你会说："过来，我们别待在这里。"然后，你会把我带到最近的一条小巷子里躲起来，或是一个能让我们溜走、摆脱隐形敌人的楼梯。每当我嘲笑你，你就会发脾气，说我什么都不懂，不了解这些人坏到什么程度。有多少次，我无意中看到你的目光在环视我带你去吃晚饭的小餐馆？有多少次，你对我说离开这里，因为你看到一个客人的阴沉脸色，让你回忆起不愉快的过去？对不起，托马斯，你是对的，我不懂什么是害怕。当你看到一列军用车队过桥，硬要我躲到桥墩下时，对不起，我在笑。我不懂，我无法理解，我的同胞中也没有一个人能理解。

当你伸手指着一个坐在电车上的人，从你的目光中我明白，你认出一个曾经在情报部门工作的人。

原东德国安局的工作人员抛弃了制服、权威和傲慢，混入城市里的普通老百姓中，过着和昨天还被他们追捕、侦查、审判，甚至拷打的人一样的平凡生活，而他们的恶行曾经持续很多年。

自从铁幕倒塌之后，大部分情报人员为了避免被人识破，给自己编造了一个伪造的过去。还有人仍在继续自己的情报事业，而这当中有许多人随着时间的推移，愧疚心逐渐消失，对自己罪行的记忆也跟着逐渐模糊。

我还记得和你一起拜访克纳普的那天晚上，我们三个人在一个公园里散步。克纳普不断追问你过去的生活状况，殊不知回答这些问题对你而言是多么痛苦。他认为，柏林墙的阴影一直延伸到他生活的西方世界里，而你大声呼喊说，你生活的东方世界是被铁幕的水泥墙关住的。他又问你，你们是怎样适应这种生存状态的？你在微笑，问他是否真的把以前所有的事都忘了。克纳普又继续追问，结果你只好屈服，回答他的问题。你耐心地向他描述一个被计划得井井有条的安全社会，生活在其中，不需要承担任何责任，而犯错误的机会微乎其微。

"我们是人人就业，政府无处不在。"你一边说，一边耸着肩膀。克纳普总结了一句："专制政权就是以这种方式运作。"这适用于很多人，自由是一个浩大的赌注，绝大多数人都在渴望自由，却不知道如何去使用。我还记得，我们在西柏林的那家咖啡馆时你对我们说，在东欧世界里，每个人以自己的方式在温暖舒适的房子中重新创造自己的生活。当你的朋友问，你认为在黑暗时期有多少人和专制政府合作，你们的谈话开始变得激烈，因为你们两人在数目上的看法始终不一致。克纳普认为顶多有百分之三十的人，而你说自己无法知道确切的数字，并问他："你怎么知道呢？你从来没在东德国安局工作过。"

对不起，托马斯，你是对的。只有等到我前往你所在的方向时，我才感到害怕。

"为什么你没邀请我参加你的婚礼？"安东尼一边问，一边把报纸放在膝盖上。

朱莉亚吓了一跳。

"抱歉，我没有想要吓你。你在想别的事吗？"

"没有，我在看窗外，如此而已。"

"外面漆黑一片。"安东尼把身子往小圆窗靠近。

"没错，不过今天是满月。"

"想从这里跳到水里去的话，是不是有点太高了？"

"我寄了请帖给你。"

"就像寄给其他两百多名客人一样，这不是我所谓的对父亲的邀请。我应该是领着你走进教堂，把你送到圣坛面前的那个人，这一点可能值得我们激烈辩论一番。"

"二十年来，你和我有好好谈论过什么事吗？我一直在等你的电话，希望你要我介绍未婚夫给你认识。"

"好像我已经见过他了。"

"那是在偶然的情况下，在布卢明代尔商店的自动扶梯上。这并不是我所谓的相互认识，不能代表你对他或对我的生活感兴趣。"

"要是我没记错的话，我们三人曾经一起喝过茶。"

"那是他向你提出的建议，因为他想认识你。从头到尾整整二十分钟都是你一个人在说话。"

"他不怎么说话，几乎跟自闭症一样，我起先以为他是个哑巴。"

"可是，你有问过他一个问题吗？"

"那你呢，朱莉亚，你有问过我一个问题吗？你有向我征求过一点意见吗？"

"这有什么用呢？好让你向我讲述，你像我这个年纪的时候在做什么，好让你告诉我，我应该做些什么，是不是？我早该一辈子都不说话，这样总有一天你会明白，我从来就不想成为和你一样的人。"

"你该睡觉了，"安东尼对她说，"明天会是漫长的一天。我们一到巴黎就要去赶另一班飞机，然后才能抵达目的地。"

他把朱莉亚身上盖的毯子拉到肩膀上，然后继续看报纸。

飞机降落在戴高乐机场的跑道上。安东尼把手表调到巴黎时间。

"我们有两个小时的时间转机，应该不成问题。"

这时候，安东尼并不知道原本抵达E航站楼的飞机将转往F航站楼的某道门，而这道门的廊桥和他们的飞机没有衔接，所以空中小姐播报说会有一辆巴士过来，可是她却说巴士会把乘客载往B航站楼。

安东尼抬起手指，向乘务长打了个手势，示意他过来。

"我们要到E航站楼！"他对乘务长说。

"对不起，您说什么？"乘务人员问他。

"您刚才的广播说要到B航站楼，我想我们是要到E航站楼去。"

"有可能，"乘务长回答，"我们自己都被搞糊涂了。"

"请说清楚点，我们确实是在戴高乐机场吗？"

"有三道不同的门，没有廊桥也没有巴士等在那里，您不用怀疑！"

飞机降落四十五分钟后，他们总算下了飞机。接着就要通过海关检查，再去找飞往柏林班机的航站楼。

两名机场警察正在检查从三个航班的飞机上下来的几百名旅客的护照。安东尼看了看告示牌上的航班起飞时间。

"前面有两百多个人在等，我担心时间会不够。"

朱莉亚回答：

"我们可以搭下一班飞机啊！"

通过海关检查后，他们开始穿越一连串的廊道和自动人行道。

安东尼发着牢骚：

"早知道直接从纽约走路过来就行了。"

话音刚落，他整个人就倒在地上。

朱莉亚想扶住他，但是他跌得太突然，让她措手不及。自动人行道继续向前移动，带走了横躺在地的安东尼。

"爸爸，爸爸，你醒醒！"惊慌的朱莉亚一边叫喊着，一边使劲摇他。

自动人行道的连接口一直发出轻微的撞击声。一名旅客连忙跑过去帮朱莉亚，两人合力把安东尼扶起来，把他放在稍远一点的地方。那个男旅客脱下外套，搁在昏迷不醒的安东尼头下。他想要打电话叫救护人员。

"不要，千万不要！"朱莉亚坚决地说，"这没什么，他只是有点不舒服，我已经习惯了。"

"您确定他没事吗？您先生看起来状况不是很好。"

朱莉亚撒了个谎：

"他是我的父亲！他有糖尿病！"

她又开始一边摇他，一边叫道：

"爸爸，你醒醒。"

"我来替他量脉搏。"

朱莉亚吓得大惊失色：

"不要碰他！"

这时，安东尼睁开眼睛。他努力地站起来，问道：

"我们在哪里？"

帮助朱莉亚的那个男人扶他站起来。安东尼把身体靠在墙壁上，让自己恢复平衡。

"现在几点了？"

"您确定他只是有点不舒服吗？他看起来好像还没有完全恢复神志……"

已经恢复元气的安东尼对着那个男人反击：

"喂，你别乱来！"

男旅客捡起他的外套，默默地走开。

朱莉亚责备他：

"你起码也该跟他道个谢。"

"为什么？就为了他假装帮我忙，不要脸地来和你搭讪，他还想怎么样！"

"你这个人真不像话，刚才你快把我吓死了！"

安东尼说道：

"这没什么大不了，我还能怎么样，我已经死了！"

"能不能告诉我你刚才到底是怎么回事？"

"我想是接触不良吧，或者是被什么东西干扰，得通知他们一声。要是有人在关自己的手机的时候把我也一起关掉的话，那可就麻烦了。"

朱莉亚耸了耸肩膀：

"我永远没办法把我现在的遭遇跟别人说。"

"我刚才是在做梦，还是你真的叫我爸爸？"

"你在做梦！"她答话时，安东尼正好拖着她往登机口走去。

他们只有十五分钟的时间来通过安检。

安东尼打开护照时叫了一声：

"糟糕！"

"又怎么了？"

"我佩戴心脏起搏器的证明找不到了。"

"一定在你的口袋里面。"

"我刚才翻过所有的口袋，都没有！"

他神情沮丧，看着前面的探测门。

"我要是从门下过去的话，这个机场的所有警察都会跑过来。"

朱莉亚焦急地说：

"那你再找找看！"

"不用，我跟你说我弄丢了，一定是我把外套交给空中小姐的时候掉在飞机上的。抱歉，我想不出还有什么其他办法。"

"我们总不能刚到这里就立刻回纽约去。话说回来，我们现在怎么办？"

"我们先租辆车子到市中心去。在这段时间内，我能找到解决办法。"

安东尼向女儿建议找个旅馆过夜。

"再过两个小时纽约就天亮了，你只要给我的家庭医生打个电话，他就会把副本传真给你。"

"你的医生不知道你已经死了？"

"哦，是啊，真蠢，我忘了通知他！"

"为什么不搭出租车呢？"她问安东尼。

"搭出租车去巴黎？你没去过这个城市！"

"你对任何事都是先入为主的观念！"

"我想现在不是吵架的时候，我看到租车的服务台了，我们租辆小车就行。哦不，还是选一辆大轿车，气派问题！"

朱莉亚只好让步。当她把车开上通往A1高速公路的匝道时，已经过了中午十二点。安东尼向前方车窗探过去，非常仔细地看路牌。

他对朱莉亚说：

"走右边这条路。"

"去巴黎是从左边的路走，上面的字写得这么大。"

"谢谢你，我还认得字，照我的话做！"安东尼一边发牢骚，一边强迫她把方向盘往右转。

她大声喊叫：

"你疯了啊！搞什么鬼？"这时车子偏向右侧车道，十分危险。

现在再换车道已经太晚了。在四面一片喇叭声的包围下，朱莉亚只好往北面的方向驶去。

"真可恶，我们现在是往布鲁塞尔的方向走，巴黎在我们后面。"

"我知道！你要是不怕累一口气开到底的话，布鲁塞尔再过去六百公里就到柏林了，如果我计算准确的话，九个小时之后就可以到。如果你累了，我们可以在路上歇个脚，让你睡一会儿。高速公路上不需要通过探测门，我们的问题可以暂时解决。说到时间，我们其实没有多少了。离回去只剩下四天时间，而且前提是我不会发生故障。"

"在我们租车之前，你就有这个念头了是不是？就是为了这个，你才选择一辆大轿车！"

"你想不想再看见托马斯呢？那就往前开吧，我不需要给你指路，你还记得怎么走，对吗？"

朱莉亚打开车上的收音机，把音量调到最大，然后踩下油门加速前进。

<hr />

二十年后，高速公路沿途的风景已焕然一新。距离出发两小时后，他

们正穿过布鲁塞尔。安东尼不怎么说话，偶尔会一边看着窗外的景色，一边嘴里嘀咕着。朱莉亚趁他不注意，把后视镜朝他的方向倾斜，这样就能偷偷观察他而不被发现。这时，安东尼把收音机的音量调低。

他打破沉默，开口问她：

"你在美术学院的时候快乐吗？"

"我在那里没待多久，不过我很喜欢我住的地方，从房间望出去的景色迷人极了。我的书桌就面朝着天文台。"

"我也热爱巴黎，在那里我留下了许多回忆。我甚至希望能够死在那里。"

朱莉亚轻声咳嗽一下。

"怎么了？"安东尼问她，"你的脸色突然变得很奇怪。是不是我又说了什么不该说的话？"

"没有，我向你保证没有。"

"一定有，我看你样子怪怪的。"

"那是……实在不好说出口，这件事根本不可能。"

"不要让我再求你，说出来吧！"

"爸爸，你就是在巴黎去世的！"

"啊？"安东尼惊讶地叫了起来，"哦，我还不知道。"

"你一点都记不起来吗？"

"移植我记忆的程序设计，把最后界限划在我去欧洲的时候。从那个日子后，我的记忆是一片空白。我想这样会比较好，老是记得自己死掉的事可不会很有趣。归根结底，我发现给我这个机器人划定时间限制，虽然痛苦却很有必要，不仅仅是对家人而言。"

朱莉亚尴尬地回答：

"我明白。"

"我不相信。听我说，这种情况不只对你一个人而言显得奇怪，而且时间越是过去，这一切对我来说也变得越发困惑。今天是星期几？"

"星期三。"

"三天了，你明白吧，秒针在你脑袋里的嘀嗒声多么咄咄逼人。你知不知道我是怎么……"

"在红灯前面心脏停止跳动。"

"还好不是绿灯，否则我还会被后面的车子碾过去。"

"那时候是绿灯！"

"该死的！"

"不过没有引起意外事故，这点你倒是可以感到安慰。"

"坦白说，我一点都不感到安慰。我有没有感到痛苦呢？"

"没有，人家告诉我，你是立即死亡。"

"是啊，这种话都是为了安慰家属。说来说去，知道这些又有什么用。都是过去的事了，有谁会记得家人是怎么死的？能记得家人是怎样活的就已经不错了。"

朱莉亚开口求他：

"我们换个话题好不好？"

"随你便，能够和某些人谈谈自己的死亡情形，我倒觉得很有意思。"

"你所谓的某个人是指自己的女儿，你一点都不像在开玩笑。"

"拜托，不要再争了。"

一个小时后，车子进入荷兰国境，距离德国边境只剩下七十公里。

"他们欧洲人的玩意儿真了不起，"安东尼继续说，"不再有疆界之分，人们几乎完全自由。你在巴黎既然那么快乐，为什么还要离开呢？"

"午夜时分的一时冲动。我以为只会逗留几天，刚开始只不过是和朋友一起出门旅行。"

"你认识他们很久了吗？"

"十分钟。"

"想当然！你的那些毕生好友是做什么的？"

"他们和我一样都是大学生，不过他们两个是索邦大学的学生。"

"我明白了，可是为什么要去德国呢？去西班牙或是意大利会比较好玩，不是吗？"

"向往革命。安图万和马蒂亚斯预感到柏林墙会倒塌。也许不是百分百地肯定，但是我们确定有重大的事件在那里酝酿，所以想到当地亲眼看看。"

安东尼拍了拍自己的膝盖，说：

"我对你的教育到底失败在哪儿，居然会让你有向往革命的念头？"

"不要责怪自己，这也许是你唯一一件算得上真正成功的事。"

"这要看你怎么想！"安东尼咕哝着，转头望向窗外。

"为什么你现在要问我这些问题？"

"因为你，你从来没有问过我任何问题。我热爱巴黎，因为我在那里第一次吻你的母亲，而且我可以告诉你，这不是一件容易的事。"

"我不是太想知道所有细节。"

"你能知道她当时有多漂亮就好了。那时我们都是二十五岁。"

"你为什么会到巴黎，我以为你年轻的时候很穷，不是吗？"

"一九五九年，我在欧洲的一个基地服兵役。"

"在哪儿？"

"在柏林！我在那里没留下什么好的回忆！"

安东尼再次把头转开，看着窗外飞逝的风景。

朱莉亚说：

"没必要在玻璃窗上看我的影子，你知道，我就在你旁边。"

"那你呢，把后视镜的位置调正，这样你才可以看到后面的车，然后再准备超前面的卡车！"

"你是在柏林认识妈妈的吗？"

"不是，我们在法国认识。当兵役期满后，我坐了一辆火车到巴黎。我很想在回国之前能看看埃菲尔铁塔。"

"那你一眼就喜欢上她了？"

"还不错，不过要比我们的摩天大厦还矮一点。"

"我说的是妈妈。"

"当时她在一家大型的夜总会跳舞。这是一个爱尔兰裔的美国大兵，和一名来自相同国度的舞娘的传统爱情故事。"

"妈妈以前是跳舞的？"

"蓝钟女郎舞蹈团！这个舞蹈团正在香榭丽舍大道的丽都夜总会做特

别演出。一个朋友帮我们弄到票，你母亲是节目主角。可惜你没看过她表演踢踏舞的样子，我向你保证，那绝不输给金格尔·罗杰斯❶。"

"她为什么从来都没提过这事？"

"我们家里人都不是很爱讲话，你至少也遗传了这个性格。"

"你是怎么追到她的？"

"你不是说你不想知道这些细节吗？如果你能把车子开慢一点，我就告诉你。"

"我开得一点都不快！"朱莉亚回答，看了一眼接近一百四十的速度表指针。

"这是观赏风景的需要！我习惯在我们的高速公路上一边开车，一边欣赏眼前的风景。你要是一直开这么快，就需要拿一个扳手才能把我的手指从车门的把手上撬开。"

朱莉亚抬起踩在油门上的脚，安东尼深深地吸了一口气。

"我坐在一张紧靠舞台的桌子前。舞蹈节目连续表演了十个晚上，我没有漏掉任何一场，也包括星期天下午演出的那一场。我想法给了领位小姐一笔不菲的小费，让我每晚都能坐在相同的位置。"

朱莉亚关掉了收音机。

安东尼用命令的口吻说：

"跟你说最后一次，把后视镜调正，看前面的路！"

❶20世纪40年代美国著名的音乐片女演员，1940年因《女人万岁》获得奥斯卡最佳女主角奖。

朱莉亚照着做，没有争辩。

"第六天的时候，你母亲终于发现我的诡计。后来她向我发誓，说她第四天就发现我了，可我确定是在第六天。言归正传，我注意到她在表演时看了我好几次。不是我吹牛，她还差点跳错一个舞步。这也一样，她总是发誓，说那个小失误和我的在场一点关系也没有。你母亲不肯承认，是她的骄傲在作祟。那时，我请花店送鲜花到她的化妆室，希望表演结束后她能收到花。每晚都是一样的古典玫瑰，但是我从来不放名片。"

"为什么？"

"只要你不插嘴，你马上就会明白。最后一场演出时，我在演员进出的门口等她。我在衣襟的扣眼上插了一朵白玫瑰。"

"我无法相信你会做这种事！"朱莉亚忍不住扑哧一声笑出来。

安东尼扭头转向车窗，不再说一句话。

"后来呢？"朱莉亚追问。

"故事到此结束！"

"这样就算结束了？"

"你在嘲笑我，所以我不说了！"

"我没有嘲笑你啊！"

"那你刚才呵呵笑是什么意思？"

"跟你想的刚好相反，我只是从来没有把你想象成一个浪漫的年轻人。"

"你在下一个服务站停下，剩下的路程我用脚走完！"安东尼一边说，一边生气地把手臂交叉放在胸前。

　　"你继续讲给我听，要不然我要开快车了！"

　　"你母亲早已习惯有许多崇拜者在走廊尽头等她。有一名保镖专门护送女演员，一直把她们送到载她们回旅馆的巴士上，我正好在她们经过的路上。保镖叫我走开，我觉得他的态度有点蛮横，就一拳打过去。"

　　朱莉亚一听，又忍不住哈哈大笑。

　　"很好！"安东尼愤怒地说，"既然如此，你再也听不到一个字了。"

　　"求你了，爸爸。"她满脸堆笑地说，"不好意思，我实在忍不住。"

　　安东尼转过头，仔细端详着她。

　　"这一次我不是在做梦，你刚才叫我爸爸？"

　　"也许吧。"朱莉亚边说，边擦眼泪，"继续讲下去！"

　　"我先警告你，朱莉亚，你要是再笑的话，哪怕只是想笑的样子，那一切就结束了！我们先讲好，同不同意？"

　　她举起右手，说：

　　"同意。"

　　"你母亲出面干涉，把我拉到离舞蹈团远一点的地方，请巴士司机等她一会儿。她问我每场表演都来，而且坐在同一个位子上到底要做什么。我想她那时还没有注意到我衣襟上的白玫瑰，就把白玫瑰取下来送给她。她明白原来每晚送花给她的人居然是我，感到很惊讶，我趁此机会回答她问我做什么的问题。"

　　"你对她说什么？"

　　"我说我是来向她求婚的。"

　　朱莉亚扭头转向父亲，安东尼嘱咐她专心开车。

"你妈妈笑了起来，这个笑声和你嘲笑我时有点像。她弄明白我真的在等她的答复，于是向司机做了个手势，叫他不要等，接着她建议我先请她吃晚饭。我们一直走到香榭丽舍大道上的一家餐厅。我告诉你，和她一起走在全世界最美丽的一条大道上，我是多么骄傲。你能想象一路上行人看她的目光。晚餐的时候我们一直在聊天，可是晚餐之后，我的处境非常尴尬，那时我真以为一切希望就此破灭了。"

"你这么快就向她求婚，我想不出你还能做出什么更惊人的事？"

"那时的情形非常尴尬，我没有钱付账。我偷偷摸遍所有的口袋，一分钱也没有，服兵役时攒下来的钱都花在买丽都夜总会的门票和鲜花上了。"

"后来你怎么脱离困境的呢？"

"我要了第七杯咖啡，餐厅快关门了，你妈妈起身去化妆间补个妆。我把服务生叫过来，决定向他坦白我没有钱付账，拜托他不要声张，我的手表和证件可以交给他抵押，并保证最晚在周末之前会回来结账。这时，服务生递给我一个小盘子，上面放的不是账单，而是你妈妈写的一封短笺。"

"短笺上说什么？"

安东尼打开他的皮夹，从里面拿出一张发黄的纸片，展开后用庄重的语调朗读上面的内容。

"我从来不是很懂得怎么说再见，相信您也一样。谢谢您带给我如此美好的夜晚，古典玫瑰是我最喜爱的花。今年二月底，我们会在曼彻斯特表演，我会很高兴能再次看到您坐在剧场的位子上。您要是来的话，我会让您请我吃晚餐。你看，"安东尼边说着，边把短笺拿给朱莉亚看，"上面签着她的名字。"

"真感人！"朱莉亚叹着气说，"她为什么要这么做？"

"因为你母亲完全明白我的处境。"

"怎么说？"

"一个男人在深夜两点的时候喝了七杯咖啡，一言不发，而且餐厅也要打烊了……"

"你后来去曼彻斯特了吗？"

"我先打工赚钱，工作是一个连着一个。早上五点钟，我在巴黎中央市场帮人把装货箱卸下来，货一卸完，立刻到市场附近的一家咖啡馆当服务生。中午的时候，我脱下围裙后去一家杂货店换上工作服。我瘦了十斤，终于赚到足够的钱去英国买张你母亲的表演门票，更重要的是，还有足够的钱可以好好请她吃一顿像样的晚餐。我居然幸运地买到了一张第一排的票。舞台帷幕一拉起来，我就看到她对着我微笑。

"表演结束后，我们在城里的一家老酒吧相会。我实在太累了，现在想起来还觉得惭愧，因为我在剧场里睡着了，我知道你母亲发现了。那天晚上，我们吃饭时几乎很少对话，彼此保持着沉默。当我向服务生招手，示意他拿账单过来时，你母亲一直看着我，嘴里只说出一个字'好'。接着我也看着她，心中充满困惑，她又重复了一遍'好'，那声音如此清脆，到现在还余音未散。'好，我愿意嫁给你。'她在曼彻斯特的表演持续了整整两个月。你母亲向舞蹈团告别之后，我们两人乘船回国。一回到美国，我们就举行了婚礼。婚礼上只有一个神父和两个我们在礼堂里找到的见证人。我们双方都没有家人前来参加婚礼，我父亲永远不会原谅我跟一个跳舞女郎结婚。"

安东尼小心翼翼地把短笺放回皮夹。

"啊，我找到佩戴心脏起搏器的证明了！我真糊涂！没把它夹在护照里，反而把它放在皮夹里。"

朱莉亚摇摇头，满脸狐疑。

"这趟柏林之旅，是不是你想要我们继续旅行的方式？"

"你那么不了解我，需要问我这个问题吗？"

"还有租车子，你说证明不见了，这都是你故意安排的，就为了让我们一起走这条路线，是不是？"

"就算是我事先设计好的，也不是个坏主意，不是吗？"

一块路标指出他们正在进入德国境内。朱莉亚脸色阴沉，把后视镜调好位置。

安东尼问她：

"怎么了，你不说话了？"

"你冲进我们房间把托马斯打一顿的前一天，我们已经决定要结婚。最后没实现，因为我的父亲无法忍受我嫁给一个来自不同于他的世界的人。"

安东尼把头转向车窗。

❈

从跨过德国边境那刻起，安东尼和朱莉亚没再交谈过半句话。有时候，朱莉亚把收音机的音量调大，安东尼就会立刻把音量调小。这时，眼前出现了一片松树林。在树林边缘有一排混凝土块，挡住早已禁止通行的分岔道。朱莉亚认出阴森的马林博恩边境检查站就在远处，现在，这栋建筑已经成为历史古迹。

"你们是怎么通过边境的？"安东尼一边问，一边望着右后方渐远的破旧瞭望台。

"凭胆量！和我同行的一个朋友是外交官的儿子，我们假装是去拜访他在西柏林工作的父亲。"

安东尼哈哈大笑，说：

"对我来说，这多少带点讽刺意味。"

他把双手放在膝盖上，继续说：

"很抱歉，我没有早一点想到把那封信交给你。"

"你这话是真心的吗？"

"我也不知道，不管怎样，说出这话后我觉得心情变得轻松了。如果可以的话，你能不能把车子停下来？"

"为什么？"

"休息一会儿不是件坏事，再说我也想活动活动腿脚。"

一块路标指出十公里外的地方有一座停车场。朱莉亚答应在那儿休息一下。

"你和妈妈为什么回到蒙特利尔？"

"我们没什么钱，尤其是我，你妈妈还有点积蓄，可是很快就被我们花光了。在纽约的生活变得越来越艰难。你知道，我们在蒙特利尔过得很幸福，甚至我认为那几年是我人生中最美好的时光。"

"你为此感到很骄傲对吗？"朱莉亚问他，声音既温柔又苦涩。

"你是指什么？"

"口袋空空地离开，事业有成地回来。"

"你不也是一样？你不为你的大胆感到骄傲吗？当看到一个孩子在玩你设计的玩具时，你不觉得满足吗？当走在购物中心，看到电影院的橱窗里张贴着你担任编剧的电影海报时，你不感到骄傲吗？"

"能感到快乐我便很满足，这已经不错了。"

车子驶上通往休息区的分岔道。朱莉亚沿着人行道把车子停下来，人行道旁边是一大片草坪。安东尼打开车门，仔细打量了女儿一番，然后才抬脚出去。

"朱莉亚，你真让我头痛！"他说着，渐渐走远。

她拔下车钥匙，把头搁在方向盘上。

"我来这里到底是做什么？"

安东尼穿过儿童娱乐区，走进服务中心。一会儿过后，他抱着装满食物的袋子回来，打开车门，把袋子放在椅座上。

"你出去透透气，我买了好多给你补充体力的东西。我会看着车子等你。"

朱莉亚听从父亲的话。她绕过秋千，避开沙地，也和父亲一样进入服务中心。当她回来时，看到安东尼躺在滑梯底部，双眼凝视着天空。

她担心地问：

"还好吗？"

"你在想我是不是在天上吗？"

朱莉亚被他问得不知所措，于是也挨着他在草地上坐下来。然后，她也抬起头看着天空。

"我不知道。曾经，我在天上的云彩里寻找托马斯，找了好久。有好几次，我还确定认出了他的面孔，然而其实他却还活着。"

"你母亲不信上帝，而我，我是信的。那么，你觉得我是在天堂还是不在？"

"对不起，我无法回答你的问题，我没办法……"

"是没办法相信上帝吗？"

"没办法接受这样的事实，你在这里，就在我旁边，在和我说话，可是……"

"可是我已经死了！我跟你说过，你要学会不要对某些字眼怀有恐惧心理，用合适的词语来表达很重要。举个例子，你要是早一点对我说，爸爸，你是个坏蛋，是个混蛋，你从来就不了解我的生活，你是个自私鬼，总是想按照自己的理想来塑造我的人生，你和很多做父亲的一样，带给我痛苦而嘴上却说一切都是为了我好，其实还不是为了你自己好。如果你这么做，我也许就能听到你的心里话，我们也许就不用浪费这么多的时间，甚至还可以成为朋友。你应该承认，如果我们是朋友的话，那会是一件很快乐的事。"

朱莉亚沉默不语。

"对了，比如说，这是个合适的表达：以前我不能成为一个好父亲，可是我会很高兴能成为你的朋友。"

"我们必须上路了。"朱莉亚用微弱的声音说。

"再等一会儿,我想我的能量储备不如说明书上保证的充沛。要是继续这么消耗能量,我担心我们的旅行没有预期的长。"

"我们有的是时间,柏林已经不远了。再说,二十年都过了,也不差这几小时。"

"朱莉亚,是十七年,不是二十年。"

"这改变不了什么。"

"三年的人生?能的,能的,能改变很多。相信我,我知道我在和你说什么。"

父女两人的手臂都搁在脑袋后面,就这样一直躺着,朱莉亚躺在草地上,安东尼躺在滑梯的滑道上,两人一动不动地凝视着天空。

一个小时过后,朱莉亚酣然入睡,安东尼看着她睡觉的样子。她睡得很平静,有时会皱起眉头,因为微风把她的头发吹到脸上,令她感到不舒服。安东尼犹豫了一下,然后抬起手,小心翼翼地拨开她的发丝。当朱莉亚睁开眼睛时,天色已经开始变暗。安东尼不在她身边,朱莉亚四处张望,发现他坐在车子前座上。她穿上鞋子,却记不起自己是什么时候脱下的,然后往停车场跑过去。

她一边发动马达,一边问:

"我睡了很久吗?"

"两个小时了,也许还多一点。我没注意时间。"

"我睡觉的时候你在做什么?"

"我在等。"

车子离开休息区，重新开上高速公路。距离波茨坦只剩下八十公里的车程。

"我们天黑的时候可以抵达。"朱莉亚说，"我一点都不知道要怎么找到托马斯，我甚至不知道他是否还住在那儿。总之，这是事实，你没用大脑想想就拖着我走，谁跟我们说他还住在柏林的？"

"是呀，你说得没错，这很有可能。房价上涨，有妻子和三个孩子，再加上岳父母过来跟他们一起住，他们可能已经搬到乡下的一幢漂亮别墅去了。"

朱莉亚生气地看着父亲。安东尼又急忙向她示意，要她专心开车。

安东尼接着说：

"恐惧能够抑制一个人的大脑思维，真令人惊叹。"

"你这句话是什么意思？"

"没有，只是一个平常的念头。对了，我不想被牵扯进跟自己无关的事情里，不过还是要说一句，你早该把你的近况告诉亚当。至少帮我这个忙，我再也受不了葛罗莉亚·盖罗的歌曲了。你睡觉的时候，它在你的皮包里叫个不停。"

话音刚落，安东尼表情夸张地模仿着大唱《我会活下去》。虽然朱莉亚想尽力保持严肃，但是安东尼唱得越大声，她笑得越厉害。当车子进入柏林郊区时，两人笑成一片。

安东尼替朱莉亚指路，车子一直开到勃兰登堡大酒店。一到酒店门口，就有一名负责代客泊车的服务员前来迎接，对正在下车的沃尔什先生问好。接着，酒店门卫一边转动旋转门，一边向他问好："晚上好，沃尔什先生。"安东尼穿过大厅来到服务台时，前台主管称呼他的姓氏向他问好。尽管他们没有提前订房，而且这个季节的酒店都是客满，主管仍然表示可以给他们两间最好的套房。唯一遗憾的是，这两间套房不在同一层楼。安东尼向他道谢，说没有关系。主管把钥匙交给行李生时，问安东尼是否要在酒店的美食餐厅订位。

安东尼转身问朱莉亚：

"你要在这里吃晚餐吗？"

朱莉亚反过来问他：

"你是这家酒店的股东吗？"

"要不然的话，"安东尼回答，"我知道一家很棒的亚洲餐厅，离这里只有两分钟的路程。你还是那么喜欢吃中国菜吗？"

安东尼看朱莉亚没回话，便请前台替他们在华园餐厅订了两个露天的座位。

朱莉亚梳洗完毕后，跟父亲会合，两人步行离开酒店。

"你生气了？"

"一切都变得不可思议。"朱莉亚答道。

"你有没有联系上亚当？"

"有，我在房间里给他打了电话。"

"他跟你说什么？"

"他说他很想我，他不懂我为什么要这样离开，也不懂我在寻找什么。他说他去蒙特利尔找过我，可是就差一小时和我们错过了。"

"要是他看到我们在一起的话，你想象一下他会是什么表情！"

"他已经问过我四次了，要我向他保证我的确是独自一人。"

"然后呢？"

"我撒了四次谎！"

安东尼推开餐厅的大门，让女儿先进去。

"要是你继续撒谎的话，这会养成习惯。"他边说边笑。

"我实在不明白这有什么好笑！"

"好笑的是，我们到柏林来是要找你的初恋情人，你却因为不能向未婚夫坦白，你是和父亲一起去蒙特利尔的事而有罪恶感。可能我的脑袋有点晕，不过我觉得挺滑稽，虽然很有女人风格，但是也很滑稽。"

安东尼利用吃饭的时间来安排行程。明天一起床，就去记者工会询问一个叫托马斯·梅耶的人是否仍然持有记者证。晚餐后，在回酒店的途中，朱莉亚把父亲带到提尔公园❶。

"我在那儿睡过觉，"她伸手指着远处的一棵大树，"真不敢相信，感觉好像还是昨天。"

安东尼神情狡黠地看着女儿。他十指合拢，双臂伸直。

"你在干什么？"

"做个小梯子，来吧，快一点，附近没有人，赶快抓住机会。"

不等父亲多说，朱莉亚就把脚踩在父亲的双手上，攀上了栏杆。

"那你呢？"她在栏杆的另一侧站起来，问父亲。

"我走小门进去，"他指着稍远一点的入口。"晚上十二点公园才关

❶位于柏林市中心，是柏林最大的公园，绿地的面积东西宽约3.5公里。

门，像我这种年龄的人，会容易些。"

他一和朱莉亚会合，便把她拉到草坪上，坐在她刚才指的大椴树下。

"真有趣，我在德国服兵役的时候，也在这棵树下睡过午觉。我很喜欢这个地方。每次休假，我就带上一本书坐在树底下，看着在小径上散步的小姐们。在同样的年纪，我们两个都在同样的地方坐过，只是前后相差了二十多年。加上蒙特利尔的大厦，我们拥有两个可以分享回忆的地方，我很高兴。"

朱莉亚说：

"这是我和托马斯经常来的地方。"

"我开始对这个小伙子有好感了。"

远处传来大象的鸣叫声。柏林动物园就位于公园的边缘，在他们身后几米远的地方。

安东尼站起来，叫女儿跟他走。

"你小时候很讨厌动物园，你不喜欢动物被关在笼子里，那时候你希望自己将来可以当兽医。你一定忘了，你六岁生日的时候，我送给你的礼物是一只小宠物，要是我没记错的话，那是一只水獭。可能是我没挑好，这只水獭老是生病，你花了许多时间去照顾它。"

"你是想对我说，因为你的关系我才能创作出……"

"这是什么想法！好像我们的童年会在成年以后扮演一个极度重要的角色……你对我有那么多的怨气，这个想法可不会改善我现在的处境。"

这时，安东尼突然说他感到力气在减弱，而且衰退的速度令他担心。是时候回到酒店去了，他们叫了一辆出租车回去。

回到酒店后，他俩乘坐电梯上楼。安东尼向先走出电梯的朱莉亚道晚安，然后继续坐电梯到他房间所在的顶楼。

朱莉亚躺在床上，花费很长时间在手机屏幕上翻阅电话号码。她决定给亚当打电话，可是一听到语音信箱的声音，她就立即挂断，然后拨了斯坦利的号码。

她的朋友在手机里问她：

"怎么样，你找到了你要寻找的东西吗？"

"还没有，我才刚到。"

"你是走路去的啊？"

"从巴黎开车去的，说来话长。"

他又问道：

"你是不是有点想我呢？"

"你该不会以为我打电话给你，就是为了向你汇报我的近况吧！"

斯坦利对她说，有一次工作完回家时，他经过她家的楼下。那不是他真正要走的路线，可是他没有特别留意，结果就不知不觉地走到霍雷肖街和格林威治街的转角处。

"你不在的时候，这条街看起来好冷清。"

"你这么说只是想让我高兴而已。"

"我遇到你的邻居，卖鞋子的老板。"

"你和吉姆尔先生说话了？"

"自从你和我在背后说过他的坏话以后，这是第一次……那天他正好站在店门口，他向我打招呼，所以我也跟他打了声招呼。"

"我真不能把你一个人留下来，我才几天不在，你就开始交起坏朋友了。"

"你这个管家婆。其实，他并不是那么讨人厌，你知道……"

"斯坦利，你不会想告诉我某些事情吧？"

"你又想找什么麻烦？"

"我比任何人都要了解你。当你新认识一个人，而且第一眼就觉得他不讨厌的话，这就已经很可疑了，更何况你还觉得吉姆尔先生'并不是那么讨人厌'，我差点想明天就回去！"

"那你必须找另外一个理由才行，亲爱的，我们只是互相问好，如此而已。亚当也来看过我。"

"很显然，你们两个现在是分不开了。"

"应该说是你让他觉得你离开了他。再说，他住的地方离我的店只有两条街远，这也不是我的错。有件事如果你还感兴趣的话，我告诉你，我觉得他的精神不太好。总之，他既然会来看我，那肯定是因为他的状况不好。他很想你，朱莉亚，他很担心，我想他有理由感到担心。"

"斯坦利，我向你发誓，根本就不是那么一回事，甚至是完全相反。"

"啊！不要，千万不要发誓！你真的确信你刚才说的话吗？"

"是的！"她毫不犹豫地回答。

"真令我难过，你竟然傻到这种程度。你到底知不知道这趟神秘之旅会把你带到哪儿去？"

"不知道。"朱莉亚在电话里低声说。

"那你让他又怎么能知道呢？不跟你多说了，现在这里已经七点多了，我要准备一下，我有个邀请晚餐。"

"和谁？"

"那你呢？你和谁一起吃晚饭？"

"就我一个人。"

"我最讨厌你对我撒谎，我要挂电话了，你明天再打给我。再见。"

朱莉亚还没来得及答话，就听到电话挂断的声音，斯坦利已经走开，八成是到他的衣帽间去了。

一阵铃声把朱莉亚从睡梦中吵醒。她伸直身子，拿起电话，只听到嘟嘟声。她起身下床，穿过房间，突然发现自己身上没穿衣服，连忙抓起昨晚扔在床尾的浴衣穿上身。

一名楼层服务生等在门后。朱莉亚打开房门，服务生推着一辆小餐车进来。推车上摆好了一份欧式早餐和两个煮鸡蛋。

她对着在茶几上摆刀叉的年轻人说：

"我什么都没点。"

"三分钟又三十秒，这是您最喜欢的熟度，我是指煮鸡蛋，是这样吗？"

"完全正确。"朱莉亚一边回答，一边用手抓头发。

"这是沃尔什先生特别吩咐我们做的！"

"可是我不饿……"她接着说，而此时服务生正在仔细地切蛋壳。

"沃尔什先生嘱咐过我们您喜欢这样。啊，还有一件事，说完我就走。八点钟他会在酒店大厅等您，也就是三十七分钟之后。"他一边说，一边看手表，"祝您度过美好的一天，沃尔什小姐，外面天气很好，您在柏林一定会过得很愉快。"

年轻人在朱莉亚惊愕的目光下离开。

朱莉亚看了看茶几，上面有橙汁、五谷麦片、新鲜面包，一样都不缺。她决定不吃早餐，往浴室走去，接着又转回身，然后坐在沙发上。她把一根手指伸进蛋里，不久之后，她几乎把眼前的东西一扫而光。

朱莉亚迅速地冲了个澡，一边穿衣服，一边吹头发，站着穿鞋子，然后离开房间。时间正好八点整！

安东尼正在前台旁边等她。

"你迟到了！"他对着从电梯出来的朱莉亚说。

"三分钟半？"她用疑惑的表情看着他。

"你喜欢这种熟度的煮鸡蛋，不是吗？我们别耽搁了，半个小时后有个约会，加上交通堵塞的因素，我们勉强赶得上。"

"我们的约会定在哪里？和谁约会？"

"在德国记者工会总部。我们的调查得要有个开头，对不对？"

安东尼穿过旋转门，叫了一辆出租车。

朱莉亚一边坐上黄色的奔驰出租车，一边问他：

"你是怎么订到约会的？"

"今天一大早就打电话，你还在睡觉呢！"

"你会讲德语？"

"我可以跟你这么解释，我身上有先进的科技配备，能让我熟练地掌握十五种语言。这大概会让你很佩服，也可能不会。你姑且认为是因为我曾经在这里服役多年的关系，你还没忘掉这件事吧？我还记得一些基础的德语，需要的话还能用来和人沟通。以前你想在这里创造你的生活，那你会讲一些歌德的语言吗？"

"我全都忘了！"

出租车先在施蒂勒街行驶，在十字路口往左转，然后穿过公园。大椴树的树荫自由伸展在碧绿的草地上。

接着，车子沿着施普雷河整修过的堤岸行驶。两岸一个比一个现代化的玻璃建筑似乎在比赛谁更透明，这些特别设计的新建筑是时代变迁的见证。他们发现这个区十分靠近以前阴森的柏林墙边界。然而，当年的痕迹已经无处可寻，展现在眼前的是一座巨大无比的敞厅式建筑，里面有一个玻璃屋顶的会议中心。稍远处，一座规模更大的复合式建筑横跨河上，有一座白色天桥可以通向那里。他们推开大门，沿着指示一直走到记者工会的办公室。前台的一名工作人员接待了他们。安东尼用流利的德语向接待员解释，说他想和一个叫托马斯·梅耶的人联络。

接待员正在阅读报章，头也没抬地问：

"关于什么事情？"

安东尼十分客气地回答：

"我有些新闻要转达给托马斯·梅耶先生，只有他一个人可以接收这些消息。"

他的最后一句话似乎终于引起对方的注意，于是安东尼立刻又说，他会非常感激，希望工会能给他梅耶先生的联系地址。当然不是他的私人地址，而是他工作的报社地址。

接待员请他稍等，然后去找他的上司。

副会长请安东尼和朱莉亚到他的办公室去。安东尼坐在一张沙发上，上方的墙壁上挂着一张大幅照片，照片上的人手里拿着一条钓到的鱼，一看就知道这人是副会长。安东尼把他刚才对接待员说的话又从头至尾重复了一遍。副会长用专注的目光打量安东尼，然后一边揪胡子，一边问道：

"您找托马斯·梅耶到底是要向他传达什么消息？"

安东尼语气诚恳地回答：

"我就是不能够告诉您，不过请您放心，这消息对他非常重要。"

副会长神情困惑地说：

"我印象中没有一篇有分量的文章是出自一个叫托马斯·梅耶的人。"

"如果您能帮助我们联络上他的话，这正好能改变他的情况。"

副会长把旋转椅转向窗户，问道：

"小姐，您也是为了这件事来这里的吗？"

安东尼扭头看了看朱莉亚。从他们一到这里，她就没开口说过一句话。

安东尼回答：

"没有什么关系，朱莉亚小姐是我的助理。"

副会长一边起身，一边表示拒绝：

"我没有权利向您透露我们工会成员的任何资料。"

安东尼也站了起来，走到他前面，把手搭在他的肩膀上，用极其威严的语气说：

"我要告诉托马斯·梅耶先生的消息，只能够告诉他一个人，这个消息足以改变他的人生，往好的方向，非常好的方向改变。您最好不要让我觉得，像您这种身份的工会领导在阻挠您底下成员的前途发展。因为，如果是这样的话，我可以不费吹灰之力就把您这样的行为公之于世。"

副会长搓了搓他的胡子，又坐回椅子上。他在电脑键盘上敲了几个字，然后把屏幕往安东尼的方向转过去。

"您请看，我们的名单上面没有一个叫托马斯·梅耶的人。我很抱歉。如果他没有工会卡，我们也没办法找到他，而且他的名字也不在记者通讯录上，您可以自己查证一下。现在，我有其他工作要做。如果除了梅耶先生之外，没有其他人能获知您那宝贵的消息，那么我就要请你们离开。"

安东尼起身，示意朱莉亚跟他一起走。他热情地感谢副会长为他们浪费他的宝贵时间，然后离开了工会总部。

他走在人行道上，嘀咕着：

"也许你是有道理的。"

朱莉亚皱着眉头问他：

"我是你的助理？"

"哦，好啦，别摆出这副脸色，我总得找些话来应付啊！"

"朱莉亚小姐！还有什么其他的……"

安东尼向马路对面行驶的一辆出租车招手示意。

"你的托马斯也许是换了职业。"

"绝对不可能，记者对他来说不是一项职业，而是一项使命。我无法想象他会从事其他职业。"

安东尼对女儿说：

"说不定他也会改变！告诉我那条臭街的名字，就是你们两个一起生活过的那条街。"

"夸美纽斯广场，在卡尔·马克思大道后面。"

"啊哈！"

"啊哈什么？"

"没什么，曾经有许多美好回忆，不是吗？"

安东尼把地址告诉司机。

车子横穿过城市。这一次，没有检查站，没有铁幕的踪影，没有任何痕迹能让人联想到西柏林的终点，或者东柏林的起点。车子经过柏林电视塔前，只见电视塔如同一支线条优美的箭拔地而起，拱顶和天线冲入云霄。车子越往前开，周围的景色变化越大。当他们抵达目的地时，朱莉亚完全认不出她以前生活过的地方。一切都如此不同，仿佛她脑海中的记忆是属于另一个世界。

"你最美好的少女时光就是在这么漂亮的地方度过的？"安东尼问朱莉亚，语气中略带讽刺，"我现在承认这个地方很有魅力。"

朱莉亚大声吼道：

"别说了！"

安东尼因为女儿突如其来的愤怒感到吃惊。

"我又说了什么不该说的话吗？"

"我求你把嘴巴闭上。"

现在，这条街以前的老建筑和旧房子都被新式楼房所取代。除了公园之外，朱莉亚记忆中的一切完全无迹可寻。

她找到街上的2号地址。以前，这里是一座并不结实的矮小建筑，绿色大门的里面，有一道通往二楼的木制楼梯。朱莉亚经常扶着托马斯的祖母，爬完最后几级台阶。她闭上眼睛，往事重新浮现。首先是每次走近橱柜时鼻子闻到的蜡味；还有总是拉得紧紧，不但挡住强烈阳光，也挡住路人目光的白纱窗帘；接着是永远一成不变的绒质桌布，以及饭厅里的三把椅子；再远一点，有一张面对黑白电视机的破旧沙发。自从电视节目只播放政府想要人民知道的好消息后，托马斯的祖母就再也没开过电视。最后，房子最里面有一道薄板墙，隔开客厅和他们的卧室。有多少次，朱莉亚因为托马斯笨拙的抚摸而嬉笑时，被他用枕头闷得差点喘不过气来？

安东尼开口对她说话，将她拉回到现实：

"你那时候的头发要长点。"

朱莉亚边转身，边问：

"你说什么？"

"你十八岁的时候，留的头发比现在长。"

安东尼环视四周，然后说：

"没留下什么以前的东西，是不是？"

她的声音变得含糊：

"你意思是说什么都没留下！"

"走吧，我们到对面那条长椅上坐坐，你的脸色很苍白，需要恢复一下才行。"

两人坐在草坪角落的一条长椅上。草坪上的青草已被孩子们踩踏得发黄。

安东尼看到朱莉亚一声不吭，便举起手臂，像是要搂住她的肩膀。可是最后，他的手还是垂落在椅背上。

"你知道吗，以前这里还有其他几幢房子。房子门面的油漆都掉色了，从外面觉得很难看，可是里面却很舒适。那是……"

"记忆中的都是美好的，是啊，很多事都是这样。"安东尼安慰她说，"记忆是位奇特的艺术家，他会重新描绘生命的色彩，擦去不完美的部分，只留下最美丽的轮廓和最动人的曲线。"

"在街道的尽头，就是那栋难看的图书馆的位置，以前是一座小小的咖啡吧！我从来没见过那么破旧的店。里面的大厅光线昏暗，霓虹灯吊在天花板上，桌子都是防火板做的，大部分的桌脚还长短不齐。可是，你知道吗，我们在那家破酒吧里笑得有多开心，有多快乐？那里只供应伏特加，还有一种很难喝的啤酒。当店里客人多的时候，我常常帮老板的忙，身上系着一条围裙当服务生。你看，就在那里。"朱莉亚说到最后，伸手指着已取代咖啡吧的图书馆。

安东尼咳了一声：

"你确定不是在街的另一头？我看到一家很像你形容的小咖啡吧。"

朱莉亚转过头看另一个方向。在马路拐角，正是她刚才手指的相反方向，有一个霓虹灯招牌在老酒吧的旧门面上闪闪烁烁。

　　朱莉亚站起来，安东尼也跟着站起来。她沿着街道向前走，越走越快，最后开始奔跑，然而，这最后几步似乎总是走不完。她的呼吸急促，伸手推开咖啡吧的大门。

　　里面的大厅已重新粉刷，两盏吊灯换下了以前的霓虹灯，可是防火板的桌子依旧没有变化，反而让店里充满一股优雅的怀旧气息。吧台还是和以前一样。这时，站在吧台后面的一个头发苍白的男子立刻认出了她。

　　店里的唯一一位客人坐在最靠里的一把椅子上。从背后看过去，可以猜出他正在看报纸。

　　"托马斯？"

终于等到你

有人说，相爱男女的思维在冥冥之中总会交会，所以我在晚上睡觉的时候常常问自己，当我想你的时候，你是不是也正在想我。我去过纽约，漫步在街道上，我多么希望能看到你，可同时又害怕真的会发生。

意大利总理刚刚在罗马宣布辞职。记者招待会结束后，他同意最后一次接受摄影记者们的拍照。镁光灯不断啪啪作响，把演讲台照得一片明亮。会议厅的最后面，一个男人把手臂靠在电暖器上面，不紧不慢地收着他的照相机。

他旁边的年轻女子问道：

"你不把这一幕永远留存下来吗？"

"不，玛丽娜，和其他五十个人拍同样的照片没有太大的意义。这并不是我认为的记者工作。"

"真是刁钻的性格，还好你有一张漂亮的脸蛋可以骗骗人！"

"这是承认我有道理的另一种方式。我带你去吃午饭，不要让我听你的教训好吗？"

女记者问道：

"你知道要去哪个餐厅吗？"

"不知道，不过我肯定你知道！"

一名意大利电视台的记者从他们旁边经过，他握起玛丽娜的手亲吻了一下，然后离开。

"他是谁？"

玛丽娜回答：

"一个傻瓜。"

"不管怎么说，看起来好像是个不讨厌你的傻瓜。"

"这正是我刚才的意思，我们走吧！"

"我们去门口拿回证件，就离开这里。"

两人挽着手离开记者招待会的大厅，沿着走廊一直到大楼门口。

玛丽娜一边把记者证交给守卫，一边问道：

"你下一步的计划是什么？"

"我在等编辑部的消息。我连续三个星期都在做和今天一样没意思的工作，我每天都盼望着能获准去索马里。"

"这对我来说太棒了！"

接着轮到他交记者证给守卫，以便取回自己的身份证件。每个进入蒙特奇托里奥宫❶的人都必须把身份证件留在守卫处。

守卫问道：

"您是乌尔曼先生？"

"是的。是这样的，我当记者使用的名字和我护照上面的名字不一

❶位于罗马的意大利众议院所在地。

样，不过请您看看我记者证上的照片，还有名字，这些都完全一样。"守卫核实照片和本人确实相同之后，没有多问，便把护照还给主人。

"你为什么不用真实的姓氏来发表文章？摆明星架子吗？"

他伸手揽住玛丽娜的腰，回答：

"要比这个理由更微妙。"

两人在烈日当空下穿过圆柱广场，许多游客都在吃冰激凌消暑。

"还好你保留了自己的名字。"

"这有什么差别吗？"

"我喜欢托马斯这个名字，这名字很适合你，你长着一张托马斯的脸。"

"啊？难道现在名字还有固定搭配的脸吗？好奇怪的想法！"

"就是这样。"玛丽娜继续说，"你不可能叫其他的名字。我看不出来你是马西莫或是阿尔弗雷多的样子，甚至连卡尔也不像。托马斯，只有这个名字适合你。"

"胡说八道，我们现在去哪儿？"

"大热天，再加上这些吃冰激凌的人，让我倒想吃个意式冰沙，我们去金杯子吧！就在万神庙广场上，不是很远。"

托马斯在马可·奥勒留❶圆柱前停下来。他打开帆布包，挑了一个相机并配上镜头，然后蹲下身，为玛丽娜照相，而后者正在欣赏镌刻了马可·奥勒留丰功伟绩的浮雕。

玛丽娜边笑边问：

❶马可·奥勒留（121—180），古罗马帝国皇帝及哲学家。

"这个啊，这不是跟其他五十个人拍的照片一样吗？"

"我不知道你有这么多的崇拜者。"托马斯笑着回答，再次按下快门，这一次他拍的是近身照。

"我和你说的是圆柱呀！你正在拍的是我吗？"

"这个圆柱和柏林的胜利纪念柱很像，但是，你却是独一无二的。"

"我刚说的一点没错，你所有的优点都来自于这张漂亮脸蛋，你真不会追女人，托马斯，在意大利你没有任何机会。走吧，这里太热了。"

玛丽娜牵着托马斯的手，一起离开马可·奥勒留圆柱。

朱莉亚将高耸的柏林胜利纪念柱自上而下看了一遍。坐在纪念碑基座上的安东尼耸了耸肩膀，叹着气说：

"我们总不可能一下子就找到人。你该知道，如果酒吧里的那个男人就是你的托马斯，那这个巧合也太不可思议了。"

"我知道，我认错人了，仅此而已。"

"也许是因为你的心里希望就是他。"

"从背后看，那个人的身材和发型都跟他一样，还有翻报纸的方式也很像，他们都是颠倒翻报纸。"

"我们问老板是否还记得他时，他的脸色为什么那么难看？可是，你跟他提起你们以前的美好时光时，他倒是挺和气。"

"不管怎么说，他还是很和善，说我一点都没变。我万万没想到他居然还认得我。"

"我的女儿，有谁会把你忘掉呢？"

朱莉亚用手肘撞了一下父亲。

"我肯定他对我们撒了谎，他一定记得你的托马斯了，因为当你说出这个名字的时候，他的脸突然绷得紧紧的。"

"不要老说我的托马斯了。我甚至不知道我们来这里是干什么的？也不知道做这些事能有什么用。"

"这又让我想到，我选择上个星期死掉是多么明智啊！"

"不要再提这件事了！如果你以为我会离开亚当去追逐一个幽灵，那你就大错特错！"

"我亲爱的女儿，哪怕会让你更生气，我也要对你说，你生命中唯一的幽灵是我。你已经让我很清楚这点，并不能因为目前的情况，你就可以取消我的这项特权！"

"你真没意思……"

"我很没意思，只要我一开口，你就把我的话打断……好，我是个很没趣的人，你不想听我说话，可是当你在酒吧误认为那人是托马斯的时候，我看到你的反应，你知道，要是我，我绝不会愿意成为亚当。现在呢，你敢说我弄错了！"

"你弄错了！"

安东尼把手臂交叉放在胸前，生气地回答：

"哦，那我会一直保持这个习惯！"

朱莉亚笑了起来。

"我又干了什么？"

朱莉亚答道：

"没有，没有。"

"不行，把话说清楚！"

"你毕竟还留有一些老式教育的传统，我以前不知道。"

"拜托！说话不要伤人。"安东尼一边回答，一边起身，"走吧，我带你去吃午饭，现在已经三点钟了，从早上到现在你都没吃东西。"

在上班途中，亚当在一家名酒专卖店停下来。老板向他推荐一瓶加州红酒，含有绝佳的丹宁酸度，色泽纯美，酒精度稍高。虽然亚当很心动，但是他要找的是更高品质的红酒，象征着赠酒对象的不凡品位。老板明白他的意思，走进店铺后间，随后带着一瓶波尔多红酒回来。这是一瓶少见的贴有年份标志的名贵红酒，价格自然与前面那瓶酒不在一个档次，然而，极品美酒岂是价格可以衡量的？朱莉亚不是跟他说过，他的好友抵挡不了美酒的诱惑，美酒当前时，他会完全忘记自己的酒量。两瓶酒足够把他灌倒，不管他愿不愿意，他迟早会招供朱莉亚现在的去向。

"我们再从头研究一下。"在一家三明治店的露天座位坐下后，安东

尼说道，"我们问过记者工会，所有名单上都没有他的名字。你一直认为他还在当记者，好吧，尽管一切都证明情况相反，但还是姑且相信你的第六感。我们回到他以前住的地方，房子已经被拆掉，这就是所谓的扫除旧社会吧。我在想这一切是否值得。"

"我懂你的意思。你的结论到底是什么？托马斯把我们两个的过去完全切断。那么我们在这里做什么？你要是真的觉得我们不如回去的话，那就回去啊！"朱莉亚火冒三丈，让服务生把刚送上的卡布奇诺退回去。

安东尼叫服务生把卡布奇诺留在桌上。

"我知道你不喜欢喝咖啡，不过这样调制的咖啡很好喝。"

"我喜欢喝茶，这碍到你什么了吗？"

"没有，我只是很高兴能看到你去尽力尝试，我又没要求你做什么了不起的事！"

朱莉亚喝了一口，表情异常痛苦。

"没必要那么挑剔，我明白你的意思，不过我要对你说，有一天你会克服这种阻止你品尝更多滋味的苦涩感受。而且，如果你以为你的男朋友设法把你们两人的过去完全抹除的话，那其实是你把自己看得太重要了。他也许只是要和自己的过去，而不是和你的过去断绝关系。我想你并不了解他在适应新社会时所遭遇的困难，这个新社会的人情世故和他以前认识的完全不同。在新的制度中，每获得一份自由都需要否定一次童年时代的价值观。"

"现在，你在替他辩护吗？"

"只有傻瓜才会顽固不化。机场离这儿只有三十分钟，我们可以先回酒店拿行李，然后去赶最后一班飞机。今晚，你就能在自己漂亮的纽约家里睡觉了。不过，我可要再啰唆一遍，只有傻瓜才会顽固不化。在事情真的为时已晚之前，你最好仔细考虑一下！你要回去还是想继续调查？"

朱莉亚起身，拿起卡布奇诺，眉头皱也不皱就一饮而尽，然后用手背擦擦嘴，把杯子重重地放回桌子上，说道：

"那么，福尔摩斯，你有什么新线索要提供吗？"

安东尼在盘子上放了一些零钱，也跟着站起来。

"以前你不是跟我说过，托马斯有个好朋友经常和你们在一起吗？"

"克纳普？那是他最好的朋友，可是我不记得我有和你提过他。"

"哦，看来我的记忆力比你的还要灵光。这个克纳普是做什么的？他不会也是个记者吧？"

"他就是个记者！"

"今天早上我们在记者工会查看通讯录的时候，你为什么不跟我提他的名字？"

"我完全没有想到……"

"你看，被我说中了，你正在变成傻瓜！走吧！"

"我们又要回到记者工会总部吗？"

"你真是够傻的！"安东尼一边说，一边无奈地翻白眼，"我不认为那里会有人欢迎我们。"

"那我们上哪儿去？"

"难道还需要像我这个年纪的老头，对着一个整天扑在电脑面前的年轻人来宣传网络的好处吗？真可怜！我们在附近找一家网吧，还有，拜托一下，把你的头发扎起来，风这么大，你的脸都被头发遮得看不见了。"

---·⚜·---

玛丽娜坚持要请托马斯。现在是在她的地盘上，而且每次她去柏林拜访他时，都是托马斯付的账。请喝两杯冰咖啡，托马斯就不再坚持了。

他问道：

"你今天有工作吗？"

"你看现在都几点了，下午都过去一大半了，再说，你就是我的工作。没有照片，就没有文章可发表！"

"那你想做什么？"

"在等待夜幕降临之前，我很想去散散步，天气终于暖和起来了，我们是在罗马古城，要好好享受这个机会。"

"我必须在克纳普下班之前给他打个电话。"

玛丽娜伸手抚摸托马斯的脸颊，说：

"我知道你在找各种理由想尽快离开我，不过你不用这么担心，索马里你一定去得成。克纳普需要你去那里，这话你跟我说过一百遍了，我很了解其中的关系。他想坐上总编辑的位子，你是他最出色的记者，你的工作对他的晋升关系重大。你先让他把准备工作做好吧。"

"他已经准备了三个星期了，拜托！"

"他要考虑得更加谨慎，因为去的是你。那又如何呢？你总不能责备他，他也是你的朋友啊！走吧，带我到我的城市里逛一逛。"

"你不会是要颠倒我们的角色吧？"

"没错，跟你在一起的时候，我很喜欢这样！"

"你是在嘲笑我吧？"

玛丽娜一边放声大笑，一边回答：

"正是如此！"

她带着他来到西班牙广场的台阶前，伸手指着圣三一教堂的两个穹顶，问道：

"还有比这儿更美的地方吗？"

托马斯毫不犹豫地回答：

"柏林！"

"无法想象！如果你不再继续讲蠢话，待会儿我就带你去希腊咖啡馆，让你尝尝他们的卡布奇诺，然后你再告诉我柏林有没有这么好喝的卡布奇诺！"

安东尼的眼睛一直盯着电脑，设法了解出现在屏幕上的提示。

朱莉亚说：

"我以为你的德语说得很流利呢？"

"口语是说得很流利，但读和写是两回事，再说这不是语言问题，而是我完全不懂这种机器。"

"你让开！"朱莉亚亲自坐到电脑面前，开始操纵键盘。

她飞快地在键盘上敲打，搜索引擎在屏幕上出现。她在搜索框内输入克纳普的名字，突然却停下来。

"怎么了？"

"我不记得他的姓了，老实说，我连克纳普是他的名字还是他的姓氏都不知道。我们一直都是这么称呼他的。"

这下轮到安东尼对她说：

"你让开！"他在"克纳普"的旁边打上"记者"。

屏幕上立刻出现十一个人的姓名。一共有七个男人和四个女人叫克纳普，都在从事记者行业。

安东尼指着第三行，大声说：

"是他！尤根·克纳普。"

"为什么会是他？"

"因为Chefredakteur这个单词的意思一定是指总编辑。"

"别乱扯！"

"我清楚地记得你谈论这个年轻人时的口吻，我想四十岁的他，已经拥有足够的能力来发展自己的事业，否则他一定和你的托马斯一样早改了行。你应该庆幸我有这么好的观察力，而不是在这里发大小姐脾气。"

朱莉亚非常吃惊，答道：

"我不记得什么时候跟你谈论过克纳普，更不要说那些能让你分析他个性的话了。"

"你真的想谈谈自己的记忆力吗？你能告诉我你曾经度过美好时光的咖啡酒吧是在街的哪一头？你的克纳普在《每日镜报》的编辑室工作，属于国际新闻部。我们现在就去找他，还是你要继续待在这里闲聊？"

❦

在人们陆续下班的时刻，他们必须花费很长的时间来穿过交通拥挤的柏林。出租车把他们放在勃兰登堡门前，刚刚和路上拥挤的车子战斗完，现在又得在下班回家的人潮和前来参观名胜的游客之间挤出一条路。曾经有一天，一位美国总统就是在这里，在柏林墙这一头呼吁另一头的领袖肩负起世界和平的责任，早日清除这道将柏林一分为二的围墙，当时的围墙就位于大拱门列柱的后面。而难得的是，两位国家元首为了结束东西德的分裂，居然能这样互相倾听和沟通。

朱莉亚加快脚步，安东尼勉强跟着她。好几次他以为跟丢了，大声呼喊她的名字，但是最后总能在巴黎广场拥挤的人群中找到她的身影。

她在报社大楼的门外等着他。两人一起进去，走到接待处，安东尼向前台小姐要求跟尤根·克纳普见面。前台小姐正好在接电话，她让来电者等候片刻，然后问他们是否事先有约。

安东尼向她保证：

"没有，不过我相信他会很高兴见到我们。"

朱莉亚的手肘靠在接待处的斜桌上。前台小姐赞美了一番她扎在头发上的丝巾，接着问道：

"请问怎么称呼？"

"朱莉亚·沃尔什。"

尤根·克纳普坐在三楼的办公桌前,他要前台小姐把刚才告诉他的名字再重复一遍。他嘱咐她不要挂电话,然后用手掌把话筒压住,走到可以俯视下方的玻璃窗前。

从这里看下去,整个一楼大厅一览无遗,尤其是接待处。一位女子正在解下头上的丝巾,用手整理自己的头发。尽管她的头发比印象中要短些,但是毫无疑问,这个气质自然优雅、在他窗下踱来踱去的女子,正是十七年前他所认识的那个女人。

他重新把电话筒放到嘴边。

"跟她说我不在,我这个星期在出差,月底之前不会回来。请务必要说得像真的!"

"好的。"前台小姐回答,注意不把对方的名字说出来。"这边有一个电话是找您的,要不要转给您?"

"是谁?"

"我没时间问他的名字。"

"把电话转给我吧。"

前台小姐挂上电话,出色地完成了自己的角色。

❧❀❧

"尤根吗?"

"请问哪位?"

"我是托马斯,你听不出我的声音了?"

"听得出，当然听得出，对不起，我刚才走神了。"

"我至少在电话里等了五分钟，我可是从国外打来的！你是在和部长通话才让我等那么久的吗？"

"不是，不是，很抱歉，没什么大不了的事。我有一个好消息要告诉你，本来是打算今天晚上才跟你说的，我终于得到上头的批准，派你去索马里做报道。"

"太棒了，"托马斯兴奋地大声说，"我回柏林一趟，然后马上去那里。"

"没必要，你留在罗马就行了，我会叫人订一张电子机票，然后把所有需要的文件快递给你，你明天早上就能收到。"

"我想回编辑室跟你见个面，你肯定这样不会更好吗？"

"不会，你放心吧，照我的话去做，我们等批准已经等得够久了，现在一天时间也不能浪费。明天傍晚，飞往非洲的航班会从菲乌米奇诺机场起飞。我明天早上再打电话跟你解释所有细节。"

"你还好吧？"托马斯问他，"你的声音听起来怪怪的……"

"好得不得了。你了解我的，我多么希望能和你一起庆祝这次出差。"

"尤根，我不知道该怎么感谢你。我会从非洲带一个普利策奖回来，也会带一个国际新闻部主任的头衔给你！"

托马斯挂掉电话。克纳普看着朱莉亚和陪同她的男人一起穿过大厅，离开报社大厦。

他回到办公桌前，将电话筒放回机座上。

✦✦✦✦✦

托马斯回到玛丽娜的身旁，她正坐在西班牙广场的大台阶最高一级上等着他。人潮把广场挤得水泄不通。

玛丽娜问他：

"怎么样，你和他谈了吗？"

"走吧，这里人太多，闷死人了。我们去逛逛街，如果能找到之前你看到的那家卖彩色丝巾的商店，我就送你一条。"

玛丽娜滑下太阳眼镜挂在鼻尖上，然后起身，一言不发地走了。

托马斯朝着往喷泉快步走去的女友大喊：

"那不是去商店的方向。"

"没错，甚至是反方向，不管怎样，我可不要你的丝巾！"

托马斯跟在她后面跑，最后终于在台阶底下追上她。

"昨天你还很想要的！"

"你刚才说过了，那是昨天，可是今天我就不想要了！女人就是这样，变化无常，而你们男人却都是傻瓜。"

托马斯问道：

"有什么问题吗？"

"有问题。如果你真的想送我礼物，就应该亲自去挑选，请售货员为它包上一个精美的外壳，然后藏起来给我一个惊喜，因为送人礼物本来就是给人惊喜。托马斯，这叫体贴入微，是女人们都很欣赏但男人们少有的。不过你可以放心，并不会因为做这些就在你的手指上套一个戒指。"

"对不起，我原本是想让你高兴。"

"哦，结果完全相反。我不要一份为了获得原谅而送的礼物。"

"我没有什么要人原谅的呀！"

"没有吗？你真像木偶匹诺曹，鼻子变得好长！好吧，我们不要吵了，去为你的计划成行庆祝一下。克纳普在电话里是这么跟你说的，不是吗？你最好是找一家好点的餐厅，今晚带我去吃晚餐。"

玛丽娜没等托马斯，又继续往前走。

朱莉亚打开出租车的车门，安东尼向酒店的旋转门走过去。

"一定有办法。你的托马斯不可能消失了，他是在某个地方，我们可以找到他，只是需要点耐心。"

"在二十四小时之内找到他？我们只剩下明天一天的时间了，我们星期六就要搭飞机回去。你没忘记吧？"

"时间对我来说是有限的，可是朱莉亚，你未来的日子还很长。假如你要一直追寻到底，那就回来一趟，自己一个人，你就再回来一趟。至少，这趟旅行让我们和这座城市重归于好。这已经足够了。"

"就是为了这个目的，所以你把我带到这里来是吗？就是为了让你自己心安理得？"

"你要这么看待事情，那是你的自由。虽然我不能强迫你原谅，但如果我再碰到同样的情况，也许还是会做同样的决定。我们别再吵来吵去，至少双方都做出过努力。一天之内什么可能性都会有，你就相信我的话。"

朱莉亚把目光移开。她的手轻轻碰到安东尼的手，他犹豫了一会儿，最后还是放弃念头。他穿过大厅，在电梯前停下来。

"我想今天晚上我不能陪你了。"他对女儿说，"不要怪我，我很累。我把电池节省下来供明天使用，这样比较明智。我从来没想到会用这个单词的本意来说这句话。❶"

"那你去休息吧。我也很累，我在房间吃晚餐。明天早餐时间我们在餐厅碰面，你不反对的话，我们一块儿吃早餐。"

"这样很好。"安东尼一边回答，一边对着她微笑。

电梯把他们带到楼上。朱莉亚先走出去，电梯门正在关上时，她向父亲摆手表示再见，然后留在走廊上，一直盯着电梯显示表上一个个显示的红色数字。

一回到房间，朱莉亚就在浴缸里放满热乎乎的水，然后把搁在浴缸边上的两瓶精油倒在水里，接着掉转脚跟，打电话叫楼层服务生给她送一碗五谷麦片和一盘水果。她顺便打开墙上面对床的液晶电视，然后脱下衣服放在床上，进入浴室。

❶在法语中，batterie本意为"电池"，引申意思为"体力"。

❦❦❦

　　克纳普对着镜子里的自己打量许久。他调整了一下蝴蝶结，再看了自己一眼，然后离开盥洗室。今晚八点整，他主办的展览将由文化部长在摄影大厦揭幕。这项展览计划耗费了他巨大的精力，同时也是一个对他的晋升具有决定性影响的赌注。如果今晚的活动举办成功，如果他的同行在第二天的报纸上称赞他的工作成果，那他很快就可以坐在编辑室入口的那间大玻璃办公室里。克纳普看了一眼大厅里的挂钟，他提前了一刻钟，还有足够的时间步行穿过巴黎广场，站在红地毯前的台阶下，迎接部长并接受电视台的拍摄。

❦❦❦

　　亚当把包装三明治的玻璃纸揉成一团，对着公园路灯杆旁的垃圾筒投过去。他没有瞄准，于是站起来，捡起油腻腻的玻璃纸。他一靠近草坪，就有一只松鼠抬起头，用后脚站立着。

　　"对不起，老兄。"亚当对着松鼠说，"我口袋里没有榛果，朱莉亚也不在这里。我们俩都被抛弃了。"

　　小松鼠盯着他。他每讲一句话，小松鼠就点点头。

　　"我想松鼠不喜欢肉类食物。"他一边说，一边将露在吐司面包外的火腿肉撕下来扔给它。

　　小松鼠不肯吃亚当给它的东西，于是沿着树干一蹦一跳地爬上去。一个慢跑的女人停在亚当身边。

　　"您在跟小松鼠说话吗？我也一样，我很喜欢它们一起跑过来的样子，还有它们的小脑袋动来动去的姿势。"

　　"我知道，女人们都觉得它们可爱得不得了，其实，它们跟老鼠是表兄弟。"亚当咕哝着说。

　　他把三明治丢入垃圾筒，双手插在口袋里离开。

❧❦❧

　　有人在敲门。朱莉亚抓起一只洗澡用的毛巾手套，匆匆忙忙地把脸上的面膜擦掉，然后踏出浴缸，套上一件挂在钩子上的浴衣。她穿过房间，把门打开让服务生进来，叫他把大托盘放在床上。她从皮包里拿出一张纸币，塞在签好字的账单里，然后交还给他。服务生一走，她就坐在床上吃起五谷麦片。朱莉亚拿着遥控器轮流换频道，想找一个不讲德语的电视节目。三家西班牙电视台、一家瑞士电视台，接着是两家法国电视台。她放弃看CNN电视台的战争报道——太残忍了；彭博电视台的股票课程——无聊透顶，她对数学一窍不通；意大利电视台的游戏节目——女主持人风格庸俗；最后她又从头开始。

❧❦❧

　　由两辆摩托车开路的车队已经到达。克纳普踮起脚，站在他旁边的人想抢在他前头，他伸出手肘挡住这个人，以保住先到场的同事为他保留的位置。黑色轿车已经停在他前面，一名贴身保镖打开车门，部长从车上下来，众多摄像机的镜头纷纷对准他。克纳普在展览负责人的陪同下往前走一步，向部长弯腰致礼，然后陪他走上红地毯。

⁕⁕⁕

朱莉亚浏览了一下菜单，若有所思。一碗五谷麦片吃得只剩下一颗葡萄干，水果碟上也只剩下两颗籽。真难选择，她在巧克力蛋糕、苹果卷、煎饼和三明治之间犹豫不决。她仔细看了看自己的肚子和臀部，然后把菜单扔在房间的角落。电视上的最后一则新闻正在报道一场名流云集、场面华丽的开幕仪式。身着晚礼服的名人们，在镁光灯的啪啪声中缓步走在红地毯上。一位柏林女演员或是女歌星，身上穿的一件格外雅致的礼服裙深深吸引了朱莉亚。在这群重要人物中，没有一张脸是她熟悉的，只有一个例外！她一下子跳了起来，掀翻托盘，跑到电视机面前。她确定自己认识这个刚走进会场大楼，正对着镜头微笑的男人。接着，摄像机的镜头转向勃兰登堡门的列柱。

"可恶的家伙！"朱莉亚一边大叫，一边冲进浴室。

⁕⁕⁕

酒店的前台主管肯定地对她说，那场晚会一定是在勃兰登堡基金会举行的。那栋大厦属于柏林最新潮的建筑之一，从大厦台阶的确可以清楚看到勃兰登堡门的列柱。至于朱莉亚提到的开幕仪式，毫无疑问，就是《每日镜报》主办的活动。沃尔什小姐没必要这么急着去，这场新闻图片展会一直持续到柏林墙倒塌纪念日，还有五个月的时间。沃尔什小姐要是很想去参加的话，他可以在明天中午之前弄到两张邀请卡。可是朱莉亚想的是，如何能立即找到一件晚礼服。

"沃尔什小姐，现在都快九点钟了！"

朱莉亚打开皮包，把里面所有的东西都倒在柜台上，然后把能找到的钱都挑出来，美元、欧元、零钱，甚至还找出一张从来不离身的德国马克，她摘下手表，然后双手把所有东西推到前台主管面前，好像一个赌徒正在绿色桌布上下注。

"不管是红色、紫色，还是黄色，都无所谓，求求您务必帮我弄到一件晚礼服。"

前台主管懊恼地看着她，左边的眉毛高高挑起。出于职业道德的驱使，他绝对不能让沃尔什先生的女儿身处困境。他一定会找到一个解决办法。

"把这些东西都放回皮包里去。"他说着，把朱莉亚带进洗衣间。

尽管四周一片漆黑，朱莉亚发现前台主管拿给她看的晚礼服真是美极了。他解释说，这件礼服是属于住在1206号房间的女客人的，服装店送来的时间正好不便打搅伯爵夫人。不用说，这件礼服绝对不能弄脏，而且朱莉亚要和灰姑娘一样，必须在午夜十二点的第十二下钟声敲响之前把礼服还给他。

他让她一个人留在洗衣间里，并叫她把自己的衣服挂在衣架上。

朱莉亚脱下衣服，小心翼翼地穿上那件精致的高级晚礼服。洗衣间里找不到镜子可以照，她便在一根架子的金属板上打量反射出来的身影。可是圆柱形的金属板上反射的身影完全变形。她散开头发，摸黑化妆，将皮包、长裤、套头衫全留在原地，然后沿着黑漆漆的走廊回到大厅。

前台主管向她做了个手势，朱莉亚不问什么就走过去。前台主管身后的墙上有一面大镜子，朱莉亚正想上前去看看自己的样子，这时他挡在前面，不让她照镜子。

朱莉亚又想走到镜子面前时，他说：

"不行，不行，不行！请小姐允许我……"

他从抽屉里拿出一张纸巾，擦掉朱莉亚涂到嘴唇外面的口红。

接着他一边让开，一边说道：

"您现在可以欣赏自己了！"

朱莉亚从未见过如此美丽的礼服，比她在所有高级服装店的橱窗里看到的任何一件礼服都要漂亮。

惊叹不已的她低声说：

"我真不知道要怎么感谢您才好！"

"是您让这件礼服的设计者感到荣幸。我担保这件礼服穿在您身上比穿在伯爵夫人身上还要适合一百倍。"他轻声说道，"我帮您叫了一辆轿车，车子会在会场等您，然后把您送回酒店。"

"我可以搭出租车。"

"穿这样的衣服上出租车，您在开玩笑吧！就把它当成是您的马车吧，一切包在我身上。您是灰姑娘，还记得吧？沃尔什小姐，祝您有个美好的夜晚。"前台主管一边说，一边送她上轿车。

到门口时，朱莉亚踮起脚，在前台主管的脸上亲了一下。

"沃尔什小姐，我还有最后一个请求……"

"尽管说吧！"

"我们运气很好，这件礼服很长。所以千万拜托，不要像刚才那样拉起下摆。您的帆布鞋和晚礼服完全不搭！"

❦

服务生把一道冷盘摆在桌上。托马斯为玛丽娜夹了一些烤蔬菜。

"你能不能告诉我，为什么在灯光暗得连菜单上的字都看不清的餐厅里，你还戴着太阳眼镜？"

玛丽娜回答："不为什么！"

托马斯开玩笑地回答：

"这个解释说明你很清楚为什么。"

"因为我不想让你看到我的眼神。"

"什么眼神？"

"就是眼神。"

"啊！对不起，我一点都不懂你在说什么。"

"我和你说的眼神，就是当我们女人跟你们男人在一起感到快乐的时候，你们从我们眼中看到的眼神。"

"我不知道这还会有特别的眼神。"

"你知道的，你和所有男人都一样，很了解这个眼神，承认吧！"

"同意！既然你这么说。可是为什么我不该看到你跟我在一起时，难得有一次的快乐眼神呢？"

"因为如果你看到的话，就会开始思索一个离开我的最佳方法。"

"你在说什么啊？"

"托马斯，大多数想打发寂寞的男人都会不带感情地交女朋友，他们嘴上有许多甜言蜜语，却绝口不提一句和爱情有关的话。这些男人最怕的就是有一天从他的女友眼中看到这种眼神！"

"说来说去到底是什么眼神？"

"就是会让你们以为我们女人疯狂爱上你的眼神！以为我们女人会提出进一步的要求。要求一些无聊的事，比方说度假计划，简单说就是计划！如果我们在街上看到一辆婴儿车，然后不小心对着你们笑，那一切就完了！"

"所以在你的黑色墨镜后面就是这个眼神吗？"

"你臭美啊！我眼睛痛，仅此而已。你想到哪里去了？"

"玛丽娜，你为什么要跟我说这些？"

"你决定什么时候向我宣布你要去索马里？在吃你的提拉米苏之前还是之后？"

"谁跟你说我要点提拉米苏的？"

"我认识你并和你一起工作两年了，我看着你生活的。"

玛丽娜把眼镜推下鼻梁，任由它落在盘子里。

"好的，我明天就走！不过我也是刚刚才知道的。"

"那你明天就要回柏林了是吗？"

"克纳普希望我从这里直接乘飞机去摩加迪沙❶。"

"你等着要去索马里已经等了三个月了，你等他的答复也等了三个月了，只要你的朋友动动手指头，你就完全服从！"

"那是为了要节省一天的时间，我们这样跑来跑去已经浪费了很多时间。"

"是他在浪费你的时间，而你是在帮他的忙。他需要你帮他获得晋升的机会，可是你不需要他帮你获得新闻奖。凭你的才华，你只要照一张狗在路灯下撒尿的照片就可以获奖了！"

"你到底想说什么？"

"要表达自己的想法，托马斯，不要一辈子都在逃避你喜欢的人，应该去面对他们。我是第一个。比如说，你可以对我说，你讨厌我的谈话内容，我们只是情人关系，我没有理由教训你。你也可以对克纳普说，不可能不先回家一趟而直接去索马里，你要先整理行李，和朋友们说再见！尤其是在无法预知什么时候才能回来的情况下。"

"可能你说得有道理。"

托马斯拿起自己的手机。

"你要干什么？"

"哦，你看，我在给克纳普发短信，让他把我的机票订在星期六从柏

❶ 索马里首都及第一大城市。

林出发。"

"你按下发送键后，我才能相信你！"

"然后我能看看这种眼神吗？"

"也许吧……"

❖◆❖

一辆豪华轿车停在红地毯前面。朱莉亚必须扭转身子下车，才不会让脚上的鞋子穿帮。她登上台阶时，一连串闪光灯在台阶顶端迎接她。

"我不是什么重要人物！"她对着不懂英语的摄影师说。来到门口时，接待员赞美朱莉亚身上那件华美绝伦的礼服。他的眼睛被拍摄她进入会场的镁光灯照得直冒金星，因而也没有顾上查看她的邀请卡。

展览大厅非常宽敞。朱莉亚环视人群，来宾们手里拿着酒杯，一边漫步，一边欣赏巨大的照片。朱莉亚向与她打招呼的人勉强挤出一个笑容，这是社交活动的例行动作。稍远的地方，一名女竖琴家坐在台上演奏莫扎特的曲子。朱莉亚在这个看似滑稽的场合中穿来穿去，到处寻找她要找的人。

一张差不多有三米高的照片吸引了她的注意。这张照片是在坎大哈山区，还是在塔吉克斯坦的山区拍摄的？又或许是在巴基斯坦边境？仅凭一名躺在壕沟里的士兵身上穿的制服，她无法做出确切的判断。一个孩子就在他的身旁，像是在鼓舞他的样子。就跟全世界的其他小孩一样，这个孩子也赤着双脚。

忽然一只手搭在她的肩膀上，把她吓了一跳。

"你没怎么变。你来这里做什么呢？我不知道你有被邀请。非常高兴见到你，你是不是碰巧路过我们这个城市？"克纳普正在问她。

"你呢，你在这里做什么？我以为你一直要出差到月底呢，这是我今天下午去你们报社找你时，人家对我说的。没有人告诉你这个消息吗？"

"我提前回来了。我直接从机场到这里来。"

"你还需要好好练习，克纳普，你的撒谎技术太差了。我很清楚我在说什么。最近几天，我在这方面积累了不少经验。"

"好吧，我承认。不过，我怎么想象得到是你来找我？二十年来我都没有你的消息。"

"十七年！你认识的其他人中也有叫朱莉亚·沃尔什的吗？"

"朱莉亚，我忘了你姓什么，我当然不会忘记你的名字，不过我没联想到一块儿。我现在是总编辑，很多人想把他们的无聊新闻卖给我，我不得不过滤一下。"

"感谢你的恭维！"

"朱莉亚，你为什么到柏林来？"

她抬起眼看着挂在墙上的那张照片。照片上的签名是一个叫 T. 乌尔曼的人。

朱莉亚带着伤感的语气说：

"托马斯有可能会拍下这张照片。"

"托马斯不当记者已经有好多年了！他甚至已经不住在德国了。他切断了和过去有关的一切。"

朱莉亚的心头像挨了一拳，仍旧强忍着不流露出任何情绪。克纳普继续说：

"他现在住在国外。"

"在哪里？"

"在意大利，还有他的妻子。我们不常联络，一年一次，不会更多，也不是每年都会。"

"你们关系闹僵了？"

"没有，一点都不是。只是生活的关系。我尽一切所能帮他实现理想，可是他从阿富汗回来之后，整个人都变了。你应该比我更清楚，不是吗？他选择了另外一条路。"

朱莉亚咬紧牙关，回答：

"我不知道，我什么都不知道！"

"我最近得知的消息是，他和他太太在罗马开了一家餐厅。现在要请你包涵一下，我还有其他客人要招呼。很高兴能再次见到你，遗憾的是见面的时间太短。你很快就要离开柏林了吗？"

朱莉亚回答：

"明天一早就走！"

"你还是没有告诉我，你这次来柏林的目的是什么？工作需要吗？"

"再见，克纳普。"

朱莉亚头也不回地离开。她加快脚步，一出玻璃大门，就在红地毯上跑起来，一直跑到等她的轿车前面。

⟨❖⟩

回到酒店后，朱莉亚急急忙忙地穿过大厅，打开通往洗衣间走廊的暗门。她脱下礼服，把它挂回原来的衣架，穿回自己的牛仔裤和套头衫。突然，她听到身后有人在咳嗽。

"您可以见人了吗？"酒店的前台主管问她。他一只手遮住眼睛，另一只手递给她一盒纸巾。

朱莉亚抽噎着说：

"不可以！"

前台主管抽出一张纸巾，从她的肩膀上递给她。

她说了一句："谢谢。"

"刚才您经过大厅的时候，我好像看到您脸上的妆有点花了。晚会离您期待的差距很大是吗？"

朱莉亚一边擤鼻子，一边回答：

"岂止是这样。"

"唉，有时候这种事就是会发生……出乎意料的事永远会有风险！"

"这当中没有一件事是在预料之内，该死的！这趟旅行、这家酒店、这座城市，还有这个毫无意义的热闹晚会，一切都不在预料之内。我以前过着自己想过的生活，现在为什么……"

前台主管向她走近一步，刚好她全身无力，倒在他的肩膀上。他轻轻拍着她的背，尽力想办法安慰她。

"我不知道什么事让您这么难过，不过，请允许我说一句话……我觉得您应该跟令尊谈谈您的伤心事，他一定会好好安慰您。您的运气真好，还有父亲在身边，你们父女俩看起来似乎很有默契。我确定他是一个懂得倾听别人心声的人。"

"说到这个，告诉您吧，您完全弄错了，而且错得离谱。我父亲跟我很有默契？他会听别人的心声？我们应该不是在讲同一个人。"

"小姐，我很高兴曾有很多机会为令尊服务，所以我可以向您保证，他一直是一位绅士。"

"再找不出比他更个人主义的人了！"

"我们的确不是在讲同一个人。我认识的这个人总是十分友善。他谈到您的时候，就好像您是他唯一的成就。"

朱莉亚一听，陷入沉默。

"去见见您的父亲吧，我相信他的耳朵很善于倾听。"

"我现在的生活中没有一件事是像样的。不管怎样，他现在在睡觉，他很累。"

"他应该已经恢复体力了，我刚给他送了一盘饭菜。"

"我父亲点了吃的东西？"

"小姐，我刚才说的就是这意思。"

朱莉亚穿上帆布鞋，然后在前台主管的脸颊上亲了一下，向他道谢。

前台主管对她说：

"别跟任何人说我们刚才谈过话，我可以信赖您吧？"

朱莉亚保证：

"我们根本没见过面！"

"那我们可以把这件衣服放回套子里去，免得把它弄脏吗？"

朱莉亚举起右手，对着示意她离开的前台主管微笑。

她穿过酒店大厅，乘坐电梯上楼。电梯停在六楼时，她犹豫了片刻，然后按下顶楼的按钮。

在走廊上就能听到电视机里传出的声音。朱莉亚伸手敲门，她的父亲立刻过来开门。

他一边躺回床上，一边说：

"你穿上那件礼服真是美呆了。"

朱莉亚看到电视台的晚间新闻正在重播开幕仪式。

"很难错过如此美丽的亮相镜头。我从没看见你这么高雅，所以这更加坚定了我的想法，你早就该丢掉那些破洞牛仔裤了，现在你已经过了穿这种衣服的年龄。如果我事先知道你的计划，我会陪你一起去。我会很骄傲地挽着你的手臂参加开幕仪式。"

"我没有任何计划。我正好也在看同一个电视节目，看到克纳普出现在红毯上，所以就跑去了。"

"有意思！"安东尼坐起身，"对一个自称一直到月底都不在柏林的人来说……要么他撒谎，要么他有分身术。我能不能问一下你们见面的结果如何？我觉得你的样子好像很难过。"

"我说得没错，托马斯结婚了。你也说得没错，他不再当记者了……"朱莉亚一边向父亲解释，一边坐在沙发上。她看着前面茶几上的托盘。

"你给自己叫晚餐吃吗？"

"我是替你叫这顿晚餐的。"

"你知道我会来敲你的门？"

"我知道的要比你能想得到的还多。当我看到你出现在开幕仪式上，我很了解你对社交活动的反感，所以我知道一定发生了什么事。我想一定是托马斯出现了，所以你才会在晚上九点多的时候溜出去。其实，前台打电话问我可不可以替你叫辆轿车时，我就是这么想。我叫人准备了一些甜点，万一你的晚会不如预期的话，可以填饱一下肚子。打开盖子吧，里面只是煎饼，不能取代爱情，不过配上旁边那罐枫糖浆的话，足已消除糟糕的心情。"

<hr />

在隔壁房间里，伯爵夫人同样也在看晚间新闻。她请丈夫第二天提醒她，要打电话给她的朋友卡尔表示祝贺。然而，她必须向他郑重声明，下次替她设计礼服时，最好是独一无二的定制，不要让她看到另一个年轻女子也穿着同样的礼服，更何况人家穿起来比她更合适。卡尔当然会明白她将退还那套晚礼服。那件礼服虽然华美绝伦，但在她眼里已经没有任何价值了！

<hr />

朱莉亚把开幕展上发生的事情一五一十地告诉父亲。心血来潮赶去参

加那该死的晚会，和克纳普的交谈，然后哭哭啼啼地回来，可是心中不明白也不承认，为什么自己的情绪会如此激动。并不是因为她知道托马斯已经有了新生活，这点她一开始就猜到了，他怎么可能不这么选呢？但是最让她痛苦的，甚至也不清楚为什么自己会痛苦的，就是听到他放弃当记者的那一刻。安东尼认真地听她说话，从头到尾都没有插嘴，也没有评论。朱莉亚吃完最后一块煎饼后，感谢父亲给她的这份惊喜，这些甜点虽然不能帮她理清思绪，但是一定能让她增加一公斤的体重。留在这里已经没有任何意义。不管是否存在人生的预兆，已然没什么可继续追寻的了，剩下要做的事，就是让自己的生活重新步入正轨。睡觉之前，她会先整理好自己的行李，第二天一早，他们俩就可以搭乘飞机回去。走出父亲的房间之前，她又说了一句，这一次她有种似曾相识的感觉，更确切地说，已经有过太多次同样的感觉。

在走廊上，朱莉亚脱掉鞋子，沿着工作人员的专用楼梯走下去，回到自己的房间。

朱莉亚一离开，安东尼立刻拿起电话。旧金山现在是下午四点，第一声电话铃一响，对方就接起电话。

"我是比盖茨！"

"打搅到你了吗？我是安东尼。"

"老朋友没什么打搅不打搅的，好久没听到你的声音了，有何贵干？"

"在你力所能及的范围内，我想请你帮个忙，做个小小的调查。"

"我退休之后的日子无聊透顶，就算你打电话来对我说你丢了一把钥匙，我还是很愿意效犬马之劳！"

"你跟边境警察还保持联系吗？签证处有没有认识的人能帮我们做一个调查？"

"我还是有一两手的，可别把我看扁了！"

"哦，那我需要你的手越多越好，事情是这样的……"

两个老头子之间的谈话持续了半小时。比盖茨探长向安东尼保证，一定会尽快找出他所要的消息。

❧ ❦ ❧

纽约现在是晚上八点。古董店的门上挂着一个小牌子，告知客人商店一直要关到明天早上。斯坦利正在店内组装当天下午刚收到的一个十九世纪末期的书架。这时，亚当在玻璃橱窗上敲了几下。

斯坦利躲在碗柜后面，叹了口气：

"缠死人了！"

"斯坦利，是我，亚当！我知道你在里面！"

斯坦利蹲在地上，屏住呼吸。

"我带了两瓶拉菲庄园的红酒！"

斯坦利缓缓地抬起头。

亚当在街上大喊：

"年份是1989的红酒！"

古董店的大门敞开了。

"对不起，我刚才在整理东西，没听到你的声音。"斯坦利一边说，一边请客人进屋，"你吃过晚餐了吗？"

·······················

托马斯伸了伸懒腰，小心翼翼地从床上下来，不想吵醒睡在他身旁的玛丽娜。他沿着蜗牛形的楼梯下楼，穿过位于复式公寓下层的客厅，走到吧台后面，把一只杯子放在咖啡机的喷嘴下，再用毛巾盖住机器来减弱噪音，最后按下开关。他滑开落地窗，站在阳台上，享受正在抚摸着罗马城屋顶的晨曦。他往栏杆靠过去，俯视楼下的街道。一名送货员正卸下装满蔬菜的柳条筐，搁在杂货店门口，这家店就在玛丽娜家楼下的咖啡馆旁。

他闻到一股面包烤焦的味道，接着听到一连串意大利语的咒骂声。玛丽娜穿着浴衣走出来，一脸的不愉快。

"两件事！"她说，"第一件，你全身光溜溜，我很怀疑对面的邻居是否会喜欢在早餐时间欣赏你。"

"那第二件呢？"托马斯没有回头，问道。

"我们到楼下去吃早餐，家里没有吃的东西了。"

托马斯半开玩笑地问她：

"我们昨天晚上不是才买了拖鞋面包吗？"

玛丽娜边走回屋内，边回答：

"赶快穿衣服！"

托马斯咕哝着说：

"至少该说声早安吧！"

住在街对面的一位老太太正在阳台上浇花，她伸手向他打了一个热情的招呼。托马斯对她微微一笑，然后离开阳台进入屋内。

八点钟不到，天气已经很炎热。咖啡馆老板正在整理门面，托马斯帮他把遮阳伞放在人行道上。玛丽娜坐在椅子上，从装满小面包的篮子里抓起一个羊角面包。

"你打算整天都摆出这副表情吗？"托马斯也拿起一个羊角面包。"因为我要走，所以你生气了？"

"现在我终于明白你托马斯是什么地方吸引我了，你很会随机应变。"

咖啡馆老板给他们送上两杯热腾腾的卡布奇诺。他望了望天空，祈祷傍晚之前能下一场雷阵雨，然后他恭维了玛丽娜一番，说她今早看起来特别漂亮，然后向托马斯眨眨眼睛，最后走回店里。

托马斯继续说：

"我们最好别破坏早晨的气氛。"

"说得也是，真是好主意。那你为什么不把羊角面包吃完，然后上楼扑到我身上，接着再到我的浴室里好好冲个澡，而我就像傻乎乎的女佣替你整理行李。在门口亲吻告别后，你就消失三个月，或是永远消失。哦！什么都不要回答，你现在不管说什么都很愚蠢。"

"那你跟我一起走！"

"我是驻地通讯员，不是记者。"

"我们一起走。今晚我们在柏林住一晚，明天我再坐飞机去摩加迪沙，你就回罗马。"

玛丽娜扭头向老板招手示意，要他再送一杯咖啡过来。

"你说得有道理，在机场说再见，那要好得多，来点肉麻的告别语不会有坏处，不是吗？"

托马斯接着说：

"不会有坏处的是，你到报社编辑室和大家见个面。"

"喝咖啡要趁热！"

"你要是同意，而不是乱发脾气的话，我就去给你买机票。"

* * *

门缝底下有一个信封。安东尼皱着脸，弯下腰捡起它。他打开信，阅读发给他的电报。"抱歉，我还没有完成使命，不过我不会放弃。希望晚些时候能够有结果。"电报的署名是GP，乔治·比盖茨的姓名缩写。

安东尼坐在豪华套房里的书桌前，给朱莉亚草草地写了张便条。接着，他打电话叫前台帮他叫了一辆轿车。他离开房间，到六楼待了一会儿。他轻轻地走到朱莉亚的房门前，把字条塞进门缝，便立即离开。

他对司机说：

"请到卡尔·李卜克内西街31号。"

黑色轿车随即启动。

❦❧

　　朱莉亚迅速喝完一杯绿茶，随后取下衣柜格子上的行李箱搁在床上。起先，她把衣服一件件折好，可是到最后，还是把它们随意堆到箱子里。她暂时放下整理行李的工作，走到窗台前面。蒙蒙的细雨正从柏林上空飘落。窗台下的街道上，有一辆轿车刚刚开走。

❦❧

　　玛丽娜在房间里喊道：

　　"要是想让我把你的盥洗包收进行李袋，你就赶快拿给我。"

　　托马斯把头伸进浴室。

　　"我可以自己整理行李。"

　　"乱七八糟！你是可以自己整理行李，不过总是整得乱七八糟，而且我又不能在索马里帮你熨衣服。"

　　托马斯担心地问她：

　　"你给我熨过衣服了？"

　　"没有！不过我可以这么做。"

　　"你决定了吗？"

　　"你是想知道，我是现在还是明天把你赶出去？算你运气好，我决定去拜访一下我们未来的总编辑，这对我的前途大有好处。对你来说是个好消息，因为这和你去柏林没有任何关系，而且你还有机会多跟我共度一个夜晚。"

托马斯对她说：

"我非常乐意。"

"真的吗？"玛丽娜一边说，一边拉上他行李袋的拉链，"我们必须在中午之前离开罗马，你打算整个早上都霸占浴室吗？"

"我一直以为我和你当中我才是爱发牢骚的那个。"

"老兄，是你把毛病传染给我的，这可不是我的错。"

玛丽娜把托马斯推进浴室，解开他浴袍的带子，然后把他拉到淋浴头下。

❖

黑色奔驰轿车转入岔道，最后停在一排灰色建筑物前的停车场上。安东尼叫司机等他，说他大概一个小时后回来。

他踏上有雨篷遮挡的台阶，走进保存着前东德国安局档案的大楼。

安东尼走到前台小姐前面，向她问路。

他走在那条走廊时有种脊背发凉的感觉。走廊两旁的橱窗内展示着各色各样的麦克风、摄影机和照相机，还有用来秘密开启信件的蒸汽吹风机，以及在偷偷阅读、复印和归档信件后，用来重新封闭信件的上胶机。在这里，侦查全国人民日常生活的工具应有尽有，人民只是警察国家的囚徒。随着时代的变迁，从宣传单、宣传手册演变成越来越精密的窃听系统。为了确保极权国家的安全，几百万人民就这样被监视、被审判、被列入可疑分子的名单。沉浸在思绪中的安东尼停留在一张审问室的照片面前。

我知道我是不对的。柏林墙一旦倒塌，民主的进程已无法逆转，可是朱莉亚，又有谁能肯定呢？是那些亲身经历过布拉格之春的人，还是一直对无数罪行和不公听之任之的西方民主人士？今天谁敢保证俄罗斯能从此摆脱昔日的独裁？是的，我害怕，我非常害怕专制政权将刚打开的自由之门再次关上，把你囚禁在极权的枷锁内。我害怕，我会变成一个与女儿永别的父亲，并不是因为她做了这个选择，而是因为独裁会替她决定。我知道，你会在心底永远责怪我，可是万一事情往坏的方向发展，那我永远不会原谅自己没有前来找你，在内心某处，我向你承认，我很高兴自己是不对的。

走廊深处有一个声音在询问：

"您有什么事吗？"

安东尼结结巴巴地说：

"我要找些档案资料。"

"是在这里，先生，我能帮什么忙吗？"

柏林墙倒塌几天之后，东德的政治警察预感到他们的政权必将走上崩溃之路，于是开始销毁所有能证明他们行径的文件。可是，如何以最快的速度，把这些在将近四十年的极权统治下编纂的几百万份个人档案完全销毁呢？1989年12月开始，获知他们想销毁文件的群众开始包围国家安全局的各个分部。每一个东德城市的群众都占据了国安局的办公楼，阻止他们摧毁整整长达一百八十公里的档案。今天，这些档案已经完全向公众开放。

安东尼要求阅览一个名叫托马斯·梅耶的人的相关档案，他以前住在东柏林夸美纽斯广场2号。

工作人员向他道歉：

"先生，很抱歉我不能答应您的要求。"

"不是有一项法律规定档案可以向公众开放吗？"

"没错，不过这项法律也同样规定要保护公民的隐私权，避免滥用私人信息对其隐私权造成的侵犯。"这名工作人员引述了一段早已烂熟于心的条文。

"在这点上，如何解释法律条文显得尤为重要。如果我没弄错的话，这项和我们息息相关的法律的首要目的，就是允许每个人都有权阅览国家安全局的档案，以明白这个机构对自身命运的影响，不是吗？"这一次，安东尼把挂在门口牌子上的条文照念了一遍。

"是的，当然是。"档案管理员嘴上承认，心中却不明白这位来客到底想说什么。

"托马斯·梅耶是我的女婿。"安东尼面不改色地撒着谎，"他现在住在美国，而且我很高兴地向您宣布，我马上就要当爷爷了。有一件事很重要，相信您也会承认，有一天他必须能够和孩子们谈谈自己的过去。谁不希望能这么做呢？您也有孩子，您叫……"

"我叫汉斯·迪特里希！"档案管理员答道，"我有两个可爱的女儿，她们叫艾玛和安娜，一个五岁，一个七岁。"

"太好了！"安东尼一边惊叹，一边双手合掌，"您一定很幸福。"

"我幸福得快要晕掉！"

"可怜的托马斯，少年时代所遭遇的不幸对他来说实在太痛苦，因此他无法亲自来到这里。我是以他的名义远道而来，希望给予他重新接纳自己过去的机会。谁知道呢，也许有一天，他会有勇气带着自己的女儿回到这里，因为，从您身上，我知道我们会有一个女儿。他将带着他的女儿回到祖先的土地上，让她能够找回自己的根。亲爱的汉斯，"安东尼语气郑重地说，"这是一个未来祖父和一位有着两个漂亮女儿的父亲在谈话。请您帮帮我，帮帮您的同胞托马斯·梅耶的女儿。希望您的慷慨让她获得我们期望她享有的幸福。"

汉斯·迪特里希被深深地打动，一时不知所措。这位访客湿润的双眼将他完全瓦解。他拿出一块手帕给安东尼。

"您说他的名字叫托马斯·梅耶是吗？"

安东尼回答：

"就是这个名字！"

"请您在阅览室坐一会儿，我去看看有没有他的档案。"

一刻钟之后，迪特里希把一个铁质文件箱放在安东尼面前的桌子上。

"我想我找到有关您女婿的档案了。"他满面春风地说，"我们运气好，这份档案没有损毁。想要恢复被撕毁的档案，这可不是马上就能完成的工作，我们还在等待需要的经费。"

安东尼热情地向他道谢，然后露出尴尬的眼神看着他，暗示现在自己需要点私人空间来研究女婿的过去。迪特里希立刻离开，安东尼开始阅读这名年轻人始于1980年的厚重档案。这名年轻人被监视了整整九年，几十页的纸上记录着他的行为举止、人际交往、个人才能、文学嗜好、私人和公共场合的谈话详细记录、思想观点、对国家的忠诚度。甚至他的抱负、理想、第一次的恋爱、第一次的经验以及第一次的失望，所有构成托马斯个性的点点滴滴都没有遗漏。安东尼的德文阅读能力并不太好，因此不得不请迪特里希帮他解释档案的最后一页，这是一九八九年十月九日做过最后一次修订的总结报告。

托马斯·梅耶，父母双亡，是一名思想不纯正的大学生。他从小最好的朋友兼邻居逃往了西方。此人叫尤根·克纳普，他翻过围墙，可能躲在一辆车子的后座底下，之后再也没有回到德意志民主共和国。没有证据证明托马斯·梅耶曾出手协助，从他向国安局线民说出他朋友计划时的坦白态度来看，可以确定他的清白。维护档案内容的工作人员因此发现了逃亡计划，不幸的是发现太晚，无法逮住尤根·克纳普。但是托马斯与背叛国家的罪人关系密切，而且他未能提前揭发朋友的逃亡计划，因此不能被认作民主共和国的优秀分子。单看档案上提到的记录，可以知道他未被追究，但是很明显，他将永远无法担任政府机构的任何重要职务。报告还建议要对他加强监视，确保他以后和老友或其他任何西方人士都没有来往。在修订或者终结档案之前，有必要对他观察到三十岁为止。

迪特里希读完了报告。他无法掩饰内心的惊愕，将提供档案的线民名字念了两遍，确定自己没有弄错。

"谁能想到会有这种事呢！"安东尼看着报告最下方的署名，"真令人难过！"

迪特里希也感到同样的难过，完全同意他的看法。

安东尼感谢他给予的可贵帮助。档案管理员注意到一个细节，犹豫了片刻，最后对他说出自己刚才发现的一件事。

"有件事和您此行的目的有关，我觉得有必要告诉您。您的女婿一定也和您一样发现了这件令人难过的事，档案封面的内页里有一段旁注，证明他本人看过这份档案。"

安东尼向迪特里希表达感激之情，并表示会尽其所能提供资金，协助档案的修复工作。现在的他比以往更能体会到，了解自己的过去才能让人更深刻地认识自己的未来。

安东尼离开档案中心后，觉得需要透个气让情绪平复一下。他走进停车场旁边的一座小花园，在里面的长板凳上坐一会儿。

他重新思考迪特里希向他透露的细节，然后他抬眼望天，大声叫了起来：

"我怎么没有早一点想到这件事呢！"

他站起身，向轿车走过去。一进车内，他就拿起手机拨通了一个旧金山的电话号码。

"我吵醒你了吗？"

"怎么没有，现在是凌晨三点钟！"

"很抱歉，因为我想我得到了一个重要消息。"

比盖茨打开床头灯，拉开床头柜的抽屉，找出一支笔，然后说：

"请讲！"

"我现在有足够的理由相信我们要找的人已经改名换姓，他想永远不再使用以前的姓氏，或者说，他希望尽可能不要想起这个姓氏。"

"为什么？"

"说来话长……"

"你知不知道他的新名字？"

"一点都不知道！"

"很好，你半夜三更打电话来是对的，这对我的调查工作大有帮助！"比盖茨语气嘲讽地回答，然后挂掉电话。

他关掉床头灯，交叉着双臂搁在脖子后面，却丝毫没有睡意。半小时后，他的妻子下令叫他去工作。此时天还未亮，她实在受不了丈夫在床上翻来覆去，她可打算再睡个回笼觉。

比盖茨穿上睡衣，气鼓鼓地走进厨房。他给自己准备了一份三明治，在两片面包上涂了一层厚厚的黄油，反正娜塔莉现在不会在这里为胆固醇教训他。他带着早餐来到书房，坐在书桌面前。有些机构是24小时不会关门的，他拿起电话，打给一个在海关工作的朋友。

"如果一个合法改姓的人进入我们的国境，资料上会不会登记他原来的姓氏？"

对方答道：

"是哪个国家的人？"

"德国人，在德意志民主共和国出生。"

"这种情况下，需要在我们的领事馆申请签证，极有可能会在某个地方留下记录。"

比盖茨问他：

"你手边有笔吗？"

"老兄，我的面前就是键盘。"他的朋友里克·布莱姆回答。后者是肯尼迪机场移民局的官员。

❧❧❧❧

奔驰轿车正在开往酒店的路上，安东尼凝视着窗外的风景。一家药房门外的发光招牌上，不断轮流显示着日期、时间以及室外的温度。此时，柏林时间马上就要十二点了，气温是二十一摄氏度……

安东尼喃喃自语：

"只剩下两天时间了。"

❧❧❧❧

朱莉亚把行李放在脚旁，一个人在大厅里来回踱步。

"我向您保证，沃尔什小姐，我真的一点都不知道令尊去哪儿了。今天一早，他要我们帮他叫一辆轿车，但是对我们没有任何说明，他出去后就再没回来。我试着跟他的司机联络，可是他的手机关机了。"

前台主管看着朱莉亚的行李。

"沃尔什先生并没有跟我说要改变行程，也没说你们今天就要离开。您确定他是这么决定的吗？"

"这是我的决定！我和他约好今天早上在这里碰面，飞机下午三点钟起飞。如果想赶上巴黎飞往纽约的航班，这可能是最后一班。"

"你们也可以在阿姆斯特丹转机，这样还能节省一些时间，我很乐意为你们处理这个问题。"

"那就请现在处理吧。"朱莉亚边回答，边伸手搜口袋。

朱莉亚绝望地把头靠在服务台上，前台主管惊讶地看着她。

"小姐，有什么问题吗？"

"机票在我父亲身上！"

"我想他很快就会回来，不用担心，如果您想在今晚回到纽约，时间还来得及。"

这时，一辆黑色轿车停在酒店门口，安东尼从车上下来，穿过旋转门。

"你上哪儿去了？"朱莉亚朝他走过去，"我可担心死了。"

"这可是我第一次看到你关心我在做什么，或者说担心我可能出了什么事，今天真是个好日子！"

"我担心的是，我们会赶不上飞机！"

"什么飞机？"

"我们昨天晚上说好今天要回去的，你还记得吗？"

前台主管打断了他们的谈话，交给安东尼一封刚刚发给他的传真。安东尼把信打开，一边读传真内容，一边看着朱莉亚。

他兴奋地回答：

"当然记得，不过那是昨晚的事。"

他看了一眼朱莉亚的行李，然后叫行李生把她的行李送回房间。

"来吧，我带你去吃午饭，我们要好好谈一谈。"

她担心地问道：

"谈什么？"

"谈谈我！好了，别这副脸色，你放心吧，我刚才是开玩笑……"

两人坐到露天座的位置上。

闹钟的铃声把斯坦利从噩梦中惊醒。他一睁开眼睛就感到偏头痛，这是昨晚饮酒过度的后遗症。他从床上爬起来，摇摇晃晃地走进浴室。

看到镜子中自己难看的脸色，他发誓整月绝对不再碰一滴酒，其实不算苛刻，因为今天已经是二十九号了。除了锤骨似乎在太阳穴下不断跳动外，他感觉今天应该是个舒适的好天气。吃早餐时，他想给朱莉亚打电话，说他要去办公室找她，然后两人到河边去绕一圈。他皱了皱眉头，逐渐想起他最好的朋友现在不在纽约，而且昨天晚上没有和他联络说明她的近况。但是他怎么也想不起来，在昨晚豪饮美酒的那顿晚餐中，自己到底说了些什么话。直到后来喝了一大口茶，斯坦利才开始自问，在昨晚和亚当单独相处时，他会不会不小心把"柏林"这两个字给说出来了。冲过澡后，他在考虑是否有必要通知朱莉亚，告诉她那块在他心中不断弥漫开来的疑云。他也许有必要给她打个电话……或许没必要！

"会撒谎的人永远会撒谎!"安东尼一边大声说话,一边把菜单递给朱莉亚。

"这些话你是对我说的吗?"

"亲爱的,不要以为地球只围着你转!我是指你的朋友克纳普!"

朱莉亚把菜单放在桌上,并示意正要过来的服务生回去。

"你在说什么?"

"我在柏林的一家餐厅里和你吃饭,我能说什么呢?"

"你发现了什么事?"

"托马斯·梅耶,又名托马斯·乌尔曼,是《每日镜报》的记者。我完全可以零风险地打赌,他每天都跟那个和我们瞎扯的小混蛋一起工作。"

"克纳普为什么要撒谎?"

"这个你自己去问他吧。我猜他有他的理由。"

"你是怎么知道这些消息的?"

"我有超能力!这是变成机器人的好处之一。"

朱莉亚一脸泄气地看着父亲。

"为什么不能呢?"安东尼继续说,"你能创造出会和孩子说话的天才动物,难道我就没有权利在我女儿眼中拥有一些特异功能吗?"

安东尼想把自己的手伸向朱莉亚的手,然而他改变主意,拿起一只杯子放在嘴边,准备喝水。

朱莉亚喊道：

"那是水。"

安东尼吓了一跳。

朱莉亚的大叫引起了周围客人的注意，她十分尴尬，低声说：

"我想这对你的电路不是很好。"

安东尼眨了眨眼睛。

"我想你刚才救了我一命……"他一边说，一边把杯子放下，"不过，这要看你怎么说！"

朱莉亚问道：

"你是怎么知道这些事的？"

安东尼看了女儿许久，决定不把早上去国安局档案中心的事告诉她。毕竟，获得结果才是最重要的。

"我们可以改变姓氏发表文章，但是要通过海关检查，那就是另外一回事了！我们在蒙特利尔看到那张让你出神的画像，说明他去过那里，因此我在想，他很有可能也顺道经过美国。"

"你真的是有超能力！"

"是因为我有一个在警察局工作的老朋友。"

朱莉亚轻声说：

"谢谢你。"

"你打算怎么做？"

"我正在想。我只是很高兴，托马斯终于实现了他的梦想。"

"你知道他什么事？"

"他一直想当记者。"

"你以为这是他唯一的梦想吗？你真的希望有一天他回顾自己的一生，所看到的只是一本相册吗？事业，可笑的借口！你知道有多少人在孤独的时刻才明白，他们以为一生追求的成功已经离他们很近，而事实却是相去甚远，更不要说他们自己了。"

朱莉亚注视着父亲，猜想他的笑容背后一定隐藏着哀伤。

"我问你，朱莉亚，你打算怎么做？"

"最明智的决定肯定是回柏林。"

"多妙的口误！你刚才说柏林，可是你住在纽约。"

"那只是巧合罢了。"

"真有意思，要是在昨天，你会说这是个预兆。"

"就像你刚才说的，那是在昨天。"

"朱莉亚，你要明白，我们不能在充满悔恨的回忆中过日子。幸福需要有坚信作为基础，哪怕只是那么一点点。你必须自己做出抉择。我以后不会再替你决定事情，况且很久以来就已经不是我说了算，但是你要当心孤独，它是个危险的伴侣。"

"你呢，你体验过孤独吗？"

"我经常与孤独为伍，假如你想知道有多久，那我告诉你，已经有很多很多年了。不过，我只要一想到你，孤独便会立即离开。应该说，我现在对某些事情有所觉悟，当然已经有点晚了。但是我没什么好抱怨，大部分像我这样的傻瓜都不会有天上掉馅饼的好事，哪怕只是掉几天的馅饼。哦，对了，这是我一直想说的一句话：我很想你，朱莉亚，而现在我再也没有机会去挽回那些失去的时光。我像白痴一样任由时间流逝，因为我必须工作，因为我认为自己有责任，有一个角色要扮演，然而我生命中唯一的真正舞台是你。好了，我的废话说完了，你和我都不像是唠叨的人。我很愿意陪你去揍一顿克纳普的屁股，叫他说出实话，但是我很累，而且我跟你说过了，那是属于你自己的生活。"

安东尼歪着身子去拿放在旁边桌子上的报纸。他打开报纸，开始阅读新闻。

朱莉亚的喉咙有点哽咽，说：

"你不是说过你看不懂德语吗？"

安东尼翻过一页报纸，问：

"你还在这里吗？"

朱莉亚叠好餐巾放回桌上，把椅子往后挪，然后起身。

她一边走，一边说：

"我一见到他就打电话给你。"

安东尼望着窗外，说：

"哦，报上说傍晚的时候会出太阳。"

朱莉亚已经走到人行道上，她招手叫了一辆出租车。安东尼把报纸叠回去，叹了一口气。

出租车停在罗马菲乌米奇诺机场的航站楼前。托马斯结账后绕到车子的另一边，替玛丽娜开车门。完成登记和安检后，托马斯将行李背在肩上，看了看手表，飞机一个小时之后起飞。玛丽娜在商店橱窗前闲逛，他握住她的手，把她拉进一家酒吧。

他向柜台叫了两杯咖啡，然后问玛丽娜：

"你今晚想干什么？"

"参观你的房子，我一直想看看你家是什么样子。"

"只有一个大房间，靠窗放着一张书桌，对面贴墙的地方摆了一张床。"

玛丽娜说道：

"这对我已足够了，不需要其他的东西。"

<hr/>

朱莉亚推开《每日镜报》的大门，往接待处走去。她要求和克纳普见面，前台小姐拿起了电话。

"请您告诉他一声，我会在这个大厅一直等到他来为止，就算需要一个下午我也会等。"

透明的玻璃电梯慢慢往一楼降落，克纳普靠在玻璃上，眼睛一直盯着访客。朱莉亚正在张贴着当日新闻的橱窗前踱来踱去。

电梯门打开，克纳普走进大厅。

"朱莉亚，有什么事我能为你效劳？"

"那就先告诉我你为什么要撒谎！"

"请跟我来，我们去找个安静点的地方。"

克纳普领着她往楼梯方向走过去。他请她先坐在咖啡机旁的小会客室，然后从口袋里掏了些零钱出来。

他一边向自动贩卖机走去，一边问她：

"要咖啡还是要茶？"

"什么都不要！"

"朱莉亚，你是为了什么事到柏林来？"

"你的观察力这么不敏锐吗？"

"我们将近二十年没见面了，我怎么能猜到你到这里来是为了什么？"

"托马斯！"

"过了这么多年后，你跟我说这话，真是令人吃惊。"

"他在哪里？"

"我跟你说过了，他在意大利。"

"我知道，和他的太太和孩子们在一起，并且放弃了做记者。但是，这个故事的全部或者部分是假的。虽然他改了姓氏，但是他仍然是个记者。"

"你既然都知道了，为什么还要在这里浪费你的时间呢？"

"如果你想玩一问一答的游戏，那你就先回答我的问题。为什么你要向我隐瞒事实呢？"

"你要我们互相之间问些真正的问题是吗？那我倒有几个问题想问你。你到底有没有想过托马斯是不是希望和你再次见面？你凭什么突然就这样又一次出现？难道就因为你认为时机到了？还是你脑袋里突然冒出这个念头？你从另外一个时代冲进来，可是现在没有柏林墙要推倒，没有革命要进行，没有令人激情澎湃的事件，也没有了疯狂之举！剩下的是一点理智，成人的理智，在现实的生活中尽力向前走，创造属于自己的事业。朱莉亚，从这里滚开，离开柏林，回你家去。你已经把人整得够惨了。"

朱莉亚的双唇在剧烈地颤抖：

"我不许你对我说这种话。"

"我没有权利这么说？那我们继续做一问一答的游戏。当托马斯被地雷炸伤的时候，你在哪里？当他跛着脚从喀布尔回来时，你在飞机的舷梯下接他了吗？你每天陪他做康复治疗了吗？当他绝望时，你在他身边安慰他了吗？别问为什么，我知道答案，因为你不在他身边他是多么痛苦！你所带给他的痛苦和孤独，你有没有想到底有多深，时间有多久呢？你能想象出这个伤心欲绝的白痴，居然还在替你辩护吗？而我却想尽一切办法让他能够恨你。"

朱莉亚泪如雨下，但克纳普并没有闭上嘴巴。

"你知道过了多少年之后，他才开始接受现实，不再成天想着你吗？晚上我们一起在柏林的任何角落散步，他都会跟我提起你们之间的过去。因为一家咖啡馆、公园的一条长板凳、酒吧的一张桌子、一条运河的堤岸，他都会想起过去的回忆。你知道他错过了多少与其他女人相识的机会？你知道有多少爱他的女人因为你的香水味，或是你那些令他发笑的蠢话而灰心？

"我不得不对你的一切了如指掌。你皮肤的肌理，你早晨时让他觉得可爱而我却觉得莫名的小情绪，你早餐吃什么，你扎头发和画眼线的方式，你喜欢穿的衣服款式，你在床的哪一侧睡觉。你每星期三钢琴课上学的曲子我不得不听一千遍，因为灵魂破碎的他，周而复始、年复一年地弹奏着这些曲子。我还不得不看那些你用水彩笔或铅笔画的图画，看那些他每个名字都很熟悉的无聊动物。不知道有多少次我看到他停在橱窗前面，因为你会喜欢那件衣服，因为你会喜欢那幅画，因为你会喜欢那束花。我多少次都在思考，你到底在他身上施了什么魔法，能让他想念你到这种地步？

"当他终于开始好转的时候，我总是害怕在路上碰到一个和你身材相似的人，碰到一个会让他重蹈覆辙的幽灵。这条通往自由的道路很漫长。你问我为什么要撒谎？我希望你现在明白答案是什么了。"

朱莉亚情绪激动得说不出话来，结结巴巴地说：

"我从来没想让他受到伤害，从来都没想过。"

克纳普拿起一张纸巾递给她。

"你为什么哭呢？朱莉亚？你现在的生活怎么样？你结婚了吗？也许又离婚了？有几个孩子？因为工作才调到柏林来？"

"你没必要这么残忍！"

"你可没资格说我残忍。"

"你什么都不知道……"

"可是我能猜到你的心思！二十年过后，你改变主意了，是不是这样？现在太晚了。他从喀布尔回来后就给你写了封信，不要不承认，那时我还在他旁边帮他想一些措辞。在等待你过来的那几个月间，每个月的最后一天他都神情沮丧地从机场回来，那时我都在他身边。你已经做出了选择，他尊重你的选择，从来就没有怪过你，这就是你想知道的是吗？那你可以安心离开了。"

"克纳普，我从来就没做过选择，托马斯的那封信，我是前天才收到的。"

⚜

飞机正在穿过阿尔卑斯山脉。玛丽娜的头搁在托马斯的肩膀上，酣然入睡。托马斯拉下小圆窗的窗板，然后闭上眼睛想睡会儿觉。再过一个小时，他们就要抵达柏林。

⚜

朱莉亚将自己的遭遇从头到尾说了一遍，克纳普一直都没有打断她。她也同样花了很长的时间，才把原以为逝去的人最终埋葬在心底。说完她的故事后，她起身向克纳普表达最后的歉意，请他原谅自己在无意且无知的情况下，对托马斯造成的伤害。她向托马斯的朋友道别，并且要他发誓，绝对不要向托马斯提起她到柏林的事。克纳普默默注视着她走在通往楼梯的长廊上的背影。当她正要踏上第一级台阶时，他喊她的名字。朱莉亚转过头看着克纳普。

"我不能遵守这个誓言，我不愿失去我最好的朋友。托马斯现在就在飞机上，他的航班在四十五分钟后抵达柏林，他从罗马飞过来。"

❖

　　三十五分钟，这是到达机场需要的时间。朱莉亚乘上出租车后就对司机声明，如果他能准时抵达机场，她会付双倍的车资给他。车子开到第二个十字路口时，她突然打开车门，跑到司机旁边的位子坐下，而此时红灯正好转绿灯。

　　司机嚷道：

　　"乘客必须坐在后面。"

　　"也许吧，可是后视镜在前面。"她一边说，一边放下遮阳板。"快点，快点！"

　　她在镜子中看到的自己真是难看，眼皮浮肿，眼睛和鼻尖都还有点红。要是二十年的等待，结果换来的是和一只患白化病的兔子拥抱，那还不如走回头路。她正要开始化妆时，车子突然来了个急转弯。朱莉亚发起脾气，司机说她必须做个决定，要么十五分钟赶到机场，要么把车子停在路边，让她在脸上好好涂抹！

　　"赶快开！"她大声喊道，然后又拿起睫毛膏。

　　路上的交通十分拥挤。虽然前面有禁止超车的实线，她仍然恳求司机超车。这种行为万一被抓到的话，司机的驾照可能会被吊销。朱莉亚说，万一被抓到的话，她可以假装自己是快要分娩的孕妇。司机提醒说，她的肚子还不够大，这种谎话没人会信。朱莉亚把肚子鼓得大大的，手放在腰后，开始呻吟起来。"好了，好了。"司机一边说，一边踩油门。

"我是不是胖了一点？"朱莉亚看着自己的腰，担心地问。

晚上六点二十二分，车子还没完全停好，她就跳到人行道上。眼前的航站楼延伸得很长。

朱莉亚想跟人打听国际航班抵达的位置，正好一名空乘人员从旁边经过，告诉她是在最西边。她飞快地跑到那里，气喘吁吁地抬头看告示牌，可是上面显示没有一个航班是从罗马飞过来的。朱莉亚脱下鞋子，开始往反方向全速奔跑。前面，有一大群人的眼睛都紧紧盯着旅客出境的自动门。朱莉亚从人群旁边挤进去，一直挤到栏杆前面。

第一批人潮终于出现，随着旅客们离开行李领取处，自动门不断开开合合。观光的游人、度假的旅客、生意人、商务人士，每个人都穿着合乎身份的衣服，一眼就能辨别。许多双手举在半空中使劲摇晃着，有些人互相拥抱、亲吻，还有些人只是互相打个招呼。这里有人讲法语，那边有人说西班牙语，稍远的地方能听到有人用英语交谈。到第四批人潮出现时，终于听到了意大利语。两个有点驼背的学生手牵手走出来，看起来活像两只小乌龟；一位教士手中捧着日课经，姿态十分像啄木鸟；一名副驾驶员和空中小姐在相互交换地址，他们两个前世一定是长颈鹿；一位会议代表伸长脖子在寻找他的同伴，他的脑袋活像猫头鹰；一个小女孩像飞鸟一样扑向母亲的怀抱；一个壮实如熊的丈夫和妻子重逢。接着，托马斯的眼神突然出现在数百张面孔当中，那眼神一如二十年前，没有一丝改变。

眼皮周围有一点皱纹，下巴的小窝比以前更明显，留了一层薄薄的胡楂儿，然而，那双细沙般温柔的眼睛，那道在柏林墙头令她心神荡漾，在提尔公园的月色下令她着迷的眼神，依然和以前一样。朱莉亚屏住呼吸，踮起脚，把身子靠在栏杆上，然后举起手臂。这时，托马斯转头和搂着他的年轻女子说话，两人正好从朱莉亚的面前经过，而她的脚跟也刚好落回地上。这对男女走出航站楼，然后消失在人群中。

❖

托马斯关上出租车的车门，问道：

"要不要先到我家去？"

"要看你的窝也不差这几个小时。我们倒是应该先去报社，现在时间已经有点晚，克纳普说不定会离开办公室。能和他见个面，对我的事业来说很重要，这就是我陪你到柏林来的理由，不是吗？"

托马斯对司机说：

"波茨坦街。"

距离他们后面十辆车的地方，一个女人搭上另一辆出租车，朝她的酒店方向开去。

❖

酒店的前台主管对朱莉亚说，她父亲在酒吧等她。在酒吧里，她看到父亲坐在靠窗的一张桌子前面。

他站起来招呼她：

"看起来事情的结果不妙。"

朱莉亚跌坐在沙发上。

"就算什么事都没发生过吧。克纳普并不是完全在说谎。"

"你看到托马斯了？"

"在机场看到，他从罗马飞过来……和他的太太一起。"

"你们说话了吗？"

"他没看见我。"

安东尼叫服务生过来。

"你要不要喝点东西？"

"我想回家。"

"他们有没有戴结婚戒指呢？"

"她搂着他的腰，我总不能向他们要结婚证来看。"

"才几天前，你也是一样有人搂着你的腰。我不能在现场亲眼看到，因为那是在我的葬礼上，不过，我多少还能算作是在现场的吧……很抱歉，说这些话我觉得很好笑。"

"我一点都不觉得这有什么好笑，我们原本要在那天结婚。这次荒谬的旅行明天就结束吧，这样显然比较好。克纳普说得对，我凭什么再一次闯入他的生活？"

"拥有第二次机会的权利，不是吗？"

"是对他，对你，还是对我而言的权利？这是自私的做法，注定会失败。"

"你打算怎么办呢？"

"整理行李，然后睡觉。"

"我是说回纽约之后。"

"好好思考一下自己的生活，想办法补救被我搞砸的事情，忘掉一切，回归原来的生活，这一次没有其他的选择了。"

"当然还有，你可以选择坚持到底，查个水落石出。"

"你打算给我上爱情课吗？"

安东尼认真地看着女儿，然后把自己的座椅拉到她旁边。

"你记不记得小时候每天晚上，你在入睡之前都在做什么？"

"我拿着手电筒在棉被底下看书。"

"你为什么不把房间的灯打开呢？"

"让你以为我已经睡着了，我好偷偷看书……"

"你从来没问过那只手电筒是不是有魔法吗？"

"从来没有，为什么呢？我应该问吗？"

"这么多年来，手电筒有熄灭过一次吗？"

朱莉亚一头雾水，答道：

"没有。"

"可是你从来没有换过电池……我的朱莉亚，你对爱情了解多少呢？你从来只爱反射出你美丽形象的人。你正脸看着我，跟我谈谈你的婚礼、你的未来计划。你向我发誓，除了这趟出乎意料的旅行之外，没有一件事能够影响你对亚当的爱情。只是因为有个女人搂着托马斯的腰，你就无法找到自己的生活方向，那你又怎么能说自己清楚地了解托马斯的所有情感和人生方向呢？你要我们开诚布公地谈谈，那我想问你一个问题，希望你诚实回答我。你最长的爱情维持了多久？我不是在讲托马斯，也不是指你幻想的爱情，而是你实际经历过的。两年、三年、四年、五年，大概吧？没关系，有人说爱情可以维持七年。那好，你要诚实回答我的问题。你能不能整整七年完全把自己奉献给一个人，把所有一切都给他，毫无保留、毫无恐惧、毫无怀疑，同时心里清楚，这个你最爱的人将会把你们共同生活的一切忘得一干二净？你能接受他会把你的关心和爱抚完全遗忘，并且由于他恐惧空虚的天性，有一天会用责备和悔恨来弥补这个遗忘？在知道这一切将不可避免的情况下，当半夜你心爱的人口渴，或是做了一个噩梦时，你还会有力气起床为他倒水吗？你愿意每天早晨替他准备早餐，操心他的日常生活，当他无聊的时候，讲故事或唱歌给他听，当他想出去呼吸新鲜空气时，带他到外面散步，哪怕外面天寒地冻？接着，夜晚来临，你能忘记自己的疲劳，坐在床边安慰他不要害怕，向他描述他未来将离你而去的生活吗？如果你对每个问题的回答都是'是'，那么原谅我低估你了，你真正懂得什么是爱。"

"你说的是妈妈吗？"

"不是，亲爱的，我说的是你。我刚才跟你形容的爱，是一个父亲或是母亲对孩子的爱。有多少个白天和夜晚，为了防止那些可能伤害你的危险，我们一直在你的身旁守候，看着你，帮助你成长，替你擦干眼泪，逗你欢笑。冬天的时候去过多少个公园，夏天的时候去过多少个沙滩，走过多少的路，重复过多少的话，在你身上倾注了多少的时间。可是，可是……你能够记起的童年生活又是从几岁开始的呢？

"你想象一下，要拥有多深的爱才能学会把你当作生活的中心，同时却清楚知道将来的你会把幼年生活忘得一干二净，也知道你未来的生活会因为我们没有做好而受苦。还有，我们都知道不可避免的那一天总会来到，那就是你离开我们，为自己拥有自由而感到骄傲的那一天。

"你责备我经常不在你身边。可是你知不知道孩子离开父母的那一天，我们的内心有多么痛苦？你有没有想象过那种分离的滋味？让我来告诉你，我们就像傻瓜一样站在家门口，看着你离开，不断说服自己，要为孩子必然的离开而感到高兴，要欣然接受把你推出家门，从我们身边夺走的现实。当大门关上的时候，我们要开始重新学习。重新布置空出的房间，不要再去等待脚步声，要忘掉那些以前你晚归时在楼梯上发出的脚步声，因为它能让我们安心入睡。没有这些脚步声之后，我们必须努力让自己入眠，可是徒劳无益，你再也不会回家。你明白吗，我的朱莉亚？可是，没有一个父亲或母亲会为这些事情而觉得自己了不起，这才是爱，我们没有其他选择，因为我们深爱着你。你总是责备我把你和托马斯拆散，这是我最后一次请求你的原谅，对不起，我没有把那封信交给你。"

安东尼向服务生举起手臂，示意他送点水过来。他的额头上冒出许多汗珠，于是他从口袋里掏出手帕。

"我请求你原谅。"他又重复了一遍，手臂一直举在半空，"我请求你原谅，我请求你原谅，我请求你原谅。"

朱莉亚担心地问道：

"你怎么了？"

"我请求你原谅。"安东尼连续重复了三遍。

"爸爸？"

"我请求你原谅，我请求你原谅……"

他起身，摇晃了几下，又跌坐在椅子上。

朱莉亚立刻叫服务生过来帮忙。安东尼做了个手势表示没有必要。

表情呆滞的安东尼问：

"我们现在在哪儿？"

"在柏林，在酒店的酒吧里。"

"我们现在到底在哪儿？今天星期几？我在这里做什么？"

"不要这样！"惊慌的朱莉亚哀求道，"今天是星期五，我们两个一起出门旅行。四天前我们从纽约出发来寻找托马斯，你还记得吗？这都是因为我在蒙特利尔的码头上看到的那张画像，你把它送给了我，说我们应该来柏林，告诉我你还记得这些。你只是太累了，你必须节省电池，我知道这很荒诞，可你就是这么跟我解释的。你要我们谈谈所有的事，可是我们只在谈我一个人的事。你一定要恢复神志，我们还有两天的时间，这两天完全属于我们，可以让我们说出那些从没谈过的事。我要从已经忘掉的事情中去重新学习，我要再听听你以前和我讲过的故事。那个因为汽油耗尽而紧急降落在亚马孙河岸的飞行员的故事，是一只水獭替他指的路。我还记得它的毛皮是蓝色的，只有你才能形容出来的蓝色，你的语言就好像是一支会画画的水彩笔。"

朱莉亚扶着父亲的手臂，送他回房间。

"你的脸色很不好，睡觉去吧，明天就会恢复的。"

安东尼不肯躺在床上，说坐在窗子旁边的沙发上就可以了。

"你看，"他边说边坐下来，"真有趣，人们总是找出足够的理由来禁止相爱，生怕自己受到伤害，怕有一天会被抛弃。可是，我们是如此热爱生命，即便心里很清楚有一天生命会离开我们。"

"别说这个了……"

"朱莉亚，不要老是计划未来。没有什么搞砸的事情要去弥补，还有许多事情正等待着你去体验，而这永远会和你的预期不同。我能告诉你的是，这一切都在以惊人的速度飞逝。你还和我一起留在这里干什么呢？去吧，去跟随你旧时回忆的脚步吧。你说过要好好思考你的生活，那么就去吧。二十年前你就在这里，趁现在还来得及的时候，去找回那些时光。今晚，托马斯和你在同一个城市里，你有没有看到他已不重要。你们正呼吸着同样的空气，你知道他在这里，以后他再也不会和现在一样跟你如此接近。出去吧，在每个亮灯的窗前停下，然后抬起头，如果你看到某个窗帘背后的影子很像他，询问一下内心的感受。如果你认为那就是他，就在街上大喊他的名字，他会听到你的声音，不管他下不下来，对你说他爱你还是叫你永远滚开，都没有关系，至少这样，你将从此解开这个心结。"

他叫朱莉亚离开，让他一个人安静一下。她经过他身边时，安东尼笑了起来。

他神情狡黠地对朱莉亚说：

"很抱歉，刚才在酒吧让你吓了一跳。"

"你该不会又在装病吧……"

"你母亲开始精神失常的时候，你以为我心中不难过吗？失去她的不是只有你一个人。整整四年的时间我都和她在一起，而她却完全不知道我是谁。你现在就出去吧！今晚是在柏林的最后一夜！"

回到自己的房间后，朱莉亚躺到床上。电视节目无聊至极，摆在茶几上的杂志都是德语。她站起来，决定出去享受一下温柔的夜晚，待在房里有什么意思呢？还不如到城市里逛一逛，好好享受在柏林的最后一段时光。她在行李袋里找一件毛衣，手伸到袋子最里面，碰到一封信，就是藏在她儿时卧室书架上的一本历史书里面的那封。她看着信上的字迹，把它放进了口袋。

离开酒店之前，她先到顶楼，在父亲休息的房间的门上轻轻敲了几下。

安东尼一打开门就问：

"你忘了什么东西吗？"

朱莉亚没有回答。

"我不知道你要上哪儿去，不过出去走走肯定是好的选择。别忘了，明天早上八点钟我在大厅等你。我已经预订了一辆车子，我们可不能错过这班飞机，你一定要把我带回纽约。"

朱莉亚站在门口问他：

"你觉得我们有一天会不再受爱情的折磨吗？"

"永远不可能！除非你实在是运气好。"

"那么，现在轮到我来请求你的原谅，我应该早一点和你分享这个。这是我的，我一直想把它留给我自己，不过这跟你其实也有关系。"

"这是什么？"

"妈妈写给我的最后一封信。"

她把信递给父亲，然后转身离开。

安东尼目送着女儿走远。当目光落到女儿交给他的信上时，他一眼便认出妻子的笔迹。他深深吸了一口气，感到肩膀异常沉重，走到沙发前坐下来开始读信。

朱莉亚：

当你走进我的房间时，光线从你半掩的门中透进来，勾勒出你的轮廓。我听到你的脚步往我的方向走过来。我认识你脸上的每根线条，有时我会努力想你的名字，我熟悉你身上的那股味道，因为它令我感到舒服。只有你身上那股稀有的香味，能让我摆脱长久以来萦绕心中的焦虑。你应该就是那个经常在傍晚时分来看我的小女孩，既然你走到我床边了，那应该是夜晚来临的时候。你说话很温柔，比中午的那个男人还要平静。他似乎也希望我好起来，所以当他说他爱我时，我相信他。他的动作很温柔，有时候他会起身，走进一道把窗外树木照得发亮的阳光里面。有时候他会把头搁在窗台上伤心地哭泣，可是我不懂为什么。他用一个我从没听过的名字叫我，可是每一次我都把那个名字当成是我的，就是想让他高兴。我必须向你坦白一件事，每次他用他给我的名字叫我，而我对着他微笑时，我能感受到他的释然。我对他微笑，同时也是为了感谢他照顾我的衣食起居。

你坐在我的身旁，坐在我的床沿上。我的眼睛一直盯着你抚摸我脸颊的小指头。我不再害怕。你不断在叫我的名字，从你的眼神中，我知道你也想要我给你一个名字。可是在你的双眼中，我看不到悲伤，也正是这个原因我很喜欢你的来访。当你的手腕从我的鼻子前面晃过时，我会闭上眼睛。你的皮肤闻起来有我童年的味道，或者其实是你童年的味道？我现在明白了，你是我的女儿，我的宝贝，然而恐怕只有这几秒还记得。我有很多的话要对你说，可是时间却是那么少。我希望你笑口常开，我的宝贝，我也希望你跑到窗前对躲在那里哭泣的父亲说，不要再哭泣了，告诉他我有时候能认出他，告诉他我知道他是谁，告诉他我记得我们曾经那么相爱，因为每一天他来看我的时候，我就又一次爱上了他。

晚安，我的宝贝，我要睡了，我在等你。

你的妈妈

克纳普在接待处等着托马斯。托马斯离开机场时打电话通知他，说他们马上就到。他先跟玛丽娜打招呼，然后把他的朋友紧紧搂在怀里，接着把两人带到他的办公室里。

"你来得正好。"他对玛丽娜说，"你正好可以帮我解决一个难题。今晚贵国总理前来柏林访问，原先负责这个报道的女记者突然生病了。明天的报纸我们保留了三栏的版面。你必须赶快换衣服，然后立刻出发。明天早上两点钟之前我需要你的稿子，然后送给校对科。三点钟之前所有稿子都必须付印。你们今晚要是有什么计划的话，很抱歉打扰了，但是这事情很急，毕竟工作至上！"

玛丽娜起身，向克纳普道别，亲了一下托马斯的脸颊，在他耳边轻声说："再见，我的小傻瓜。"然后转身离开。

托马斯向克纳普道了个歉，立刻跑出去追赶走廊上的玛丽娜。

"你怎么能对他唯命是从呢！那我们今晚一起吃饭的事呢？"

"那你呢？你没有对他唯命是从吗？告诉我你去摩加迪沙的飞机是几点钟起飞？托马斯，你和我说过一百遍，事业至上，不是吗？明天你就不在这里了，谁知道你会去多久。好好照顾自己。要是我们有缘的话，总会在某个城市再次相见的。"

"那你拿着我家的钥匙吧，你到我家来写新闻稿。"

"我还是在旅馆写好点。在你家我会很难集中精神，恐怕难以抗拒参观豪宅的诱惑。"

"你知道我家只有一个房间，你很快就能看完了。"

"你真是我最喜欢的傻瓜，我刚刚的意思是指跳到你身上去，笨蛋一个。下一次吧，托马斯，如果我改变主意的话，会很乐意来按你的门铃把你吵醒。再见！"

玛丽娜挥手向他道别，然后转身离开。

托马斯回到克纳普的办公室，砰的一声把门关上。

克纳普问他："你还好吗？"

"你真可恶！我和玛丽娜到柏林来过一晚，我出发前的最后一晚，而你却想尽办法把我们分开。你以为我会相信你底下没有其他人了吗？到底是怎么回事？该死的。你喜欢她，你嫉妒我们吗？还是你现在的眼中除了你的报纸之外，其他任何事都不重要了？难道你打算今晚我们两个人一起过吗？"

克纳普走回办公桌前坐下来，问他道：

"你说完了吗？"

托马斯继续生气地说：

"你真会整人！"

"我想今晚我们不会一起过。有件事我一定要跟你说，你听好了，我希望你最好坐在沙发椅上。"

提尔公园沉浸在迷人的夜色中，古旧的路灯在石板路上洒下淡黄色的光晕。朱莉亚一直走到运河边，湖上的许多小船一艘连着一艘绑在一起。她沿路一直走到动物园附近。不远处，一座桥横跨河面。然后她穿过树林，丝毫不担心会迷路，就好像她熟悉这里的每一条小路、每一棵树木。胜利纪念柱就竖立在眼前。她穿过圆形广场，往勃兰登堡门的方向走去。突然，她认出了自己所处的地方，于是停下脚步。大约二十年前，在这条小路的转弯处有一道围墙。她第一次见到托马斯的时候就是在这个地方。现在，有一条长椅摆在一棵椴树下，供过往的游客休息。

"我就知道会在这里找到你。"身后有个声音传来，"你走路的姿势还是和以前一样。"

正陷于痛苦回忆的朱莉亚吓了一跳。

"托马斯？"

他迟疑了一下，说：

"在这种场合，我真不知道该怎样才好，握手，还是拥抱？"

她说："我也不知道。"

"克纳普告诉我你在柏林，却没有告诉我能在哪里找到你，一开始我是想打电话给城里所有的青年旅馆，可是现在的青年旅馆实在很多。所以我想你有可能会回到这里。"

她带着淡淡的笑容说：

"你的声音还是和以前一样，只是稍微低沉了一点。"

他向她靠近一步。

"你要是喜欢的话，我可以爬到这棵树上去，然后从那根树枝上跳下来，这和我第一次跳到你身上时的高度差不多。"

他又往前迈了一步，然后一把将她搂进怀里。

"时间过得那么快，又是那么慢。"他一边说，一边把她搂得更紧。

"你哭了？"朱莉亚抚摸着他的脸颊问道。

"没有，只是一粒沙子吹进眼睛里，你呢？"

"也是沙子，真傻，其实根本没有风。"

托马斯对她说：

"闭上眼睛。"

他再次做了一遍以往的那个习惯动作，用指尖轻轻抚摸朱莉亚的嘴唇，然后亲吻她的双眼。

她把脸搁在托马斯的颈窝上。

"你的体味还是一样，我永远不会忘记。"

"跟我来。"他说，"天气很冷，你在发抖。"

托马斯牵着朱莉亚的手，带她往勃兰登堡门走去。

"你刚才去过飞机场了吗？"

"是的，你怎么知道？"

"你为什么不跟我打招呼？"

"我不太愿意跟你的太太打招呼。"

"她叫玛丽娜。"

"这个名字很好听。"

"她是个朋友，我和她维持一种短暂式的男女关系。"

"你的意思是说短暂式？"

"大概是这样吧，你们国家的语言我还不能使用得很完美。"

"你说得相当好。"

他们离开公园，然后穿过广场。托马斯带着她到一家咖啡馆的露天座。两人面对面地坐着，默不作声地看着对方许久，一时找不出话说。

托马斯终于开口：

"想不到你一点没变。"

"有的，我向你保证，二十年的时间我有变化。如果你在每天清晨的时候看到我醒来，你就会明白时间过去了多少。"

"我不需要这么做，过去的每一年我都是数着日子过的。"

服务生打开托马斯叫的一瓶白葡萄酒。

"托马斯，说到你那封信，你要知道……"

"克纳普跟我提过你们见面的事情。你父亲做事总是这么锲而不舍！"

他举起酒杯，和朱莉亚的杯子轻轻碰了一下。在他们眼前，有一对男女正在广场上欣赏列柱，对它的美赞叹不已。

"你幸福吗？"

朱莉亚沉默。

托马斯又问她：

"你现在的生活怎么样？"

"我现在在柏林，跟你在一起，和二十年前一样的彷徨。"

"你为什么来柏林？"

"我不知道你的地址，没办法回你的信。你的信花了二十年的时间才到我的手中，我再也不相信邮局了。"

"你结婚了吗？有孩子了吗？"

朱莉亚答道：

"还没有。"

"还没有孩子，还是没有结婚？"

"两个都还没有。"

"有什么计划吗？"

"你下巴上有个伤疤，你以前没有的。"

"以前我只是从围墙上跳下来，那时候还没跳到地雷上。"

朱莉亚笑着说：

"你比以前胖了点。"

"谢谢！"

"这可是赞美，我跟你说实话，你还是这样好看。"

"你的撒谎技术不好，我是老了，不可否认。你肚子饿吗？"

朱莉亚垂下眼睛，答道：

"不饿。"

"我也不饿。要不要我们去走一走？"

"我觉得我说的每个字都很蠢。"

托马斯的神情有点伤感：

"才不是，因为你都还没告诉我你现在的生活。"

"你知道吗，我找到我们以前常去的那家咖啡吧了。"

"我还从来没再回去过。"

"那里的老板居然还认得我。"

"你现在明白你一点也没变了吧。"

"我们以前住的老房子被拆掉了，重新盖了一栋新楼。以前那条街只有对面的小花园还保留着。"

"也许还是这样比较好。除了我们在一起的那几个月之外，那里并没有给我留下美好的回忆，我现在住在西柏林。对很多人来说，这已经不再具有任何意义了，但是对我来说，我从窗口还可以看到疆界的存在。"

朱莉亚接着说：

"克纳普跟我提到你。"

"他跟你说了些什么？"

朱莉亚回答：

"说你在意大利开了一家餐馆，有一群孩子在帮你烤比萨。"

"真白痴，他是从哪里找出这种话的？"

"在回想我对你造成的伤害时。"

"我想我也同样给你造成了伤害，因为你以为我死了。"

托马斯眯着眼睛看着朱莉亚。

"我刚才说的话有点自大，是不是？"

"是的，有那么一点，不过那是事实。"

托马斯握住朱莉亚的手。

"我们每个人都选择了自己的道路，这是命运的决定。你父亲在这方面起了很大的作用，但是不得不相信命运就是不愿让我们结合在一起。"

"或者说是命运想保佑我们……也许到最后我们会互相无法忍受。我们会离婚，你会是这世界上最让我讨厌的男人，而我们也不会一起度过今天这个夜晚。"

"会的，因为要一起讨论我们孩子的教育问题！再说，有很多离婚的夫妻都保持着朋友关系。你有没有男人呢？希望你这次不要掏空问题。"

"逃避。"

"你说什么？"

"你刚要说的是'逃避问题'，掏空是宰鱼的时候才需要。"

"你让我想到一个好主意。跟我来！"

咖啡馆的隔壁是一家海鲜餐厅。托马斯硬抢了一张桌子坐下，排队等候的游客愤怒地看着他。

"你现在做这种事了？"朱莉亚一边问他一边坐下，"这不太文明，我们会被老板赶走的！"

"干我们这一行的，一切都要自己想办法！再说，老板是我的一个朋友，所以要利用机会。"

餐厅老板正好过来和托马斯打招呼。他低声说道：

"下次你进来的时候想办法不要这么高调，你会让我跟客人们闹僵的。"

托马斯向他介绍朱莉亚，然后问他：

"你有什么菜可以推荐给两个肚子完全不饿的人？"

"我先给你们上一盘虾吧，吃了胃口自然就开了。"

老板说完便离开了。走进厨房之前，他转过身跷起大拇指，并向托马斯眨了眨眼，表示他认为朱莉亚长得很迷人。

"我后来做了绘图师。"

"我知道，我很喜欢你画的蓝水獭……"

"你看过了？"

"我要是说你画的每部卡通片我都看过，那是在骗你，不过我的工作能让我知道一切，蓝水獭之母的名字传到了我耳中。在马德里的时候，有一天下午我有点空闲时间，刚好看到一个电影广告，于是就进入电影院里。坦白说我没有完全明白对话的内容，我的西班牙语不是很好，不过故事的大概情节我能看懂。我可以问你一个问题吗？"

"尽管问吧。"

"那个熊的角色是从我身上得到的灵感吗？"

"斯坦利对我说，刺猬的角色比较像你。"

"斯坦利是谁？"

"我的好朋友。"

"他怎么会知道我像一只刺猬呢？"

"因为他这人直觉很强，观察力敏锐，或许是因为我经常在他面前提起你的关系。"

"听起来这人有很多优点。他跟你是什么样的朋友关系？"

"他是鳏夫，我和他一起度过很多难忘的时刻。"

"我真为他感到难过。"

"才不，我们在一起的时候非常美好！"

"我是为他太太过世的事感到难过，她去世很久了吗？"

"是他的男友……"

"那我更为他难过。"

"你真是笨。"

"我知道，我是很笨，不过你跟我说他喜欢的是一个男人后，我现在觉得他更讨人喜欢点。那么是谁给你那个鼬鼠的灵感呢？"

"我楼下的邻居，他开了一家鞋店。和我说说那天下午你去看我的卡通电影的事吧，那一天你过得怎么样？"

"当电影结束时，我感到很哀伤。"

"托马斯，我真想你。"

"我也是，要比你所能想象的还要深。哦，我们最好还是换个话题吧，在这家餐厅里，没有什么可自责的。"

"指责！你刚才是要说这个。"

"无所谓。像在西班牙那天一样哀伤的日子，我已经历过成百个，不管是在这里还是在别的地方，有些日子我的心情还是会变得哀伤。你看，我们真的要谈谈其他的事情，要不然的话，老讲我的伤心事让你心烦，我会很自责的。"

"那在罗马的时候呢？"

"朱莉亚，你一直都没告诉我你的生活状况。"

"二十年了，你知道说来话长。"

"有人在等你吗？"

"没有，今晚没有。"

"那明天呢？"

"有，我在纽约有人。"

"是认真的吗？"

"我本来要结婚……就在上星期六的时候。"

"本来要？"

"我们不得不取消婚礼。"

"是因为他的关系还是你的关系？"

"是我父亲……"

"这真是他的怪癖。他把你未来丈夫的颌骨也打碎了吗？"

"没有，这一次更令人吃惊。"

"我很遗憾。"

"不要这么说，你没有必要感到遗憾，这不能怪你。"

"你弄错了，其实我很希望他把你未婚夫的脸给打破……这一次，我是真的为我刚才说的话感到遗憾。"

朱莉亚忍不住笑了一声，接着又笑了第二声，最后哈哈大笑个不停。

"什么事那么好笑？"

"要是你能看到自己脸上的表情，"朱莉亚边说边笑，"真像一个满嘴都是草莓酱的小孩在果酱橱前被抓到一样。我现在更加明白，为什么你会给我创造那些角色的灵感了，没有人能像你一样做出这些滑稽的表情。我真想你！"

"朱莉亚，不要再说这句话。"

"为什么？"

"因为上个星期六你本来要结婚的。"

这时，餐厅老板捧着一个大托盘，走到他们的桌子前。

"我找到最适合你们的菜了。"他高兴地说，"两条清淡的鳎鱼，配一些烧烤蔬菜，再加上新鲜香草调配的酱汁，正好可以打开你们的胃。要不要我替你们准备？"

"对不起，"托马斯对他的朋友说，"我们不留下来吃饭了，请把账单拿给我。"

"这是什么话？我不知道你们两个刚刚发生了什么事，但是你们不能没尝过我的厨艺就离开我的餐厅。你们两个好好吵一架，把自己心里的话都说出来，我趁这段时间去准备两道佳肴，然后你们给我个面子，一边吃我做的鱼，一边和好如初，托马斯，这是命令！"

老板说完便离开，到备餐桌上去准备鳎鱼，眼睛却一直盯着托马斯和朱莉亚。

朱莉亚说：

"我想你没有选择的余地，你必须再忍耐我一下，否则的话，你的朋友可要发脾气了。"

"我也是这么觉得，"他面带笑容地说，"对不起，朱莉亚，我刚才不应该……"

"不要老说对不起，这不符合你的个性。我们吃点东西，然后你陪我回去，我想和你一起散散步。这个我总有权利要求吧？"

"当然，"托马斯回答，"这一次你父亲怎么阻挠你们的婚礼？"

"忘了这件事吧，跟我谈谈你自己吧。"

托马斯开始讲述这二十年来的生活，说得非常简略，朱莉亚也是一样。晚餐后，老板一定要他们尝尝他做的巧克力奶酥。这是特地为他们俩而做，他送上奶酥时附带了两把汤匙，可是朱莉亚和托马斯只用了一把。

两人离开餐厅时，夜色微微发白，他们穿过公园走回去。湖上有几艘小船绑在桥墩上，一轮圆月倒映在湖水中。

朱莉亚给托马斯讲了一个中国传说，托马斯给她讲自己的旅游经历，但对其中的战争部分只字不提。她和他谈纽约，她的工作，她最要好的朋友，但从来不提她的未来计划。

两人离开公园，往市中心走去。在绕过一个广场时，朱莉亚停下脚步。

她说：

"你还记得这里吗？"

"记得，就是在这里，我在人群中找到了克纳普，多么令人难忘的夜晚！你的那两个法国朋友后来怎么样？"

"我们好久没联系了。马蒂亚斯开了个书店，安图万是个工程师。一个在巴黎，另一个在伦敦，我想是这样。"

"他们结婚了吗？"

"又离婚了，这是最新得到的消息。"

"你看，"托马斯指着一家已熄灯的咖啡馆的玻璃窗说，"这是我们每次去看克纳普时去的那家咖啡馆。"

"你知道吗，我最后找到你们两个经常争论的数字了。"

"什么数字？"

"向国家安全局提供情报的东德居民的数字，那是两年前，我在一家图书馆看一份有关柏林墙倒塌的杂志时发现的。"

"两年前你还对这种新闻感兴趣吗？"

"只有百分之二的居民而已，你看，你可以为你的同胞感到骄傲。"

"我的祖母就是这百分之二的人。朱莉亚，我去过档案中心查询我的档案，由于克纳普逃亡的关系，我猜到一定会有一份我的档案。我的亲祖母向他们提供信息，我读过那些报告，对我的日常生活、个人活动和朋友都记载得很详细。想不到是以这种方式令我回忆起自己的童年往事，真是奇特。"

"如果你能知道我最近几天的遭遇就好了！她这么做也许是为了保护你，希望你不要受到追究。"

"我以前都不知道这件事。"

"就是因为这个事情，所以你改姓了？"

"是的，跟我的过去一刀两断，重新开始新生活。"

"那我也属于被你抹除的那个过去吗？"

"朱莉亚，你的酒店到了。"

她抬起头，看到勃兰登堡大酒店外闪闪发亮的招牌。托马斯把她搂在怀里，伤感地微笑。

"这里没有大树，在这种场合人们是怎么说再见的？"

"你觉得我们还会有发展的可能吗？"

"谁知道呢？"

"我不知道怎么说再见，托马斯，甚至都不知道是否想和你说再见。"

托马斯呢喃着：

"能和你重逢，感觉很甜蜜，这是上天送给我的一份意外惊喜。"

朱莉亚把头靠在他的肩膀上，说道：

"是的，很甜蜜。"

"你还没有回答我唯一关心的问题，你幸福吗？"

"现在已不再幸福。"

"你呢？你觉得我们之间还会有发展吗？"

"可能会有。"

"你变了。"

"为什么？"

"如果是以前，以你爱冷嘲热讽的个性，你一定会回答说，我们的关系将变得糟糕透顶，你永远无法忍受我会衰老，我会发胖，我一天到晚在外面闲逛……"

"但是后来我学会了说谎。"

"这让我又重新找回以前的你，就是我一直深爱着你的样子……"

"我知道有一个神奇的办法，可以测试我们到底还有没有机会……"

"什么办法？"

朱莉亚把嘴唇贴到托马斯的嘴唇上。他们开始忘情地亲吻，仿佛两个年轻的少男少女般热烈，完全忘掉了周围世界的存在。她牵着他的手，带他到酒店大厅。酒店的前台人员正在椅子上打瞌睡。朱莉亚领着托马斯走进电梯。她摁下按钮，继续与恋人热吻着直到六楼。

紧贴的肌肤，与记忆中亲密的感觉一样，混合着床单凹陷处微湿的汗水。朱莉亚闭上双眼。那双爱抚的手慢慢滑向她的腹部，她的双手绕住他的脖子。嘴唇轻轻掠过她的肩膀、脖颈、乳房，双唇在身体上奔放地游走。她的手指紧紧抓住托马斯的头发。舌尖缓缓向下滑动，愉悦的热潮滚滚而来，记忆中无与伦比的快感再次涌现。两双腿相交缠，两个身体相结合，任何事情都无法将他们分开。那些动作还是一点没变，尽管笨拙，但仍是那么温柔。

一分钟如同一小时般漫长，清晨时分，两个身体懒懒地躺在温暖的床上。

远处传来教堂的八次撞钟声。托马斯起身走到窗前。朱莉亚坐在床上，看着他半明半暗的身体。

托马斯转身对她说：

"你真美。"

朱莉亚没有回答。

他用温柔的嗓音问道：

"现在呢？"

"我肚子饿！"

"你的行李放在沙发上，都已经准备好了是吗？"

朱莉亚迟疑了一下，回答：

"今天早上……我要走了。"

"我花了整整十年的时间才把你忘记，我还以为我已经做到了。我以为我在战场上体会过什么是恐惧，我完全错了，那种恐惧和现在我在这房间里，在你身边，想到还要再次失去你的恐惧无法相比。"

"托马斯……"

"你要和我说什么呢？朱莉亚，说这是一个错误吗？也许是吧。当克纳普告诉我你在柏林的时候，那时我在想，时间应该可以抹掉那些令你我分开的差异，你是来自西方的女孩，而我则是东欧世界的小子！我希望年纪大了至少能带来这个好处。可是，现在我们的生活还是有那么多的不同，不是吗？"

"我是绘图师，你是记者，我们两人都实现了自己的梦想……"

"还没有实现那个最重要的，至少对我来说是如此。你还没有告诉我你父亲令你婚礼取消的原因。他会不会突然跑进这个房间，再把我揍一顿？"

"我那时候只有十八岁，除了跟他走，我没有其他的选择，我甚至都还没有成年。至于我父亲，他已经过世了。葬礼就在我预定要结婚的那一天，现在你知道为什么了……"

"我为他感到遗憾，如果你为此痛苦的话，我也为你感到遗憾。"

"托马斯，遗憾是没有用的。"

"那你为什么来柏林呢？"

"你已经知道了，因为克纳普都告诉过你。你的信前天才转到我手里，我不可能更快……"

"所以，在没有确定之前你就无法结婚，是这样吗？"

"你没必要这么坏。"

托马斯坐到床尾。

"我驯服了孤独，那需要具备无法想象的耐力。我走遍世界各地的城市，寻找你呼吸的空气。有人说，相爱男女的思维在冥冥之中总会交会，所以我在晚上睡觉的时候常常问自己，当我想你的时候，你是不是也正在想我。我去过纽约，漫步在街道上，我多么希望能看到你，可同时又害怕真的会发生。有成百次我把别人误认为是你，当一个女人的身影让我想起你时，我的心脏似乎都停止了跳动。于是我发誓再也不要这样苦恋下去，这太疯狂了，这是无尽的自我放逐。时间飞逝，同时也带走了我们的时间，你不觉得吗？你在坐飞机之前有没有想过这个问题？"

"不要说了，托马斯，不要破坏一切。你要我跟你说什么呢？我日日夜夜都在仰望天空，深信你一直在天上看着我……是的，我在坐飞机之前确实没想过这个问题。"

"那你有什么建议呢？我们继续做朋友？我到纽约的时候打电话给你？我们一边喝酒，一边回忆美好的过去，因为不能在一起而令我们愈发怀念，是吗？你会把你孩子的照片拿给我看，而孩子却不是我们两人的。我会对你说孩子们很像你，努力避免在孩子的脸上找到他们父亲的影子。当我在浴室的时候，你拿起电话打给你未来的丈夫，而我让水一直流着，免得听到你在对他说'你好，亲爱的'，是吗？他到底知不知道你在柏林？"

朱莉亚大声吼道：

"不要说了！"

托马斯又走到窗边，继续问道：

"你回去后会对他说什么？"

"我不知道。"

"你看，还是我对，你一点都没变。"

"有的，托马斯，我当然有变，只不过是一个命运的预兆把我带到这里，让我彻底明白我的感情一点没变……"

窗底下，安东尼在街上踱来踱去，不时地看手表。他抬头看了女儿的窗户三次，即使从六楼看下去，也能看清他脸上不耐烦的表情。

托马斯一边放下窗纱，一边问道：

"你再说一遍，你父亲是什么时候过世的？"

"我跟你说过，我是上星期六给他出殡的。"

"你什么都不要再说了。你说得对，不要破坏昨晚美好的回忆。我们不能爱着一个人，同时又欺骗他，你不能，我们都不能。"

"我没骗你……"

托马斯低声说：

"带走椅子上的行李，然后回你家去。"

他套上长裤，穿上衬衫和外套，迅速系好鞋带。然后，他走到朱莉亚身边，伸出手，将她搂在怀里。

"我今晚就要搭飞机去摩加迪沙，我已经知道我会在那里继续想你。你不要担心，也不要有任何悔恨，数不清有多少次我渴望着能拥有此刻，这个时刻美妙无比，我的宝贝。能够再一次这样叫你，就算仅此一次，这已经是我不敢去想的美梦。你一直是，而且永远都是我生命中最美丽的女子，你带给我生命中最美好的回忆，这已经足够。我只要求你一件事，答应我，你一定要过得幸福。"

托马斯温柔地亲吻朱莉亚，然后头也不回地离开。

走出酒店时，他朝一直等在车旁的安东尼走过去。

"您的女儿很快就会下来。"说完，他道了别。

他的身影渐渐在街上消失。

二次别离

我的朱莉亚，谢谢你赠予我这几日的时
光。我一直在寻找这样的机会，我一直渴望着
认识你这样出色的女子。在最后的几天中，这
是我学会身为父亲的最神奇的一件事。

在柏林回纽约的飞机上，朱莉亚和父亲没有交谈过一句话。偶尔会听到安东尼在不断重复一句话，"我想我又做了一件蠢事"，而他的女儿完全不明白何意。下午三四点钟时，他们抵达纽约，此时曼哈顿正笼罩在雨雾中。

安东尼一回到霍雷肖街的房子，便抗议道：

"听我说，朱莉亚，你开口说几句话好不好！"

朱莉亚把行李放下，回答：

"不好！"

"你昨晚有没有见到他？"

"没有！"

"跟我说发生了什么事，我也许能给你一些建议。"

"你吗？那太阳真是从西边出来了。"

"不要这么固执，你可不是五岁的小女孩了，而且我只剩下二十四小时的时间。"

"我没有见到托马斯，我现在要去洗个澡。我的话说完了！"

安东尼站在门口，挡住她的去路。

"然后你打算今后二十年都待在浴室里吗？"

"你让开！"

"你不回答我的问题，我就不让开。"

"你想知道我现在要做什么是吗？我要想办法把一个星期以来被你搞得四分五裂的生活重新组装起来。可能我没办法把一切都恢复原状，总会缺少几块碎片。不要装作好像你什么都不明白的样子，你在飞机上不是一直在责怪你自己吗？"

"那不是因为我们的这趟旅行……"

"那是因为什么？"

安东尼没有回答。

"我料得没错！"朱莉亚说，"现在呢，我要穿上一双吊带丝袜和一件低胸胸罩，我衣柜里最性感的胸罩，然后打电话给托马斯，去他那里和他好好干一下。如果我的谎话说得不错，就跟我和你在一起后学到的那样，也许他还会同意谈谈我们结婚的事。"

"你刚刚说托马斯！"

"什么？"

"你是要和亚当结婚的，你刚刚又犯了一个口误。"

"你让开，要不然我就杀了你！"

"那你就白费时间了，因为我已经死了。如果你以为说你的那些性生活就能吓到我的话，那你就大错特错，我亲爱的！"

"我一到亚当那儿，"朱莉亚一边打量着父亲，一边继续往下说，"我就把他压在墙上，脱下他的衣服……"

"够了！"安东尼吼道。

接着他恢复平静，说道："你也没必要说出所有的细节。"

"你现在能让我去洗个澡了吗？"

安东尼无可奈何地翻了个白眼，然后把门让开。他把耳朵贴在门上，听到朱莉亚在打电话。

不用了，如果他在开会的话，就不要打扰他，只是通知他一声，她刚回到纽约。如果他今晚有空，可以在八点钟的时候来接她，她会在自家楼下等他。万一有事情，她手机都开着。

安东尼踮着脚走回客厅，坐在沙发上。他拿起遥控器正要打开电视，却发现在自己手中的不是电视机的遥控器。他看着白色的遥控器，不禁笑了起来，然后把它搁在自己旁边。

一刻钟后，朱莉亚再次出现，身上披着一件风衣。

"你要去什么地方？"

"去工作。"

"星期六？这种天气？"

"周末办公室总有人在工作，我有很多电子邮件和信件没有处理。"

她正要出去，安东尼把她叫住。

"朱莉亚？"

"又有什么事？"

"在你还没做出蠢事之前，我要你明白，托马斯还是一直爱着你。"

"你怎么知道？"

"我们今天早上碰过面，他离开酒店时还很有礼貌地跟我打招呼呢！我想是他在你房间的时候看到我在街上。"

朱莉亚恶狠狠地瞪着父亲。

"你走开，我回来的时候不想看到你在这里！"

"那我去哪儿？到楼上脏兮兮的杂物间去？"

"不是，回你家去！"朱莉亚说完，砰的一声把门关上。

<hr>

安东尼取下挂在门边钩子上的雨伞，走到面朝街道的阳台上。他靠在栏杆上，看着朱莉亚往十字路口的方向走过去。等她的身影消失后，他走进女儿的房间。电话就放在床头柜上。他拿起电话筒，按下自动重拨的按钮。

他向对方自称是朱莉亚·沃尔什小姐的助理。他当然知道沃尔什小姐刚刚打过电话，也知道亚当现在没空。但是，有一件事情很重要，一定要通知他，朱莉亚和他的约会要提前，六点钟在家里等他，而不是在楼下门口，因为外面下着雨。也就是说，再过四十五分钟约会就要开始，所以为了考虑周全，最好能在开会当中通知他一下。亚当没有必要再打回来，朱莉亚的手机没电，现在刚刚出去买点东西。安东尼要对方再三保证，一定要把消息传给当事人，然后一边挂电话一边偷笑，表情扬扬得意。

他把电话筒放回机座上，走出房间，舒舒服服地躺在沙发椅上，两眼一直盯着放在沙发上的遥控器。

❦

朱莉亚坐在椅子上转了个圈，然后打开自己的电脑。出现在屏幕上的收件箱爆满，她往办公桌瞥了一眼，文件盒里的信件也多得装不下，而电话机上的留言提示灯不停地闪烁。

她从风衣口袋里掏出手机，打电话向她最好的朋友求助。

她问道：

"你店里有很多人吗？"

"今天这个糟糕的天气，连只青蛙都没有，下午完全泡汤。"

"我知道，我全身湿透了。"

斯坦利叫了起来：

"你回来了！"

"到了才一个钟头。"

"你应该早点打电话给我！"

"你要不要关起店，然后到茴香酒来跟你的老朋友见个面？"

"给我叫一壶茶，不要卡布奇诺，哦，你想叫什么都可以，我马上就到。"

十分钟之后，斯坦利和坐在老酒馆最里面等他的朱莉亚会合。

朱莉亚亲了亲他的脸颊，说：

"你看起来活像一只掉进池塘的西班牙长毛垂耳犬。"

"那你就是跟它一起掉进去的英国长毛垂耳犬。你为我们点了什么?"斯坦利坐下来。

"给小狗吃的丸子!"

"我这星期倒有两三条谁跟谁睡觉的八卦新闻,不过你先说,我想知道一切。让我猜一猜,你一定找到托马斯了,因为最近这两天都没有你的消息,看你的表情,好像事情不如你所预料的。"

"我本来就没有预料什么事……"

"撒谎!"

"如果你想听一个大傻瓜谈谈她的遭遇,那就好好利用现在的机会吧!"

朱莉亚把她旅行的整个过程几乎全都说了一遍。拜访记者工会,克纳普第一次说的谎言,托马斯拥有双重身份的原因,摄影展开幕式,酒店前台在最后一刻为她叫了一辆轿车送她去会场。当朱莉亚说到她脚踩帆布鞋身穿一件长礼服时,斯坦利愤怒不已,将茶杯推开,另外点了一杯干白。外面的雨越下越大。朱莉亚讲述她重返东柏林旧城的经历,那条街道上的老房子都已消失,唯一留存的那家酒吧依旧是老式的装潢。

她和托马斯最好的朋友的谈话,她赶时间冲到机场,玛丽娜,最后,斯坦利已经急得快受不了了,她总算说到和托马斯在提尔公园重逢的时刻。朱莉亚继续往下说,这一次她描述了一家全世界鱼做得最好吃的餐厅露天座,虽然她只吃了一点,之后在湖边散步,昨夜她和托马斯做爱的酒店房间,最后说到没有吃成的早餐。这时,服务生第三次过来问他们需要什么，斯坦利拿着叉子威胁他，免得他敢再过来打扰他们的对话。

"我真应该陪你一起去，"斯坦利说，"要是我能事先想到有这种奇遇的话，我绝对不会让你一个人去那里。"

朱莉亚手里拿着一把汤匙，不断地在茶杯里搅动。他专注地看着她，最后打断她的动作。

"朱莉亚，你没有加糖……你有点失落，是不是？"

"你可以把'有点'去掉。"

"不管怎样，你可以放心，依我看，他不会再回到那个玛丽娜身边，相信我的经验。"

"什么经验？"朱莉亚笑着问他，然后又说，"再怎么说，现在这个时候，托马斯已经在飞往摩加迪沙的飞机上了。"

斯坦利看着拍打在玻璃窗上的雨水，答道：

"而我们在纽约，在大雨中！"

有几个行人躲在露天座的遮阳篷下，一位老先生把他的太太紧紧搂在身边，生怕自己对她保护得不够好。

"我要想办法让生活重新步入正轨，要尽我所能去做，"朱莉亚继续说，"我想这是目前我唯一该做的事。"

"你说得没错，我的确是在和一个大傻瓜一起喝酒。你有这么难得的机会，第一次你的生活好不容易可以乱七八糟一回，而你却想要整理一下？亲爱的，你真是个十足的笨蛋。不要这样，赶快把眼泪擦干，外面的水已经够多了。现在不是哭的时候，我还有很多问题要问你呢。"

朱莉亚用手背拭去脸颊上的泪水，对着她的朋友再次展开笑颜。

斯坦利继续说：

"你打算怎么跟亚当解释？我早就想过，万一你不回来，我就得供应他三餐了。他邀请我明天到他父母的乡下别墅去。我先跟你通通气，免得又闹出笑话，我跟他说我有肠胃炎去不了。"

"我会告诉他一些最不让他痛苦的真相。"

"在爱情里，最令人痛苦的是懦弱。你想试试能否和他有第二次机会是吗？"

"这么说可能很让人讨厌，可是我实在没有勇气又回到独身一人的状态。"

"那么他肯定会受到打击，就算不是现在，迟早也会受到打击！"

"我会想办法保护他。"

"我能问你几个比较私人的问题吗？"

"你知道我从来都不会隐瞒你……"

"你和托马斯在一起的那个晚上，感觉如何？"

"温柔、甜蜜、神奇，到清晨时却很忧伤。"

"亲爱的，我是指性方面的事。"

"温柔、甜蜜、神奇……"

"那你还一直跟我说你不知道自己在哪儿？"

"我在纽约，亚当也是，而托马斯从此将在很遥远的地方。"

"亲爱的，重要的并不是要知道另一个人在世界的哪个城市，或是哪个角落，而是要知道，在我们与他紧紧相连的爱情中，他的位置有多重要。错误是不能算数的，朱莉亚，只有我们亲身体验的生活才算数。"

亚当在倾盆大雨之中走出出租车。排水沟已经被雨水溢满。他跳到人行道上，然后用力按下对讲机。安东尼起身，离开座椅。

"好了，好了，等一下！"他一边发着脾气，一边按下打开大门的开关。他听到楼梯上的脚步声，于是面带笑容地开门迎接访客。

"沃尔什先生？"亚当大声惊叫，一脸恐惧，往后退了一步。

"亚当，是什么风把你吹来的？"

亚当站在楼梯走廊上，说不出话来。

"我的朋友，你的舌头没了？"

亚当结结巴巴地说：

"可是你不是已经死了吗？"

"啊，说话不要这么难听。我知道我们对彼此都没什么好感，可是把我说成死人，这也太过分了！"

亚当嘟哝着说：

"可是出殡那一天，我去了墓园参加你的葬礼。"

"够了，你真的很粗鲁，我的老弟！好了，我们总不能整个晚上都这么站着，还是请进吧，你脸色很苍白。"

亚当往客厅走进去。安东尼示意要他把打湿的风衣脱下来。

"对不起，我要解释清楚，"他把风衣挂在衣架上，继续说，"你会明白我为什么那么吃惊，我的婚礼就是因为你的葬礼而取消的……"

"那好像也是我女儿的婚礼，不是吗？"

"她总不会编造这种故事来……"

"来离开你？别把自己看得这么重要。我们家的人创意都很厉害，不过你要是认为她会做出这种荒唐事，那显然对她认识得不够深。这一定有其他原因，如果你能耐心沉默两秒钟的话，我也许可以给你提供一两个解释。"

"朱莉亚在哪里？"

"唉，差不多有二十年了，我女儿都没有习惯告诉我她的生活状况。老实告诉你，我以为她跟你在一起呢。我们回到纽约有三个多小时了。"

"她是和你一起旅行的？"

"当然了，她没有跟你说过吗？"

"我想她有点说不出口，因为你的遗体从欧洲运回来时，我去接机了，而且我和她一直都坐在开往墓园的灵车上。"

"越说越离奇！还有没有其他的？你在墓园时还亲自按下焚化炉的开关！"

"没有，不过我在你的灵柩上撒了一把土！"

"谢谢你的关心。"

亚当脸色发青，对安东尼坦白地说：

"我觉得身体不太舒服。"

"那么坐下来，不要像傻瓜一样一直站着。"

他向亚当指指沙发。

"对，就坐在那里，你还认得能放下屁股的地方吧？还是说你见到我，吓得连神经细胞都没了？"

　　亚当照他的话做。他一屁股坐在沙发的垫子上，很不幸的是，正好坐在了遥控器的按钮上。

　　安东尼立刻没了声响，双眼紧闭，整个人直挺挺地倒在吓得发呆的亚当面前。

❈

　　"你没有带一张他的相片给我看吗？"斯坦利问她，"我很想看看他到底长什么模样。我在胡扯，我很讨厌你这样安静地不说一句话。"

　　"为什么？"

　　"因为我没办法去数你脑袋里到底有几个念头。"

　　这时，两人的交谈被朱莉亚皮包里的葛罗莉亚·盖罗《我会活下去》的歌声打断。

　　她拿出手机，给斯坦利看屏幕上面亚当的来电显示。斯坦利耸了耸肩膀，于是朱莉亚按下接听键。她听到未婚夫深受惊吓的声音。

　　"我们之间有很多话要说，特别是关于你，但是这都可以等以后再说，你父亲刚刚晕倒了。"

　　"要是换一种场合，我也许会觉得很有趣，不过目前看来，这实在是很没格调。"

　　"我现在在你家里，朱莉亚……"

　　朱莉亚听了吓了一跳，连忙说：

　　"你在我家干什么？我们的约会是在一个小时之后。"

"你的助理打电话通知我说约会提前了。"

"我的助理？我哪个助理啊？"

"这又有什么不同呢？我现在告诉你，你父亲躺在客厅里神志不清。马上过来跟我会合，我叫救护车！"

朱莉亚大叫了一声，把斯坦利整个人吓得跳了起来。

"千万不要！我马上就来！"

"朱莉亚，你疯了吗？我怎么摇他，他都没有反应，我立刻打电话给911❶！"

朱莉亚一边起身，一边答道：

"你不要打电话给任何人，懂吗？我五分钟之后就到。"

"你在哪里？"

"就在我家对面，在茴香酒。我穿过马路就上楼，你等我的时候什么都不要做，什么都不要碰，特别是不要碰到他！"

斯坦利对所发生的事一无所知，他轻声对他的朋友说他负责结账。当她跑出去时，他大声说，事情一结束后要立刻打电话给他！

她四步并作一步地爬上楼，在门口就看到父亲僵直的身体躺在客厅当中。

❶美国的报警电话号码是911。

她横冲直撞地进门，问道：

"遥控器在哪里？"

神情狼狈的亚当反问："什么？"

她一边扫射房间四周，一边答道：

"上面有按钮，只有一个按钮的小盒子，也就是遥控器，你还知道什么是遥控器吧？"

"你父亲都失去知觉了，你还想看电视？我打电话给救护队，叫他们派两辆救护车来。"

朱莉亚把抽屉一个一个地打开，同时问他：

"你有没有碰到什么东西，事情是怎么发生的？"

"我没做什么特别的事，只是跟上个星期你已经下葬的父亲聊聊天而已，仔细想想，这也算是相当特别的事。"

"这以后再说，亚当，你待会儿再表现你的幽默感，现在有紧急的事情要处理。"

"我一点都没有说笑的意思。你能不能跟我解释下这到底是怎么回事？要不然至少可以告诉我说是我在做梦，然后我会对现在正在做的噩梦一笑了之……"

"我刚开始也是这么对自己说的！东西到底在哪里？"

"你到底在说什么？"

"爸爸的遥控器。"

亚当一边往厨房的电话机走过去，一边肯定地说：

"这下我真要打电话了！"

朱莉亚张开双臂，挡住他的去路。

"不许往前走一步，告诉我事情到底是怎么发生的。"

亚当气得大吼：

"我刚才已经跟你说过了，你父亲给我开门，你可以想象当我看到他的时候有多吃惊，他让我进门，跟我说会解释他在这里的原因。接着他要我坐下，我一坐上这张沙发，他就突然倒在地上。"

"沙发！你让开。"朱莉亚把亚当推开。

她疯狂地把坐垫一个一个拿起来，最后终于找到她要找的东西，顿时松了一口气。

亚当再次站起身来，嘴里咕哝着说：

"我说得没错，你完全疯了。"

朱莉亚拿着白色的遥控器，不断地哀求：

"拜托，一定要打得开。"

"朱莉亚！"亚当大声吼道，"跟我解释你到底在玩什么把戏，该死的！"

"你闭嘴！"朱莉亚的眼泪差点落下来，"我不想说一些没用的话，两分钟之后你就会明白。但愿你能明白，但愿这个管用……"

她抬头看窗外，向上天祈求，然后闭上双眼，摁下白色遥控器的按钮。

突然，安东尼睁开双眼，说道：

"你看，我亲爱的亚当，有些事情并不是我们以为的那样……"当他看到朱莉亚站在客厅当中时，立刻闭口不语。

他咳嗽了几声，然后站起来，而亚当此时双腿发软，跌坐在沙发椅上。

"天哪，"安东尼继续说，"现在是几点了？已经八点钟了？我不知道时间过得这么快。"他一边说，一边拍拍袖子上的灰尘。

朱莉亚瞪了他一眼。

他尴尬地说："我离开一下，也许会好一些。你们一定有很多话要说。我亲爱的亚当，你要仔细听朱莉亚跟你说的话，集中注意力，千万不要打断她的话。刚开始的时候，可能会很难接受，但是，只要你用心去听，你的一切疑惑都将找到答案。好了，我去找我的外套，然后我就出去……"

安东尼抓起亚当挂在衣架上的风衣，踮着脚穿过客厅，然后拿起忘在窗户旁边的雨伞，开门出去。

<hr />

朱莉亚指着客厅里的大木箱，向亚当努力解释这件不可思议的事情。故事讲完后，她也一下跌坐在沙发椅上，看着亚当来来回回地踱步。

"如果你是我的话，你会怎么做？"

"我不知道，我甚至不知道我的位置在哪里。整整一个星期你都在对我撒谎，现在却要我相信这个童话。"

"亚当，如果你的父亲在他死后第二天来敲你的门，如果命运让你有机会能与他再多相处片刻，给你们六天的时间，让彼此说出那些从未谈过的事，再一次探寻童年的秘密，你难道不想抓住这个机会，进行一次哪怕很荒谬的旅行吗？"

"我一直以为你很恨你父亲。"

"我以前也是这么以为，可是你看，现在我倒希望能跟他再多相处一会儿。现在，我只是和他谈谈我自己的事，但是，我也想更多地了解关于他的生活。这是我第一次能够以成人的眼光去看待他，几乎抛弃了我所有的自私。我承认我父亲有很多缺点，我也有很多的缺点，但这并不意味着我不爱他。回到纽约时，我对自己说，如果我能确定有一天我的孩子也会以同样的宽容来对待我，那么也许我不会再如此害怕身为人母，也许我会更有资格成为一位母亲。"

"你太天真了。从你一生下来开始，你父亲就把你的人生安排好了。你仅有几次跟我提到他的时候，不都是这么说的吗？就算这个荒谬的故事是真的吧！那他真是赢下了一个不可能的赌注，居然能在死后让自己的计划继续执行。朱莉亚，你和他没有分享过任何事情，他只是一部机器！他告诉你的一切都是事先录好的。你怎么会让自己掉进这个陷阱呢？这不是你们两人之间的对话，这只是独白。你创造出许多的虚构人物，但是你能让孩子们和他们交谈吗？当然不能，你只不过是预想到孩子们的渴望，想象出让他们快乐和安心的语句罢了。你父亲按照他的方式使用着相同的策略，他再一次操纵了你。你们两个一起相处的这个星期，只不过是个模仿父女重逢的滑稽戏，他的出现只是个幻觉，让往日的一切继续延长了几天。而你，因为以前缺少他的爱，你就上了他的当，甚至让他破坏我们的婚礼，这不是他第一次试验成功了。"

"不要说这么荒唐的话，亚当，我父亲并不是为了要分开我们才决定过世的。"

"这个星期你们都去哪儿了？"

"知道这个又能怎么样？"

"要是你不能告诉我，别担心，斯坦利已经替你说了。不要怪他，他那时醉得一塌糊涂。有一次你跟我说过，他无法抗拒美酒的诱惑，所以我就选了一瓶最好的红酒。我甚至可以特地请人从法国寄来，就是为了找回你，为了弄明白你为何离我而去，为了确定我是否该继续爱你。朱莉亚，为了能和你结婚，我可以等一百年。但是现在，我只感到无限的茫然。"

"亚当，你听我解释。"

"你现在能解释了？当你到我办公室来告诉我你要出门旅行的时候，第二天我们两人在蒙特利尔错过的时候，接下来的一天以及后来的几天，我每次打电话你都没接，也没回我的留言，这些你想怎么解释？你决定到柏林去，想要找回让你魂牵梦萦的那个男人，而这些你都没跟我提过一个字。我在你心里到底算什么？是你两个生活阶段的过渡桥梁吗？你一面想要抓住给你安全感的人，而另一面却盼望着心中深爱的那个人再度归来，是吗？"

朱莉亚哀求他：

"你不要把事情想成这样。"

"如果现在他来敲你的门，你会怎么办？"

朱莉亚沉默不语。

"既然你自己都不知道答案，那我又怎么能知道呢？"

亚当朝楼梯的走廊走过去。

"对你父亲说，或者是他的那个克隆人，那件风衣我送给他了。"

亚当走了。朱莉亚数着他踏在楼梯上的脚步声，最后听到楼房大门在他身后关上的声音。

❦

安东尼轻轻地敲门，然后走进客厅。朱莉亚身子靠在窗台上，眼神茫然地看着街道。

她喃喃地说：

"你为什么要这么做？"

安东尼答道：

"我什么都没做，那只是一个意外。"

"亚当一个小时前意外地来到我家，你意外地替他开门，他意外地坐在遥控器上面，然后你也很意外地躺在客厅中央。"

"我承认这一连串的意外是多了点……也许我们应该设法了解这些事件的含义……"

"别再油嘴滑舌了，我一点都没心情说笑，我再问最后一次，你为什么要这么做？"

"帮助你向他承认事实，来面对你自己。你敢跟我说你现在不觉得轻松点了吗？表面上看，你也许会觉得从没这么孤独，但是至少，你的内心会获得平静。"

"我不单单是在讲你今晚搞出来的事……"

安东尼深深地吸了一口气。

"你妈妈的病使得她在临死之前都不知道我是谁，可是我很确定在她内心深处，并没有忘记我们以前是如何地相爱。而我，我是永远不会忘记的。我们以前并不是一对完美夫妻，也不是什么模范父母，而且还差得远。我们有过犹豫和争吵的时候，但是后来，你要明白，我们从来没有怀疑过自己的选择，以及我们对你的爱。俘获她的心，深爱着她，和她有个孩子，这是我一生中最重要，也是最美丽的选择，尽管我需要花那么长的时间才找到适当的词语来对你说。"

"就是以这了不起的爱情名义，你就把我的生活破坏得一塌糊涂吗？"

"你还记得在旅行期间我跟你提过的那张小字条吗？你知道的，就是我们经常保留在身边某个地方，在皮夹内，在口袋中，在脑海里的字条。对我而言，就是在香榭丽舍大道的餐厅里，我付不起账的那晚，你母亲留给我的那张字条。你现在应该明白我为什么希望能在巴黎终老了吧。然而，对你来说，那张字条是不是你一直放在皮包里的德国马克，还是你藏在房间里的托马斯的信？"

"那些信你都看过了？"

"我永远不会做这种事。我是在整理他寄给你的最后一封信时瞧见了那些信。收到你的结婚邀请后，我来到你的房间。这个房间让我想起了你，想起以前一直忘不了，将来也永不会忘记的一些事情。在这样的氛围中，我不断地问自己，如果有一天你得知托马斯的这封信，你会怎么做？

我是应该毁了这封信，还是把信交给你？最合适的做法是不是在你结婚的那一天交给你？我没有那么多时间去考虑。可是你知道的，就像你说的那样，当我们留心观察自己的生活时，会发现一些令人惊喜的预兆。在蒙特利尔，我找到回答我这个问题的部分答案，但仅仅是一部分而已，接下来的事完全取决于你。我原本可以把托马斯的信寄给你，可是你在断绝关系方面做得那么彻底，因此在收到你的结婚邀请函之前，我连你的地址都没有，而且你会把我寄来的信打开来看吗？再说，我那时候还不知道我快要死了。"

"你对所有的事早就有了答案，是不是？"

"不，朱莉亚，你一直是在独立做选择，而且这比你预料到的还来得久。你可以把我关掉，你还记得吧？你只要在按钮上摁一下就可以了。你有不去柏林的自由。当你决定要去机场等托马斯的时候，我让你一个人去；当你重新回到你们第一次见面的地点，我也没有跟你在一起，更不要说你把他带回酒店的时候了。朱莉亚，我们可以抱怨自己的童年生活，可以不停控诉父母造就我们的所有缺点，可以把生活的苦难、性格的脆弱和胆小全都归咎在他们身上，但归根到底，我们要对自己的生活负责，我们要成为自己想变成的人。况且，你要学着用另一种角度看待你的不幸，总有些家庭比你的更糟糕。"

"比如说是什么样的家庭？"

"比如说，托马斯的祖母背叛了他！"

"你怎么会知道的？"

"我和你说过，没有一个父母能代替自己的孩子去生活，然而并不因为如此，我们就不去操心，你们不幸的时候，我们也会跟着痛苦。有时候，这会带给我们一股冲动，试图想指引你们的前途，也许会因为笨手笨脚或是过度溺爱而犯错，但总比什么都不做来得强。"

"假如你的目的是要指引我的前途，那么你失败了，我现在正处于极端的黑暗中。"

"在黑暗中，但是你不再盲目！"

"亚当说得很对，这个星期我们之间从来都不是在真正地对话……"

"是的，也许他说得对，朱莉亚，我已经不再是你真正的父亲，我只不过是你父亲身上的某些东西而已。但是，我这个机器人对你的每个问题不都能找到解决办法吗？在这几天当中，有哪一次我不能回答你的问题？毫无疑问，我比你所预料的要更了解你，也许有一天这会让你领悟到，我其实比你想象中的还要爱你。如果你现在能够明白这点，我就可以真正地死去了。"

朱莉亚看着父亲良久，然后走到他身边坐下。两个人静静地坐着，久久不语。

安东尼打破了沉默：

"你刚才批评我的事，你真的是这么想的？"

"对亚当说的？你居然还在门外偷听？"

他笑着说：

"准确地说，是透过天花板听到的！我刚刚上你的阁楼去了。雨下得这么大，我总不能在外面等，说不定会短路的。"

她问道："为什么我不能早点了解你呢？"

"父母和孩子总是要耗费很多年才能真正认识对方。"

"我真希望我们能再多相处几天。"

"我的朱莉亚，我想我们已经拥有这几天的时间了。"

"明天会是什么样的？"

"别担心，你很幸运，父亲去世总是一件令人难过的事，可是至少对你来说，这件事已经过去了。"

"我可没有心情说笑。"

"明天会是新的一天，明天再说吧。"

夜已深，安东尼的手慢慢伸向朱莉亚，终于将她的手握住。两人的手指紧紧扣住，一直不放开。过了不久，朱莉亚睡着了，她的头靠在父亲的肩膀上。

❦❦❦

晨曦尚未降临。安东尼小心翼翼地起身，生怕把女儿吵醒。他轻轻地把女儿放在长沙发上，在她身上盖了一条毯子。朱莉亚咕咕哝哝地说着梦话，然后翻了个身。

确定她熟睡之后，安东尼走到厨房的桌子前面坐下，拿起一张纸和一支笔，开始写信。

写完之后，他把信放在桌上最醒目的位置。接着，他打开行李箱，从里面拿出一沓用红线绑着的信，随后走进女儿的房间。他小心地将信放进柜子的抽屉里，生怕折到里面发黄的托马斯的相片。最后，他一边微笑，一边关上抽屉。

回到客厅，他走到沙发前，拿起白色遥控器放进外套前胸的口袋，然后弯腰在朱莉亚的额头上亲吻了一下。

"睡吧，我心爱的孩子，我爱你。"

※

朱莉亚睁开眼睛，慢慢地伸着懒腰。客厅里空无一人，而木箱的门已经闭上。

"爸爸？"

没有任何应答来打破四周的寂静。厨房的桌子上已经摆好早餐的刀叉盘子。在麦片盒和牛奶盒中间有一罐蜂蜜，上面搁着一封信。朱莉亚坐下来打开信，认出了信上的笔迹。

我的女儿：

当你看到这封信时，我的力气已经耗尽了。我希望你不要怪我，我很想避免和你说那些没有意义的告别。为自己的父亲下葬过一次，这已经足够。看完这封信后，你可以到外面去逛几个小时。他们会来找我，我希望你不要在这里。不要打开箱子，我在里面睡觉，因为你的关系，我睡得很平静。我的朱莉亚，谢谢你赠予我这几日的时光。我一直在寻找这样的机会，我一直渴望着认识你这样出色的女子。在最后的几天中，这是我学会身为父亲的最神奇的一件事。

当发现自己的孩子已经长大成人，我们必须懂得驯服时间，学习让位于孩子。我也请你原谅，童年时代因我不常陪伴在你身边而令你感受到的缺憾。我已经尽我所能。是的，我在你身边的时间不够多，没有你期望的那么多。我原先希望能成为你的朋友、你的伙伴、你的知己，而最后我只是你的父亲，但是我永远都是你的父亲。今后不管我在哪里，我都会永远将这份无限的爱珍藏在内心深处。你还记得那个中国传说吗？那个关于向月亮倒影许愿的美丽传说？我犯了个错，因为我不相信这个故事，其实，一切只是耐心问题。我许下的愿望最终还是实现了，因为我一直希望重新出现在我生命中的女子，就是你。

我又看到你小时候的样子，当你跑进我的怀抱里，尽管说起来有点傻，但那是我生命中最美好的一件事。没有什么比你的欢笑还要幸福，没有什么比夜归时你给我的亲吻还要温暖。我知道，有一天当你不再忧伤，这些记忆会重新涌现。我也知道，你永远不会忘记我坐在床边时，你对我说过的那些梦想。其实，即使我不在你的身边，我也并不像你所想的那么遥远，尽管我很笨拙，但是我是爱你的。现在，我只有一件事要求你，那就是答应我，一定要幸福。

读完信后，朱莉亚重新把信折好。她走到客厅当中的木箱前面，用手轻轻地抚摸木头，低声对父亲说她也爱他。她心情沉重地遵守父亲的遗愿，走下楼梯，然后把钥匙交给她的邻居。她对吉姆尔先生说，今天早上会来一辆卡车把她家的大箱子运走，拜托他帮忙开下门。她没等吉姆尔先生回答，就转身离开鞋店，沿着马路往古董店的方向走去。

一刻钟后，朱莉亚的房子恢复寂静。突然，响起一阵轻微的开启声，接着是摩擦的声音，最后木箱的门打开了。安东尼从里面走出来，拍了拍肩膀，走到镜子前面调整了一下领结。他把架子上放有自己照片的相框重新摆正，然后环视房子的四周。

他离开房间，下楼来到街上。楼房前面停着一辆车子在等他。

他坐到后座上，然后说：

"早上好，华莱士。"

他的私人秘书答道：

"先生，很高兴再次看到你。"

"通知货运公司了吗？"

"卡车就在我们后面。"

安东尼答道：

"很好。"

"先生，要送你去医院吗？"

"不用，为这种事我已经浪费了很多时间。我们到机场去，先回家一趟，我必须换个行李箱。你也准备一下行李，你跟我一起走，我现在已经失去了独自旅游的兴趣。"

"先生，我能知道我们要去哪儿吗？"

"路上再解释。记得要带上你的护照。"

车子驶到格林威治街的时候改变了方向。在下一个十字路口时，车窗打开，一只白色遥控器被丢进水沟里。

———❖———

在纽约人的记忆中，从来没有一个十月是如此温暖。今年炎热的夏天是纽约从未有过的好天气。三个月来的每个周末，斯坦利和朱莉亚一起共进午餐。今天，茴香酒为他们预留的座位还在等待着他们。这个星期天很特别，因为吉姆尔先生的鞋店今天开始打折，而且第一次朱莉亚敲他的门，不是来和他争论漏水问题，而是要来买鞋子，所以他同意提早两个小时开门让她进来。

"那么，你觉得我看起来怎么样？"

"转个身，让我看看。"

"斯坦利，你看我的脚已经有半个钟头了，老站在这个台子上，我可受不了。"

"亲爱的，你就听我的意见好不好？再转个身让我看看正面。跟我想的一样，这鞋跟的高度根本不适合你。"

"斯坦利！"

"爱买打折货的毛病真令我气愤。"

她低声说：

"你看看这里的价格吧！对不起，凭我电脑绘图员的薪水，我没有其他选择。"

"啊！又来了！"

筋疲力尽的吉姆尔先生问道：

"怎么样，你要不要呢？我想我把店里所有的鞋子都拿出来了，光你们两个人就可以把我的店搞瘫。"

"不对，"斯坦利答道，"我们还没有试架子上的那双漂亮鞋子呢，没错，最上面的那个架子。"

"没有和小姐一样的尺码了。"

斯坦利问他："那仓库里还有吗？"

"那我得去下面找找。"吉姆尔先生一边叹气，一边往地下室走去。

"他很有幸能成为优雅的化身，因为像他这样的个性……"

朱莉亚笑着说："你认为他是优雅的化身？"

"这么久了，我们至少应该请他到你家吃一顿饭。"

"你开玩笑吗？"

"据我所知，不是我在整天说他卖的鞋子是全纽约最漂亮的。"

"就是因为这个，所以你想要……"

"我不能一辈子都是鳏夫，你有什么反对意见吗？"

"当然没有，可是吉姆尔先生……？"

斯坦利瞥了一眼橱窗，说："别提吉姆尔先生了！"

"已经不提了？"

"千万不要转身，在橱窗前一直看着我们的那个男人真是令人难以抗拒。"

"哪个男人？"朱莉亚问道，身子连动都不敢动。

　　"把脸贴在橱窗上看了你十分钟，就像看到圣母马利亚一样的那个男人……据我所知，圣母马利亚不会穿三百美元的高跟鞋，更不会穿打折的鞋子！我叫你不要转身，我是第一个看到他的！"

　　朱莉亚抬头望向窗外，双唇不禁颤抖起来。

　　"哦，不对，"她用微弱的嗓音说，"这个人，我在你之前早就看过他了……"

　　她把鞋子丢在台子上，转开商店大门的门把，然后冲到街上去。

❦

　　吉姆尔先生回到鞋店时，只看到斯坦利一人坐在台上，手里拿着一双高跟鞋。

　　他吃惊地问："沃尔什小姐走了？"

　　"是的，"斯坦利回答，"不过你别担心，她会回来的，也许不是今天，但是她一定会回来的。"

　　吉姆尔先生手中的盒子掉在地上，斯坦利把它捡起来交给他。

　　"你看起来很失望，别这样，我帮你把东西收拾收拾，然后，我带你去喝杯咖啡，如果你喜欢茶，喝杯茶也可以。"

❦

　　托马斯用指尖轻轻抚摸朱莉亚的嘴唇，然后在她的眼睛上吻了一下。

"我想尽办法说服自己，没有你我也可以生活下去，可是你看，我就是做不到。"

"那非洲呢？你的报道工作呢？克纳普会说什么？"

"如果我欺骗自己，那走遍全世界去采访其他人的真相又有什么意义？游历一个个国家，而我心爱的人却不在那里，这对我又有什么意义？"

"那你就不要再问自己其他的问题，这是和我问好的最美方式。"朱莉亚一边说，一边踮起脚。

两人拥抱着亲吻，仿佛忘记了时间，完全忘记了周围世界的存在。

朱莉亚依偎在托马斯的怀里，问道：

"你是怎么找到我的？"

他回答：

"我在你家楼下找了你二十年了，这件事并不难。"

"是十七年，说真的，这已经足够漫长！"

朱莉亚再一次亲吻他。

"可是你呢，朱莉亚，你为什么会突然决定来柏林？"

"我跟你说过，那是一个命运的预兆……我在一个街头女画家的作品中看到一张被你遗忘的画像。"

"我从来没有请人给我画过像。"

"一定有的，那张画上就是你的面孔、你的眼睛、你的嘴巴，甚至连你下巴上的小窝都有。"

"你是在哪儿看到那张逼真的画像的？"

"在蒙特利尔的旧码头上。"

"我从来没去过蒙特利尔……"

朱莉亚仰头望天，一片云彩正缓缓流过纽约的上空。她看着云彩的形状，脸上露出了微笑。

"我会很想念他的。"

"谁？"

"我的父亲。跟我来，我们去走一走，我要向你介绍一下我的城市。"

"你还光着脚呢！"

朱莉亚回答：

"这一点都不重要了。"

（全文完）

致谢 |

| 谨向诸位致谢——

埃玛纽埃尔·阿尔杜安，

波利娜·莱韦克，

雷蒙和达尼埃尔·莱维，

路易·莱维，

洛兰。

苏珊娜·李和安托万·奥杜阿尔。

尼科尔·拉泰，莱奥内洛·布兰多利尼，布里吉特·拉诺，安托万·卡罗，安娜玛丽·朗方，伊丽莎白·维尔纳弗，西尔维·巴尔多，蒂内·热尔贝，莉迪·勒鲁瓦，奥德·德·马尔热里，若埃尔·赫诺达，阿里埃·斯贝罗，以及罗伯特·拉丰出版社的全体同仁。

卡特琳·霍达普，马克·凯斯勒，玛丽·加尔内罗，马里翁·米耶。

波利娜·诺尔芒，玛丽夏娃·普罗沃。

布里吉特·福里西埃，萨拉·福里西埃。

莱奥纳尔·安东尼及其团队。

克里斯蒂娜·斯特芬赖曼。

菲利普·盖，埃里克·布拉姆，米格尔·库尔图瓦。

伊夫·莱维克和马丁·莱维克夫妇，夏尔·维耶拉瓦莱。

您可在以下网站搜寻到所有关于马克·李维的消息

www.marclevy.info

图书在版编目（CIP）数据

那些我们没谈过的事 /（法）李维著；林晨洁译.
— 长沙：湖南文艺出版社，2015.6
ISBN 978-7-5404-7132-3

Ⅰ. ①那… Ⅱ. ①李… ②林… Ⅲ. ①长篇小说 – 法国 – 现代 Ⅳ. ①I565.45

中国版本图书馆 CIP 数据核字（2015）第 066426 号

著作权合同登记号：18-2015-051

Toutes ces choses qu'on ne s'est pas dites by Marc Levy

Copyright©2008 Marc Levy / Versilio

Published by arrangement with Susanna Lea Associates through Bardon-Chinese Media Agency

Simplified Chinese translation copyright © 2015 by China South Booky Culture Media co., Ltd.

ALL RIGHTS RESERVED

本书译文由上海译文出版社授权

那些我们没谈过的事

作　　者：[法]马克·李维
译　　者：林晨洁
出 版 人：刘清华
责任编辑：薛　健　刘诗哲
监　　制：蔡明菲　潘　良
策划编辑：马冬冬
版权支持：辛　艳
营销支持：刘宁远　李　群
版式设计：李　洁
封面设计：棱角视觉
出版发行：湖南文艺出版社
　　　　　（长沙市雨花区东二环一段 508 号　邮编：410014）
网　　址：www.hnwy.net
印　　刷：北京鹏润伟业印刷有限公司
经　　销：新华书店
开　　本：880mm×1230mm　1/32
字　　数：228 千字
印　　张：11
版　　次：2015 年 6 月第 1 版
印　　次：2015 年 6 月第 1 次印刷
书　　号：ISBN 978-7-5404-7132-3
定　　价：36.00 元

质量监督电话：010-59096394
团购电话：010-59320018